中国专业作家作品典藏文库

中国专业作家作品典藏文库
石钟山卷

# 守望

石钟山 著

中国文史出版社

# 目　　录

# 第一章 A

## 守 灵 人

北方冷得早，十一刚过没几日，便迎来了第一场雪。雪断断续续下了一夜。清早时，雪停了，周百顺推开值班室的门，被初雪的味道刺激得打了一个喷嚏。他袖着手，驼着背，打量了一眼太平间。一溜平房被雪严密地覆盖了，有几只麻雀，惊惊颤颤地踩在屋脊的雪上，一惊一乍地叫着。

一条水泥板铺成的小路，通向医院的后门，这就是连接太平间和医院的路，此时，已被雪覆盖了。守灵人周百顺袖了会儿手，用混浊的目光又一次丈量了这条连接医院后门和太平间的小路的距离，迟缓地转身，摸起立在值班室墙角的扫把。雪在扫把两边退去，露出水泥板本来的面目。

湿度让水泥板变得更加清冷坚硬，覆在水泥板上的雪在周百顺的眼前一寸寸地退去。

天光又亮了一些，这条连通医院和太平间的路又呈现出本来的面目。周百顺踱到太平间门前，仔细地打扫着门前的雪，他的样子很小心，似乎怕惊醒睡在里面的人。在周百顺的感觉里，他一直认为里面的人不是死了，而是睡在了那里。

自从从建筑工地的脚手架上摔下来，他的腰便再也挺不直了，辗转着找了一份守灵的工作。

没伤之前他在建筑工地干活，那会儿他觉得自己满身上下都是气力，一顿能吃八个馒头，外带两碗白菜豆腐汤。到下次开饭时，他仍觉得饥肠辘辘。那会儿，他就感叹，自己的肠胃像一个无底洞，天天填也填不满。他所有的欲望就是填自己的肠胃。一天三次，循环往复，每次填肚子，都如同第一次。年近四十的人，被称为壮年，长年累月在工地上摸爬滚打，他浑身精瘦，没有一块多余的肉，汗水一层层凝结在浑身上下的肉上，形成了一层硬硬的壳。无论怎么洗刷自己，那壳还在，成了身体的一部分。

自从他从三层楼高的脚手架上摔下来后，不仅伤了腰脊，连同身上那层壳也离他而去了。没了那层壳的保护，人一下子就软了下来。先是唇上的胡须变得柔顺了，原本密实的头发也松软下来，人就变成了另外一个样子。

他守护着医院的太平间，每天迎来一群又一群哭哭啼啼的人们，把亲人送到这里，三天后，又哀号着把冻僵成冰人的亲人从太平间里接走，拉到殡仪馆去火化。

民间的风俗，要让逝者在太平间里驻守三天，好去分辨寻找回家的路，去了殡仪馆，逝者就真的走了。回家的路有多长，有多难寻，只有逝者知晓了。

起初的日子里，守灵人周百顺整日面对哀伤的逝者亲人，他被这种氛围浸染着不能自拔，仿佛逝者就是他的亲人，心里一直潮湿着，还没干爽，又来了下一拨哀号的人。潮湿的情绪让周百顺很难适应，有许多个夜晚他蒙着被子也哀号地哭，不知哭自己还是那些逝者。总之，他哭了一场，又哭了一场，情绪似乎才有所好转。

从那以后，他只要心里潮湿得不行，都要蒙着被子大哭一场，心里的潮湿就淌在枕头上、被窝里。渐渐地他心里干爽起来，也平静下来。再见到逝者和哀号的人们，似乎与己无关了。他认真地为逝者登记，寻找空位置，这种状态就是一份工作，就像旅馆里前台的服务员，登记房间床铺，再发钥匙牌。

他刚到这家医院太平间时，接老胡的班。老胡看样子有七十多岁了，腿脚已明显不利索了，走起路来像打摆子。是守灵人老胡退休，他才有机会接班。接老胡班时，老胡把一个厚厚的登记本放在他眼前，上面密密麻麻又歪歪扭扭地写满了老胡的字，写的是逝者姓名和太平间里的“床”号。所谓的“床”，就是一个个冷冻的格子间，格子间都有编号，就像一个又一个旅馆的房间。除了厚厚的登记本，还有两把叮当作响的钥匙。两把钥匙分管两道门，一个是大门，打开大门是一个像房间一样的地方，逝者的亲人们站在这里完成对亲人的交接；另一个就是太平间的房门了，里面没有窗，但有充足的冷气，冷气通过管道咝咝地吹进来，在太平间和尸体间弥漫。

老胡把记录本和两把钥匙推给他，就算完成了交接。老胡用混浊的目光望定他，指着太平间的门道：人呢，死和活就隔了一扇门。

他怕冷似的站在太平间门外，弓着的腰努力地挺直一些，认真地望着老胡。老胡是张麻脸，每个坑里都干瘪着，老胡就干瘪地道：我走了，下次见到我时，别忘了给我留个好位置。

老胡四肢僵硬着，跳舞似的从他眼前离开，走过水泥板路，穿过医院的后门，在医院前门的是接老胡回家的儿女。儿女们忌讳太平间，他们只肯在医院的前院等老胡。

老胡跳皮影似的在他眼前消失，没再回头。当时他以为老胡就是句玩笑话，以为送走老胡就再也见不到这个麻脸老人了。两年后的一个清晨，一群人把老胡送到了这里，当时他只顾低头登记逝者姓名和逝者亲人的姓名和电话了。他听一个中年男人说了句：咱爸又回来了。

他抬起头看见一张中年男人的脸，心里咯噔一下，再看床上被白布盖着的逝者，他把格子间的号牌交给中年男人。

中年男人回身就冲送行的亲人说：爸对这里熟悉，不用咱们照顾了，走吧。

亲人们低着头，默着声，转身离去。

他拿过笔记本，看到逝者的名字叫胡有发。直到这时，他才知道老胡的名字。他掀开床上盖在胡有发身上的白床单，他又一次看到了老胡那张麻脸。这张脸比两年前消瘦了许多，麻坑更加干瘪了。他默然地把老胡推到里间，咝咝啦啦的冷气让整个房间阴气森森。他找到那个空格子，把老胡安顿进去，随着格子间恢复原位，老胡只露出一双脚。待了半晌，他一步步走出太平间的门，背靠着那扇门，他又想起老胡说过的那句话：活人和死人就隔着一扇门。

那会儿他心里已不再潮湿，他一步步离开太平间的门，向值班室走去，身后一直觉得有老胡的目光跟随着自己。他浑身上下，冷一阵热一阵的。

那天夜里，他“见”到了老胡，似梦非梦。夜里，他起了一次夜，刚躺下，就发现老胡坐在他的床头，像活着时一样，平静地望着他。他望着坐在床头的老胡并没有惊讶，只觉得老胡就该坐在这个位置上。

老胡就说：那啥，我这就要走了，憋了一肚子话，不找人唠唠，走了都不干净。

他坐起来，点了支烟，想了想从烟盒里又抽出支烟递给老胡。老胡摆摆手，示意不需要，他一边吸着烟，一边听老胡唠叨。

老胡养了三个儿子，老大四十多了，老疙瘩也快三十了。老伴过世得早，是他一个老光棍拉扯三个孩子长大。五十多岁那会儿，想找个老伴，互相有个照应，已看好了一位，那女人四十出头，丈夫出车祸被车轧死了，拖着两个孩子。好在出车祸后，人家赔偿了几个钱，女人拉扯两个孩子并没有困难，就缺一个知冷知热的老伴。女人对他也有意思。当时老大大学刚毕业，他就找老大商量，老大几天没有理他。后来，他就特意做了几个菜，买了瓶酒，和老大喝酒，喝完酒后他又一次提出找老伴的事。老大这回开腔了，老大说：爹，那啥，你非要找我也管不了你，但以后养老送终的事，你就别找我们哥几个了。老胡当时听了老大的话心里很难受，也沉默了好几天，心里一直合计着老大的话。那会儿老二高中就要毕业了，老三正上着初中。女人的孩子，一个上着初中，另一个上着小学。老胡思来想去，觉着要是两人结合在一起，这前一窝后一块的确实不好整。他下定决心，离开那个女人。两人分手时，女人抱着老胡的肩膀还哭了一鼻子，湿了他半个肩膀头。五十出头的老胡，已经是个理智的中年男人了，最后还是硬下心，离开了那个女人。

不久，那个女人又找了一个离异男人，从他们居住的小区搬走了。搬走那天，老胡去帮忙装车。车装好了，女人上了车，狠狠地看了眼老胡，很平静地说了句：再见。从那以后，老胡再也没见过那个女人。梦里倒是出现过两回，很缥缈。

又过了几年，老胡就退休了，那会儿三个孩子都已经大学毕业了。老大结了婚，都生孩子了；老二结婚不久，正准备要孩子；老三正在恋爱。

三个孩子大了，老胡一晃就到了六十岁，六十岁的老胡已经没有什么野心了，油干了，灯还没尽。老三正谈恋爱，这结婚的事，还需一笔不小的费用。家里的房子，老大搬出去另住了，老二刚结婚不久，还没有自己的房子，只能和他住在一起。老三很少回来，住单位宿舍。面对新婚不久的老二，老胡觉得自己是个多余的人，睡早起早都不合适。后来通过人介绍，就来到了这家医院的太平间，做了一名守灵人，天天吃住在太平间的值班室里。起初还经常回家去看看，因为他的工作，亲人对他有忌讳，他回去，家人当着他的面不好说什么。他一走，家人就开始彻底打扫卫生，只要他碰过的东西，都要消毒处理。他再回家时，从亲人的脸色中看出了端倪，从那以后，他就很少回家了。

守灵人一干又是十几年，老大的儿子都上高中了，老三的孩子也上了小学。老胡终于退休了。他回到家里时，发现自己已经没有家了。

他从太平间回家后，老大召集两个兄弟开了一次会，研究他的去处。研究来商量去，最后得出一个方案，就是老胡在三个孩子家中轮流住，每家一个月。

从那时开始，老胡就在三个孩子中间漂泊起来，这个家刚住热，又轮到了下个儿子家，转来搬去的，老胡成了一名流浪汉。不论住在谁家，他都成了一个不招人待见的外人。老胡七十多岁了，腿脚不便了，但脑子不糊涂，眼神不济，却也能看出眉眼高低，老胡就越发沉默了。他经常想起三个孩子小的时候，有一口好吃的都给三个孩子吃，怕孩子冷了热了。那会儿，老胡最大的念想就是盼三个孩子都有出息，子贵父荣，他要脸上有光。隐隐地想到自己的晚年，孩子出息了，自己的晚年还会差吗？期盼三个孩子长大成人，成了老胡壮年时唯一的念想。

眼前的一切，让他感受到了晚年的尴尬，在亲人眼里，他成了一个多余的人。一个多余的人，还有什么念想？老胡想到了老伴，老伴离开他有许多年了。老伴是患癌症去世的，得了乳腺癌，发现时已经晚了，两个胸都被切除了，但还是没能保住命。老伴离开时，拉着他的手，他发现老伴的手冰冷，还硬。老伴就说：我要走了，不能和你一起照看三个孩子了，以后无论多难，你都要把孩子带大成人……老胡冲老伴硬硬地点了头，用力握了老伴的手。老伴的手在他手里越来越凉了。老伴终于走了，在后来拉扯孩子的岁月中，他体会到既当爹又当娘的不易。但老伴的话一直是他的支柱，再苦再难他也要把孩子拉扯着长大成人。孩子终于长大了，也成人了，他却成了一个多余的人。

生无可恋的老胡，自己也走到了人生的尽头，从老大家里，又轮到了老二家。刚进门，把铺盖卷放到床上，他一头栽在了床下。后来医生说：老胡脑内大面积出血，形成多处脑栓，这是老胡的死因。

老二住在五楼，没有电梯，他背着铺盖爬了半个多小时的楼梯才爬到楼上。然后一头栽倒，再也没有起来。

此时的老胡就坐在周百顺的床头，面对面和老胡相向而坐。老胡叹了口气。此时的老胡很平静，他简明扼要地叙说着自己，似乎在说着别人家的故事。

老胡叹完气之后，望着周百顺：这些话在我肚子里憋久了，平时没个人说这些。如今回到熟悉的太平间，又碰到了熟人，就唠唠，唠完了，肚子里就松快了。别的也没啥了。

他默然地听着老胡的絮叨，就像面对一个老伙计。他又给自己续上一支烟，烟头明明灭灭地在眼前燃着。半晌，他说：老伙计，让我为你做点啥？

老胡摇摇头：人到这时了，还用啥，啥也不用了。我只想留给你一句话，人活着时呀，就对自己好点，别跟自己过不去。那啥，你歇着吧，我走了。

老胡立起身，轻飘飘地从门里“挤”了出去。

周百顺又躺在床上，迷糊着睡去。

第二天一早，周百顺如期醒来，仍清醒地记得昨晚的事，但他却想不清是梦里还是现实中见过老胡。

他拿起太平间的钥匙，踱到太平间，打开门，走到放着老胡的格子面前，从格子里把老胡拉出来，掀开盖在老胡身上的白床单。老胡的一张脸清晰地呈现在他的面前。冷气的作用让老胡的脸蒙上了一层白霜。老胡的样子依旧安详如初。他缓缓地为老胡再次盖上白床单，又把老胡小心地安顿在格子间里。他走出太平间，关上门那一刻，自己和冷气隔离了。他站在阳光下，冲着初升的太阳很响地打了一个喷嚏。他又重新回到了现实，可昨晚发生的事，清晰依旧。

梦与现实就在他心里纠结了，老胡的每一句话、每个表情依然如新地呈现在他的眼前。他回头又看了一次太平间的门，老胡就在他身后不远处，他蹲下身，又点了支烟。他要捋捋自己的思路。

## 开　始

周百顺人称周老蔫，他的老家在一个小镇上，镇的名字很好听，叫和平镇。他在那里出生，长大。高中毕业那一年，没能考上大学，家里人也没指望他考上。周百顺从小到大在熟悉的人眼里，形容他的词只有一个：窝囊。他的窝囊体现在小学毕业时还经常尿炕。母亲隔三岔五地把他的被子用一根木杆挑在院子里晾晒，细心的人可以看见被褥上一圈圈的尿渍，风吹过来，还可以闻到一股又一股尿臊气。人们都知道这么大孩子尿床这是病，打小开始，母亲牵着他的手西医、中医没少看过，但仍没什么效果。直到他上了中学后，尿床的次数才渐渐减少，自家院子里木杆挑着的被褥被母亲洗过的衣服所替代。

周百顺打小就是一个沉默寡言的人，很少和小伙伴一起玩耍，大多数时间总是一个人形只影单，独来独往。其他同学玩得热火朝天时，他蹲在一隅看地上的蚂蚁搬家，手里拿了个草棍，把一群辛劳勤奋的蚂蚁即将搬运到洞口的食物挑开，蚂蚁们晕头转向地一次次做着重复工作，他就很开心的样子，哧哧地笑着。玩蚂蚁烦了倦了，他直起身，抬起一只脚，狠狠踩在蚂蚁窝上，用鞋掌用力蹍几下，一群蚂蚁丧命在他的脚下，幸存的蚂蚁四散而逃。他背起手，很有成就感地向前走去，嘴角变成月牙状，那会儿是他最开心最舒畅的时刻。

独来独往惯了，从小到大他没什么朋友。小时候尿床的名声传播得十里八乡人人皆知，他沾着一身臊气上学放学，伙伴们都离他很远，只要他一出现，众伙伴就冲他喊一句顺口溜：周百顺爱喝汤，每天起夜去尿床。被子褥子天天晒，忙了自己苦了娘……那会儿，同学都远离他，他也无法和同学们成为朋友。他站在远处，听着伙伴们朗朗地唱着关于自己的顺口溜，仿佛和自己无关，还把同学们的顺口溜在心里默念了一遍，顺口溜中的周百顺仿佛是别人。

渐渐他长大了，上了中学，唇上的茸毛开始变厚变粗了，人就越发地沉默了。在上中学期间，他的学习成绩数数学最好，有时考试，数学单科成绩经常能排到年级的前几名。那会儿的镇中学，为鼓励学生学习，每次考试或者测验，都要张榜公示学生们的成绩，张三王五的顺序一目了然。每次数学考试之后，周百顺的名字都能在前十名当中找到。其他科的成绩却一塌糊涂。老师和同学都不明白，数学这么优秀，其他科目的成绩却不值一提，周百顺只好“一枝独秀”了。

高考之后，还没有公布成绩，周百顺便离家出走，去南方打工去了。没人知道他去南方做何种工作，每年春节的前几天，人们都会在和平镇的街上看到周百顺。此时的周百顺和以前的周百顺已经大不一样了。他穿衬衫，短大衣，外面再披一件棉大衣，后来棉大衣改成了羽绒服。裤子被熨烫得有条直线，立立整整的，有型有款。脚上是一双钉过掌的皮鞋，走在北方的冻土地上，咔咔作响。手指间经常会夹一支纸烟，烟的牌子叫“红双喜”。那会儿的周百顺一副出人头地的模样。

春节前后那一阵子，上大学和打工的同学都回到了家里，街上散落着一些练歌房和台球厅，许多年轻人都爱聚集在那里，也是同学聚会聊天的不二选择。周百顺对众人相聚的地方不感兴趣，他只喜欢走在街上，披着大衣或宽松的羽绒服，立立整整地在街上走一走、看一看。偶尔会光顾小卖部或小超市，他只是为了到那里买一盒烟，烟的牌子从无变化，一直是“红双喜”。

路过台球厅时，偶有同学认出了他，吆喝一声：周百顺。他听到了，会立住脚，隔着马路朝吆喝他的人望一望。同学就说：周百顺，在哪儿发财呢？

他用夹着烟的手摆一摆，不屑一顾的样子，嘴角弯成月牙状，然后慢吞吞地向前走去，身后留下一串皮鞋铁掌在冻僵的水泥地上发出的咔咔声。

周百顺成了熟人眼中的谜，但在人们的印象里，他混得还不错，除了人黑了、瘦了，身材却比以前强壮了许多。强壮起来的身材，穿上得体的衣服，人就立整起来。

春节一过没多久，立立整整的周百顺就从和平镇的街上消失了，甚至没人知道他是何时走的、怎么走的。总之，人们知道周百顺去了南方。再一次过春节时，他又会出现在街上，一遍遍立整地走来走去。

一晃又一晃，几年过去了。那些考上大学的同学毕业了，工作了，有的已结婚生子了，平凡世俗地过上了日子。

街面上的练歌房、台球厅依旧热闹，街上的拐角处又多了几家录像厅，乒乒乓乓地传出枪战片的音效。那阵子，不论走没走出小镇的青年人，都学会了港台话。相互见面，人们捏着嗓子卷着舌头说话。时髦的事物人们都觉得新鲜，与时俱进的小镇人，把学说港台话当成了一种时尚。

人们再看到周百顺时惊奇地发现，周百顺烫了头发，他的头发变成了弯曲的那一种，还有一层胶一样的东西罩在头发上，冷风吹在上面不是一根根飘起，而是一坨头发在微微颤动。有机会和周百顺近距离接触的人，甚至还能闻到他身上散发出的一股又一股香水气味，人们从那一刻开始，都对周百顺另眼相看了。在人们眼里，周百顺变得愈发地神秘另类起来。人们猜想着周百顺在南方落脚的城市，甚至工作，但这一切他们仍无从考究。不论是谁都很难在他嘴里套出一星半点的关于他的踪迹。在小超市收银员那里，人们会得知一星半点的关于周百顺的信息。周百顺把钱称为“刀了”。每次结账，他都会问收银员多少“刀了”，说这话时，尾音是上扬的，像唱歌一样。在人们眼里，周百顺就更加神秘了。

男大当婚女大当嫁，同年龄的伙伴一个又一个娶妻生子了，周百顺自然也到了娶妻生子的年龄。

又一年春节前夕，有媒人给周百顺提了一门亲。女方是同在镇上的宋春梅。宋春梅要比周百顺小上几岁，高中毕业后，没能考上大学，也去了南方。在和平镇人们眼里，凡是长江以南的地方通称为南方。宋春梅去的南方是海南岛。在和平镇人们眼里，海南岛就是天涯海角了。人们并不清楚宋春梅在海南岛做什么生意，宋春梅只说是打工。人们在宋春梅的穿着上依稀能感受到海南岛的风情和热度。每年的春节前，宋春梅和许多闯世界的青年一样，都会如约回到和平镇。宋春梅裙子仍然贴身穿着，裙子内再穿一层肉色连裤袜，远远看去，仍有光着腿的效果。有时披件羽绒服，有时不披，只披一件印有大海图案的披肩，然后哆哆嗦嗦地走在街上，成为一道风景。

同在南方打工的宋春梅，已经非常海南化了，说话不仅卷着舌头，还嗲声嗲气的，让人联想到海鸥。

这年的春节前夕，在热心媒人的撮合下，周百顺和宋春梅见面了。媒人与时俱进地把两人约会地点选择在了镇里面最大的练歌房。练歌房的名字叫“五洲”，可见练歌房老板的心胸。在“五洲”练歌房的一个单间里，周百顺和宋春梅如约相见了。两人同为镇上的青年，上学时也同在一所学校，依时间推算，周百顺高中毕业时，宋春梅刚上初中。两人并没机会谋面，也果然并不相识。

周百顺坐在沙发上，面对开启的音响设备，冲宋春梅生疏地点头微笑。宋春梅熟练地拿过练歌房的话筒，手指轻敲几下话筒，微笑地冲周百顺说：你想唱什么歌？

周百顺摇摇头，点了支“红双喜”香烟，不紧不慢地吸。

宋春梅为自己点了两首歌，她第一首唱的是《请到天涯海角来》，算是热身，第二首是《大约在冬季》。此情此景正符合两人所处的环境。宋春梅唱完两首歌之后，把话筒放在一旁，捋了下裙子，坐在沙发上，冲周百顺说：别装了，说说你在南方干什么活吧。

周百顺深吸口烟，低着声音道：建筑工地瓦工。

宋春梅笑了：介绍人说你在南方当老板。

周百顺也牵起嘴角咧咧嘴，这次却不是月牙状，有点像梨。

宋春梅说：我在海南岛一家歌厅当服务员。

周百顺点点头，从她熟练操作音响及点歌的熟练程度上看，宋春梅此言不虚。

宋春梅又问：你一个月能挣多少？

周百顺把头深埋下一些，声音又低了些：管吃管住，一天八十。

宋春梅又浅笑一下：我比你强点，但每次上岛下岛都得坐飞机，钱都花在机票上了。

周百顺又点点头，认真打量了几眼宋春梅。在周百顺眼里，宋春梅很漂亮，面孔白细，一双眼睛经意不经意间都是撩人心魄的样子。头发烫了，弯曲着恰到好处地装饰着一张生动的俏脸。淡淡的香水气息和年轻女人特有的气息混杂在一起，笼罩了周百顺，他心里有些迷乱，一股莫名的躁动在身体深处滚动着。有生以来，他还是第一次以如此状态面对一位年轻女人，尤其她又这么漂亮。他瞄着身边的宋春梅，嗅着女人特殊的气味，莫名地，他有了一股不可抑制的忧伤。他想到了工地，南方的闷热包裹着的工地，生石灰和人肉味笼罩着整个工地，夜晚的工棚，这种气息有过之而无不及，有时半夜会被这种气味熏醒。有几次在梦里醒来，他都发现身边的大柱子弓着身子，把手放到身上的毛巾被里，手的起伏弄得整个床铺也跟着一颤一抖的，许久之后，大柱子安静下来，长嘘口气，满足地侧过身睡去了。从大柱子毛巾被里散发出既熟悉又陌生的气味，这是男人的味道。他望着大柱子的后脑勺，昏朦的光亮里，他看见大柱子的头发里流出一缕汗，凝在枕头上，他整个人就潮湿了。湿漉漉的被单，黏黏地贴在身上，让他有种恶心呕吐的欲望。

有时下雨，工地无法施工，他们会走出工地，或站或蹲在街角，远远近近地看着年轻女子在眼前路过。女孩子们举着花花绿绿的雨伞，穿着短裤，身材都奇妙的好。潮湿的雨中，偶尔会留下一缕女人的气息，他们深深地吸口气，伴着口腔的混浊吞咽下去，在身体里搅拌着，然后硬硬地顶在某处。夜晚工棚里，不断有人醒来，抖颤着身子在通铺上一抖一抖地做着自己，直到喷涌而出，泄了自己。躁动过后，又深深地睡去。

在工地上牛样马样地劳作，最盼的就是下雨天，不仅因为可以休息，哪怕不发工资他们也是快乐的。站在街头上，望着身边走来过往的年轻女子，有时走在人群里，不仅能和女孩子擦肩而过，幸运的话，不经意地用手臂或者身体某个部位还能和女人有轻轻的触碰，那是他们销魂动魄的时刻。

集体的性压抑，让工地和宿舍被一种看不见却闻得到的气味笼罩着。这种气味，像一种化学制剂，无孔不入地在每个角落弥漫着。

那天，他们在练歌房一直待到晚上，他们只唱了开始时的两首歌，其余时间两人一直在试探着说话。彼此大概对对方有了印象和初步的了解。

走出练歌房后，他冲宋春梅说：我们吃饭去。

他们进了一家烤串店，刚开始他只要了两瓶啤酒，他以为宋春梅不会喝酒，两杯之后宋春梅和他对干起来。再后来他不断地让服务员加啤酒，每次都是试探地加两三瓶，加了几次他也记不得了，他们桌子下，放了一溜空酒瓶。

他们离开烤串店时，差不多快半夜了。酒后，他的身体很放松，有种轻飘飘的感觉。宋春梅也有了酒态，她嘴里不断发出简单粗暴的感叹。酒精的作用，让他们拉拉杂杂、东拉西扯地又说了一些话。此时，说话的具体内容他们已不记得了，只记得当时的一种氛围。这样的氛围让他放松。

他送宋春梅回家，两人趔趄着身子，脚下磕绊着。有几次，他扶着她，她并没有回避他的身体，而是把自己的身体大面积地交给他。他想起下雨天，他们走在街上，碰触到女人时的那种感受。他们来到宋春梅家住的胡同口，宋春梅站直身子说：我到家了。身体并没有离开，眼睛在暗处望着他。他立在她对面，两人距离很近，他仍能清晰地嗅到她的气味。不知哪来的勇气，他一把把她拉到自己胸前，她摇晃了一下，身子伏在他胸前，他能感受到她的身体凸凹地伏在自己身上。他用双手勒紧她的身体，迷乱之间，他的嘴碰到了她的脸，最后亲到了嘴，狠命地吸过去，她回应着，两只冰冷的舌头搅在一起，他们气喘着。久久，他们才分开。她没再说话，迷离地望他一眼，转身向家门走去。

那年春节前后，他们又频繁地见了几次面，还是那家练歌房里，他掀倒了她，压在她身上，她并没拒绝。深入一些时，她迎合了他。一切都很顺利。完事之后，他们整理了自己，安静一些了。练歌房的电视里正播放一首歌叫《你从风里来》，从那一刻起，两个人的关系似乎就变了，都认为对方是自己人了，他把她揽过来，她软软地伏在他怀里。他摸着她的头发，一直往下，手放到了她的腿上，年轻女人的腿结实饱满，他又有了欲望，又一次把她压在沙发上……

后来，他们就都各自走了。他去了南方工地，她回到了海南岛的歌厅。天各一方，他们开始写信，像所有恋人一样，叙说着各自的工作，倾诉着思念。在一个南方的雨季，思念像潮水一样包裹了他，在一天夜里，他买了一张通往海南的火车票，没有取得她的同意，他去了海南岛寻她。

他在一天晚上到达了海口火车站，一辆黑车把他拉到了她工作的歌厅。那是家在地下室里开着的歌厅，楼上是一家著名的酒店，他立在灯红酒绿的大厅里，大厅的角落里坐着一排歌女，她们穿着暴露，香艳无比。他望着她们，心跳加快，脸红心热。一个妈咪审查似的问清了他的来由，让他稍等，妈咪走过一条幽暗的走廊，过了一会儿，他看见宋春梅向他走了过来。宋春梅像大厅里所有那些歌女一样，穿着很少的衣服，胸在一个布兜后面汹涌地鼓胀着，他身体在那一刻瞬间潮湿起来。

宋春梅看见他，吃惊地睁大眼睛，似乎不敢相信自己的眼睛，半责半怪地问他：你怎么来了？

他说不出话来，口干舌燥地望着她。

后来，她领他去了一趟自己的住处，离歌厅不远的一条巷子里，一栋半开放的二楼。那是她和人合租的住处，她在里面拿东西，从虚掩的门里他看见不大的房间里摆了三张床，宋春梅的床在最里面，她正从床下的旅行箱里翻找衣服。穿着妥帖的宋春梅又一次走出来，挽了他的胳膊出门，又转了两条街，在一家小旅馆里开了一间房。关上房门时，他迫不及待地就把她压在了床上，她呻吟一声说：轻点。他顾不了许多了，从进歌舞厅那一刻起，他浑身就胀得难受，他横冲直撞，不管不顾地把她要了。

然后，他像一只跳到岸上的鱼一样大口地喘息着，似乎要窒息过去。她也喘息着，软软地躺在一边。不知过了多久，他平静下来，起身点了支烟。她也爬起来，打开一扇窗，然后走进洗手间清洗自己。他吸到第三支烟时，水流声停了下来，她用一条浴巾包裹着自己，走到床边冲他说：你也洗一下吧。他摁灭烟，走下床去，海南的潮湿在水流中退去，他上下仔细地清理了自己。他的眼前一直是歌厅里看到的景象，那些暴露的歌女鲜活的样子让他再一次鼓胀起来。他又一次迫不及待地回到了床前，床上的宋春梅正用浴巾擦拭自己的头发，他又一次把她扑倒在床上。她嗔怪道：还没够哇。他一句话不说，努力做着自己，让身下的宋春梅一点点软下去，化开来。许久之后，他自己也软了下去，咻咻地躺在她身边喘息。他碰到了她的手，交叉着手指把她的手握在手里，那会儿她的手仍软着。又过了片刻，他清清嗓子，低声道：你就在那儿工作呀？她小声"嗯"了一声。

他没走进过歌厅的单间，但他看到了候场的那些歌女，他能想象得到歌厅单间里的样子，他以此，也能想象得到她们陪那些男人唱歌时的样子。在南方打工时，他们也在歌厅门前驻足过，看到一些男人开着车，酒足饭饱后，大摇大摆地走进歌厅；也看见过从歌厅里走出的男人，搂着从歌厅里走出来的小姐上了车，一路驶去。

他松开她的手，靠在床头上，又点了支烟，他又问了一句：平时出去多吗？她从床上仰起头，嗓子里"嗯？"了一声。他说：和客人。她把眼睛低垂下去，摇了下头，半晌小声地说：玩得高兴了，说得来的才出去。

他不再说话了，一支接一支地吸烟。她咳了两声，后来也拿起烟盒点了支烟。她也靠在床头，分明和他有了些距离。

隔壁的房间里住进了人，听到了一男一女含混不清的说话声，接着就是洗澡的声音。过了不久，隔壁的床响了起来，床头击打在墙上发出有节奏的声音，伴着女人一声又一声的叫。

她朦胧中望了他一眼，按灭烟，重新躺好。他身体又有了反应，也按灭烟，重新把她搂在怀里，奋力压过去……

第二天上午，他醒了过来。他睁开眼睛时，看见她刚从外面回来，买了两碗米粉放到桌子上。他起床，坐在床边和她面对面吃掉了米粉。此时的宋春梅穿戴很整齐，一点也没有歌厅的痕迹，她小心地望着他。她说：反正我的工作你也知道了，要不你走吧，就当我们不认识。

他长嘘了口气，仍觉得有什么东西在胸前塞着，像块石头似的。

中午之后，他和她从房间里出来，她带着他坐公交车去了一趟海边。他看到了海，他坐在海边的沙滩上，一下下往海里扔着石子。傍晚的时候，他们又坐车从海边回来，她领他去了一个大排档，这里人山人海，嚷杂之声一派人间烟火的气息。他们吃了海鲜烧烤，喝了啤酒，又吃了几种小吃。两人直到这时才又回转过来。

她又挽了他的手臂，两人向昨晚住过的小旅馆走去。那一晚，他和她一起躺下，他和她五指交叉地握在一起，他说：你干到年底吧，咱们就结婚。

她偎在他胸前又“嗯”了一声。

他又说：结婚之后，咱们一起回老家，再也不出来。

她又“嗯”了一声。

那一晚，他一直搂着她，把她当成了老婆，动作不再粗糙，一切都细心起来，仿佛他怀抱的是一个婴儿。

他在海口住了三天之后，又回到了南方的建筑工地。

那年的春节前，他和宋春梅结婚了。

结婚前，宋春梅已经有了几个月的身孕，她几个月前就从海南岛回到了老家和平镇。这婚结与不结也不是两人能把控得住的。按照家乡的风俗，结婚现场还是来了一些亲戚朋友，就连周百顺很少走动的同学，也来喝他的喜酒。

凡是见过宋春梅的人都说周百顺有福气，娶了这么一位漂亮的姑娘。宋春梅高中毕业就去了海南岛，许多人对她都没什么印象，此时的宋春梅已出落成大大方方的姑娘了，许是在外面工作了几年，眼界开阔了，待人接物以及说话，让人大开眼界。人们都说，周百顺这小子祖坟冒青烟了，摊上了这么好的媳妇。

周百顺看宋春梅时，他脑子里总是想起在海南歌厅大堂里见到过的画面，那些露胸露腿的女子，心底里就潮湿起来，味道像南方的雨季。无论如何，他还是满意宋春梅以及这桩婚姻的。宋春梅的确很漂亮，许是在海南待了几年，皮肤是嫩滑的，白中透红，穿着打扮也很有眼光，尤其一双眼睛，总是顾盼含情，不说话就满眼内容。更为让他自豪的是，她已经怀上了他的孩子。几个月前，他在海南岛那家小旅馆里住了三天，一天二十四小时守着她，他们除了去吃饭，其余时间便待在床上。一遍遍在床上劳作，终于有了结果。

婚后的周百顺，在春节后，又一次去了南方，孩子就要出生了，他要肩负起养家糊口的责任。他告别了肚子已经显山露水的宋春梅。告别的滋味，让他心里酸溜溜的，但还是硬下心肠，背起行李卷，头也不回地走了。

以前，他出门去南方打工，心里并没有目标，现在不一样了，他在为老婆孩子打工。一想到这，浑身上下就多了许多动力。

再一次遇到南方雨季时，打工的同伴看着雨离开工地去街上闲逛。他不再出门了，而是躲在宿舍一角，从枕头下摸出女儿的照片，不厌其烦地看了一遍又一遍。夜晚，那些青春如火的同伴在被子里颤抖自己的身体，他却很平静，望着黑暗中的某处，听着工棚外的雨声想着宋春梅，想她凹凸有致的身子，想她那一双会说话的眼睛……

周百顺又一个春节回家时，他的女儿已经半岁了。他第一次抱起女儿，浑身是颤抖的，不知是幸福还是紧张，喉头似乎被什么东西堵住了，哽哽地说不出一句话来。

当他又一次过完春节，准备离开家门时，宋春梅抱着女儿丫丫送他，他的腿已经灌了铅，每挪动一步，似有千斤重。但他还是走了，走出母女两人的视线，他抹了一把脸上的泪，样子悲怆。

从那时起，他天天盼着春节早点到来，春节一来，他就可以名正言顺地回到和平镇，见到宋春梅和女儿丫丫了。他给女儿起了个名字叫周雪。女儿出生时，他正在南方建筑工地，堂哥周百发来信告诉他宋春梅为他生了个女儿，女儿还没起名字，让他尽快起个名字好为女儿落户口。身在南方的他，就想到了家乡的雪，洁白透亮，他希望女儿也能像雪一样，就起了这么个名字。

堂哥周百发比他年长两岁，堂哥高中毕业后，在市里一家饭店学厨师，学了半年厨师手艺，又在饭店实习了半年。父亲把他送到镇上的食堂当了一名炊事员，给镇领导和机关的人做一日三餐，有时镇领导请客，他也会露上一手。

父母不识字，每次家里有事都会让堂哥周百发给自己写信，信纸是和平镇政府的文件纸，题头印有“和平镇人民政府”的字样，信封也是政府的。只要他每次收到印有“和平镇人民政府”寄来的信，他就知道堂哥来信了。

自从结婚后，每次家里来信，变成宋春梅执笔了，信纸和信封仍然是和平镇政府的，都是堂哥拿回来的。以前堂哥来信，他看过了，就在吸烟时顺手用打火机把信烧了。自从宋春梅写信后，他都把信一封封留着，压在枕头底下，每天出工回来，不论多么累，他都会拿出信读一读，每次读宋春梅的信，他心里都会潮湿起来。

在南方又一个雨季到来时，堂哥周百发又来了一封信。堂哥没有多余的客套话，只在信里告诉他，让他回老家，不要在工地上做工了。表哥又强调，说这也是叔叔婶婶的意思。周百发指的叔婶，就是周百顺的父母，一对老实巴交的人。

堂哥在信里没说理由，也没说让他回去的原因。正因为如此，他隐隐地感到家里发生了大事，但又不知什么事，这就让他更加揪心。

前一阵子宋春梅来了一封信，内容寥寥，说家里一切都好，丫丫也好，让他放心。结婚之后，过了两个春节，他和宋春梅那股新鲜劲过去了，似乎老夫老妻了，信也少了起来，每次都是报个平安，有例行公事的感觉。

他猜测着，犹豫之际，堂哥再一封催促他的信又到了。这次表哥说得更直接，让他回去处理一件事，信中说，这件事只有他能处理。他没有理由再拖下去了，他有了预感，这次回去恐怕不能再在工地上打工了。他找到工头结了账，背起行李卷坐上了返乡的列车。

果然，家里出了件大事。

宋春梅又一次怀孕了。按理说宋春梅怀孕并不是什么大事，但她怀孕却和他无关。他春节后离开家门去的南方，时间已过去了大半年。宋春梅怀的孩子月份和他在家的时间对不上，这对周百顺来说，确实是件大事。

老实巴交的父母，在他回家后第一时间见到了他，不停地叹气，母亲红着眼睛还抹开了眼泪。当着父母的面，他没说什么，只一个劲地抽烟，地上扔了一堆烟头。

女儿丫丫已经两岁多了，在镇幼儿园上学。宋春梅半年前就去镇子里一家超市上班了，已经成为超市的经理，平时坐办公室，有时也会到超市里转一转，看货架摆放，也监督收银员的工作态度。

晚上，他看见了宋春梅。女儿丫丫一直被父母带着，父亲每天接送丫丫上学放学。只有宋春梅休息时，才由她接回家。

宋春梅看见他时，他正坐在自己的床上，床头柜上的烟灰缸里已堆满了烟蒂。宋春梅见了他很是吃惊的样子，上下打量了许久，瞪着眼睛说：你咋回来了？

他去看她的肚子，那里已经有些痕迹了。她意识到他回来和肚子里的孩子有关，但她非常镇静，用手扶了一下显山露水的肚子道：我怀孕了，没告诉你。想你春节回来给你个惊喜。

他把烟灰缸摔在地上，烟蒂撒了一地。她望着他，仍没惊慌的意思，她平静地说：别闹，这事闹大了，对谁都不好。日子要过呢，我还和你过；要是不想过了，丫丫你领走，以后的日子我自己过。

一口空气卡在他的喉咙里，硬硬的，吞不下，吐不出。

她潮湿了一双眼睛：你这一年就回来一趟，每次待不上一个月，这日子谁能受得了。

他打了个嗝。又打了个嗝。

她又说：以前我在外面的工作你也了解，我要不是干那个的，也不会嫁给你。现在出了这事，是吧，我也不愿意，但出了，还能咋的。

她开始弯下腰扫地上散落的烟头。他瞄着她，虽然她怀孕了，但腰身依旧好看，似乎出落得比以前更有韵味了。他又一次想起在海南歌厅里见到的场面，一群歌厅小姐，白花花地坐在一起，她们有说有笑，等着男人挑选。他闭上了眼睛，心里仍硬硬地有东西顶着。

那一夜他没睡。他坐在外间的沙发上，不停地吸烟，她躺在里间的单人床上。一夜的时间，似乎想了许多，又似乎什么也没想。

第二天一早，她起床化妆，又做了早点。自己吃了一些，留了一半给他。一句话也没说，出门去超市上班了。

一连三天，他和她的状态大抵如此。

三天后，他去找自己的父母。

父母见了他，用四只眼睛望他，两个老人大气也不敢出的样子。父母一辈子胆小怕事，平时话都很少说。

他青着脸，望着父母的脚尖说：我不去南方了，在镇里找份工作吧。

父母默着脸，躲开了他的目光。

他回到家里，宋春梅还没下班，他把房间打扫了，买了菜，又去幼儿园把丫丫接了回来。

宋春梅回到家里看到眼前的景象，她在心里给这件事画了一个句号，开始做饭。吃饭时，还拿出个杯子，杯子里给他倒了酒。

他喝了口酒说：以后我不去南方了。

她说：嗯。

他又喝了口酒：就在镇子里找份工作。

她又说：嗯。

他一口把剩下的酒喝光，把杯子重重地放到桌上，很豪气地说：从今以后，我天天陪着你们。

丫丫突然说：爹，你吃菜。

她说：挺好的。

夜晚，他把她搂在怀里，摸着既熟悉又陌生的身体，他小声地问：谁的？

她把他的手臂从自己身体上推开说：睡吧。

他没再说话，睁着眼睛，望着天棚。

没多会儿，她在他身边睡着了，气息均匀。

他倚在床头，点了支烟，望着床上朦胧中的宋春梅。她依旧年轻漂亮，修过的眉毛，还有文过的眼线，让她的五官更加立体。他在心里长长地叹了口气。

他在心里想，日子只能这么过。她说得对，这件事张扬出去，对谁也没好处。他接受了属于自己的日子，好在他还有丫丫。

# 第一章 B

## 大案——卢文文之死

准新娘卢文文遇害了，她死在自己要当新娘的新房里。卢文文死得很惨。北方入秋的季节，草木刚刚泛黄，她穿了秋裤，还有一条紧身外裤，两条裤子都被褪下来。现场的情景告诉破案的人，她是被先奸后杀的，下体被锋利的刀具剜了下去，在那里形成一个血肉模糊的洞。一件羊毛衫被掀到了头顶，露出白花花的胸乳，两只乳房都被利刃刺透，伤了心脏，血水在伤口里汪着。

卢文文是大白天在家里遇害的。新房位于县城的东南角，那里是一片居民区，是平房，为了结婚，收拾过，刷了新漆，很新的样子。院外有一个小门，半人高，十几步的一个小院。那天下午，卢文文在自己的新房里缝新娘的被子，两床新被子印有大红的喜字，喜庆、鲜亮。再过三天就是文文大喜的日子了，她在为自己的婚事做着准备。

县城不大，平日里住着大几万人口，以前这里是全县最热闹的地方，十里八乡赶集的、进城的，都把县城当成大城市。这几年，许多人都去南方城里打工了，许多县城里的人也不甘寂寞，呼朋引伴地去了南方或者大城市里去寻工作，县城一下子就冷清下来，少了热闹，多了宁静。因为人渐渐地少了，刑事案件一下子也少了。偶有小偷小摸的事情发生，报案人到附近派出所报了案，做了记录，回去等消息。有时案件能破，有时石沉大海。或者街头有斗殴的，你死我活的样子，只要有人喊一声“警察来了”，斗殴的人便作鸟兽散了。

杀人的案件，县城的人很少听见，最近几年似乎也没发生过这样的案例。小县城瞒不住事情，尤其这种很黄很暴力的事件。事发当天晚上，关于卢文文被强奸杀害的消息便传遍了县城里的大街小巷，甚至全县的四乡八镇也无人不知、无人不晓了。

卢文文的死，牵出了县公安局刑侦大队大队长卢国正。卢国正许多人都认识他，即便不认识也知道他的名字。高个儿，方脸，说话粗门大嗓，为人豪爽，这些都不是他出名的要素，众人都知道他，因为他是县公安局的刑侦大队长，还有他的一身豪气。在县城里他也算是有头有脸的人。

卢国正的老家在山东，爷爷那一辈闯关东来到了此地，一晃也是三代人了。虽然卢国正生于斯长于斯，但他一直念念不忘老家山东梁山。他一直认为自己就是梁山好汉卢俊义的后人。卢国正最爱读，也是读得最全乎的一本书就是《水浒传》，因为卢俊义，也因为那些梁山好汉。自己姓卢，爷爷又是从梁山出发流落此地，他有一百个理由相信自己就是好汉卢俊义之后。

小县城里有许多山东人之后，许多人的奶奶都是小脚，口音自然还是山东人的乡音。卢国正每逢有聚会，每逢有新人在场，酒过三巡之后，他都要论一下前三代的出身。只要对方说老家也在山东，卢国正便啥也不说了，给对方给自己满满倒上一杯酒，端起杯子喊一声：老乡啊。然后一口喝干了，两眼潮潮地望着对方，已把陌生人当成了亲人。因此，卢国正的豪爽也是远近闻名的。他一直把自己称为山东大汉，他的个头和身材也的确可以用大汉来形容。他当过兵，复员回乡在派出所当警察，后来调到刑侦大队，先是当警员，后来当中队长，又当上了大队长。他的名气在县城里也与日俱增，无人不知，无人不晓。

他很少穿警服，一到秋天，他就穿一件皮衣，不系扣子，敞着怀。因为腿长，走起路来支腿拉胯的，动作和样子就很夸张。腰里别着的枪不时在衣服里露出来，他的样子很潇洒，也很张扬。

一些小偷和不法分子，在审讯室里见到他，就不寒而栗，从心理到身体都已经缴械了。卢大队长很有名望，很有威风。

县城里所有的人做梦也不会想到，竟然有人敢在卢国正头上动土，用这么凶残的方式把他二十四岁的女儿奸杀了。

认识卢文文的人都知道卢文文很漂亮，一米七〇的个头，继承了父亲的身材，长腿细腰，圆脸大眼睛，高中毕业后考上了护士学校，毕业后在县城一家医院里当护士。卢文文这长相和家庭，在当时的小县城里，可以说是数一数二了。追求她的人成群结队。

未婚夫是卢国正钦点的，就是刑侦大队的方晓明。方晓明那一年二十有七，到刑侦大队工作已有几个年头了，是卢国正认为最有天赋当警察的好苗子。方晓明警校毕业，当初卢国正去警校选人，在几十人的队伍中，他一眼就看中了方晓明。方晓明站在队伍中，样子更像一名军人。他走到方晓明面前，拍了一下方晓明的肩膀，方晓明纹丝不动，腰杆还向上挺了挺。他望着他的眼睛，方晓明的目光是坚定的，泛着机智和灵活。他问了方晓明的名字，又到学校把方晓明档案调出来，父亲那一栏里“方炜”这个名字，让他格外关注。

卢国正当兵时，他有一个班长名字就叫方炜。在新兵连时方炜带过他，到了连队还是方炜当他的班长。但方炜班长在他记忆里是邻县的，方晓明的家庭地址却是本县的。此方炜和彼方炜的关系让他疑惑。

那次离开警校之前，他把方晓明叫到了自己的吉普车前。他没头没脑地问：你爸是哪个方炜？

方晓明的目光跳跃了两下，头低了一些道：我爸牺牲了，在珍宝岛。

卢国正差点惊叫出声。

此方炜就是他的老班长。

老班长牺牲在珍宝岛那场突发的战役中，卢国正参加了那场战斗，他在班长方炜的带领下和突然而至的敌人展开了一场遭遇战。班长方炜中弹了，在腹部，肠子都流了出来。他把班长背下阵地，肠子拖在脚下，当他和卫生员帮助班长把肠子塞到腹腔时，方炜已经快咽气了。方炜无力地握住卢国正的手道：小卢，我不行了，有机会去我家……看……看……他大叫：班长，班长……方炜歪了下头，吐出口气，白着脸再也没动。他清楚地记得，方炜班长是半睁着眼睛牺牲的，眼睛怎么也合不上。

他复员的时候仍记得方炜的话，去他家看看。他和几个战友在复员后去了方炜老家。在邻县的一个镇上，他们在烈士之家的门牌指引下，找到了方炜的家，见到方炜的妻子，还有一个三岁的孩子。那一次，他和战友们一起，把复员费都拿了出来，留给了方炜的妻子和孩子。方炜年轻的妻子抱着孩子，一直在流泪，说得最多的就是“谢谢”这两个字。

那天他们流着泪离开方炜的家门，几年后，这些复员的战友又相约着去了一次方炜的家。“烈士之家”的门牌已不见了，住过的房屋已换成了新面孔。他们打听了邻居，邻居告诉他们，方炜的妻子带着儿子改嫁了。他们落寞地离开。不曾想到的是，二十年后，他和方炜的儿子又一次不期而遇。

他站在吉普车外，扬起手臂用力拍了拍方晓明的肩膀，铿锵地道：毕业了，你跟我走。

方晓明的目光又跳跃了一次。卢国正拉开车门，坐在车里冲方晓明说：我和你爸是战友。

一个月后，方晓明到刑警大队报到，成了卢国正的一名新警员。那一年，女儿卢文文刚上护校。

三年后，卢文文毕业前夕，卢国正把方晓明带回家中，冲女儿文文说：这是方晓明。从那会儿，女儿就和方晓明认识了。两人经过了一年多的恋爱后，选定了金秋的 10 月作为他们结婚的日子。

离 10 月 1 号还差三天，卢文文在自己的新房里遇害了。

漂亮文静的卢文文，在县城医院刚工作一年，认识她的人都说，她是个懂事、工作敬业的好女孩。未婚夫是一名刑警，这对恋人在县城里绝对是非常般配，让人心生羡慕。正当两人好事将近之时，却发生了惨案。

一时间，各种版本在民间流传，说得最多的版本是：刑侦大队长得罪人了，这是有人在报复。对卢国正无法下手，只好对他女儿实施了这种残忍的手段。

卢国正在复员回家那一年结的婚，爱人是工厂里一名工人，当时被称为厂花。第二年便生下了卢文文，后来他们又有了一个孩子叫卢娇娇，都是女儿。

卢国正是第一个到达凶案现场的，一米八多的卢大队长当即晕倒在了现场。赶来的救护车没能拉走女儿，却呼啸着把他送到了县医院。医生给他注射了一针强心剂之后，他醒了过来，随之一口鲜血从他嘴里喷了出来。他扶着床坐在那里，手拧着床头嘎嘎作响。老伴徐玉珠被送进医院时，他冲医生说：把人看好了。他还伸出手在一个医生的肩膀上拍了一下。

他又回到了凶案现场，那里已拉起了警戒线，几辆警车亮着警灯在闪烁着。他没再进现场，看着警员们表情严肃地忙碌着。他背靠在一根电线杆上，从兜里掏出支烟点燃。他看见了方晓明，蹲在门口的一个角落里。他走过去，方晓明一直低着头，看见了他那双皮鞋，叫了一声：爸。有两滴泪砸在他鞋上。方晓明自从和他女儿好上，私下里就改口了，一直叫他“爸”。

他每次见到方晓明，都下意识地想起老班长方炜。后来，方晓明和方炜就成了混合体。他内心早就把方晓明当成了女婿和亲人。

此时，他狠命地抽了几口烟，把剩下的半截弯腰递给方晓明。方晓明犹豫一下，还是接了，却没抽，手一直抖着。

他看见两个警员抬着担架，担架上的文文被一张白床单盖着抬上了救护车。车门被两个警员关上了，有一个警员坐到了救护车的副驾上，救护车亮着灯，并没有鸣叫，默默地开走了。

另一个警员拆掉了警戒绳，还有几个警员站在新房的门口，他们有人手里拿着相机，有的拿着记录本，小声地说着什么。

他弯下身子把方晓明拉起来，也许是蹲久了，方晓明摇晃了一下，一个女警员过来扶住方晓明的一只胳膊，向一辆警车走去。所有人都低着头，一副对不起大队长的神情。

卢国正扫了一眼现场，走到女儿新房门口，把门带上，低吼一声：收队！

所有人有序地坐上警车，远处是一群看热闹的群众。卢国正突然把警车的警报器打开，凄厉的警报声打破宁静。车队驶离了现场。

卢国正的家已经变了天。

老婆徐玉珠躺在床上，一副生不如死的表情。二女儿卢娇娇从学校里赶了回来，用尽各种招数安慰着床上的母亲。孩子没有更多的办法，只是手握纸巾一遍遍地给母亲擦泪，地上扔了一堆纸巾，徐玉珠的眼泪还在流，像开了闸的水库一般。

卢国正进门，双脚踩在散乱的纸巾之上，他悲怆地望着徐玉珠。徐玉珠见到他就像见到了救星，喊了一声：你要抓住那个凶手啊，我要千刀万刀把他剁了！

他掀了下衣角，露出腰间别着的枪，坐在床头一张凳子上。他站在凶案现场时，便在脑子里开始描绘凶犯的模样了，这是他的职业习惯。他望着床上的妻子，说了一句：这个你就放心吧。

女儿卢娇娇的眼泪终于流了下来。娇娇正在警校上学，还没毕业，这次从警校回来，完全是因为家庭的变故。娇娇和文文两姐妹差三岁，从小两人感情就很好，她们一起上学，一起放学。姐姐三天后就要结婚了，妹妹娇娇和姐姐说好了，她要为姐姐做伴娘。她见到父亲，便再也控制不住自己，眼泪汹涌地流着，纸巾也擦不干她的泪水。

卢国正望着妻子和女儿的泪水，他的肺似乎要憋炸了。他颤抖着点了支烟，烟雾的味道已不似从前了，又干又辣，他干咳一声，狠狠地把烟扔在地上，又踩上一脚。卢国正眼前的世界已经是另外一个样子了。

他来到办公室时，法医和刑侦干警已把现场采集到的证据放到了他的桌前。一个透明的塑料袋里装有一块女儿的毛衣，那上面沾有凶手的精斑。还有一组现场冲洗出来的照片，女儿赤裸又血肉模糊的身体，他不忍心去看，把照片放到资料袋里。这就是现场采集到的证据，都在眼前了。桌子上还有一张填写完成的报告，写有案发时间、地点、受害人的基本信息等等，以及现场的证据，就等他签字，然后交由技侦科去分析，拿出结果。他在桌子上拿起笔，快速签上自己的名字。他拿着这些资料和证据走出办公室，有警员接过来，跑步去了技侦科。他向刑侦大队的办公室走去，那是间开放式的办公室，里面坐着十几个警员。他站在门口，看见方晓明趴在自己的办公桌上，周围有几个同事站立着，他们似乎已经把劝慰的话都说完了，又没有新的内容，只能干干地立在那里，姿态也是种安慰。

警员们看见他，都站了起来，原本站着的重新换了一个姿势。他走到方晓明面前，他又想到了老班长方炜，眼眶有些热，他伸出手在他肩上捏了一下。方晓明侧过头，见是他，站起来。此时的方晓明脸是苍白的，眼里还含着血丝，抖着嘴唇又叫了一声：爸。突然，卢国正的眼泪掉了下来。

认识方晓明后，方晓明给卢国正讲了一个故事。在方晓明的记忆里，他没有见过自己的父亲方炜。父亲牺牲时，他才一岁多，不可能对父亲有印象。母亲带着他改嫁前，给他看了一次父亲的照片，指着照片上那个穿军装的男人说：这是你爸。三岁多的方晓明已经学会说话了，但他只会叫妈妈和别的事物，他从没叫过爸爸。他见到了照片，响亮地叫了一声“爸”。母亲又指着照片说：记住，这是你亲爸。母亲把照片收起来，放到箱底。不久，就带着三岁多的方晓明改嫁了。他从没叫过养父爸。为这个，母亲打过他两巴掌，他低着头，捏着自己的手指冲母亲说：他不是我爸，我爸在照片里。母亲一把抱过他哭了。自此，母亲没再逼过他。他又大了一些开始叫养父叔叔，一直到现在，他仍然这么称呼。

方晓明叫卢国正爸，是卢文文第一次带他去家里。那一次，卢国正和方晓明喝了些酒，大部分时间都是卢国正在说当兵的经历，主题围绕着老班长方炜展开，一直讲到方炜牺牲，以及方炜最后说过的话。方晓明听着，似乎在卢国正的回忆中，他复原了活着时的父亲，他的样子很平静，一杯杯地陪着卢国正喝酒。这是他第一次听了这么多关于父亲的细枝末节。母亲在改嫁前给他看过父亲的照片后，再也没有提过父亲。母亲改嫁了，又为他生了一个弟弟一个妹妹，鸡毛蒜皮的日子，让母亲忘记了过去，辛苦劳累地活在当下。他大了一些，又试图去箱底找父亲的照片，最后无果。从那以后，他没再找过，当着母亲的面他也没再提过父亲。

那次吃完饭，他告辞离开，蹲在门口系鞋带，卢国正起身去送他。

许是喝了些酒，也许是蹲下身系鞋带的缘故，他起身时趔趄了一下，卢国正扶了一下他的肩膀，还用力按了按。他回过头，冲卢国正笑了一下道：爸，我走了。这一声称呼，亲切又自然。卢国正怔了一下，很快咧开嘴冲他点点头，推开门，目送他走进春天的夜晚。

因为这声称谓，那一夜卢国正失眠了，想了许多老班长方炜的往事以及方晓明和卢文文的未来。

此时，方晓明站在他面前，又叫了一声“爸”，他伸出手又在他的肩上拍了一下，心里的堤坝瞬间崩溃了。他再也忍不住，扭过头快步走出去，眼泪横流着，他推开自己办公室的门，又快速关上，伏在办公桌上，压抑地号哭起来。

文文出事三天后，在 10 月 1 日那一天，原本是文文和方晓明婚礼的日子，文文火化了。娇娇和方晓明执意为文文换上了婚纱，文文打扮得跟个新娘子似的，她本来就该是在这一天成为新娘。化了妆的文文躺在那里，身下铺着印有红双喜字的新被。告别的人，没人相信文文已经死了，似乎她就是一个睡着了的新娘。在告别现场，没有放哀乐，娇娇找了一个录有《姐姐出嫁》那首歌的盒带，交给殡仪馆的工作人员，现场就是这首歌一直循环播放着。妹妹娇娇也穿着礼服，她今天是姐姐的伴娘，她拉着姐姐的手一直站在姐姐的身边。方晓明穿着西装，西装的胸口别了一枝红色的纸花。他们谁都没有哭，把本该忧伤的表情换成强装出的微笑，向每个人那么礼貌地笑着。所有为文文送行的人，都被眼前的场景感染了，他们也把悲伤换成笑脸，依次绕着文文走了一遭。

告别的人，来得最多的是文文医院的同事，还有护校的同学。他们的样子，年轻而又美好。公安局的同事们已经换了便装，他们大都是小伙子，有几个刑侦大队的同事还拥抱了方晓明。方晓明一直那么僵硬地微笑着。

公安局的金局长走到卢国正身边时，两人握了一次手。金局长戴着一副眼镜，手用力地握了卢国正的手，小声地道：抓紧破案，不能让凶犯逍遥法外。

卢国正冲金局长咧了咧嘴，手用力地回敬了金局长。

文文被推进火化炉的那一刻，母亲徐玉珠悲怆地喊了一声：文文，我的好闺女呀……人又一次瘫倒，她的喊声就像开启了一扇闸门，现场的人哭声一片，伪装起来的情感崩溃了。

一缕青烟之后，美丽的新娘文文去了另外一个世界，留给亲人的是一捧带着温热的骨灰。自此，阴阳两隔，文文成为亲人的一个记忆。

两天后，市晚报社会新闻栏目登载了这起凶杀案的消息。人们已经许久没有听到过这种案件了。关于这起凶案的传说在民间开始广泛流传，有各种版本。

案件一层层上报，省公安厅做出批示，这起案件被省公安厅列为本年度的大案要案，并指示，要在最短时间内破案，给死者一个公道，还社会稳定。

红头文件一级级下发，最后落到县公安局刑侦大队大队长卢国正的手里。文件首页空白处，有省厅领导的签名，也有市公安局领导的指示，最后是县局金局长的批示。

卢国正拿着文件敲开了金局长办公室的门，像所有案件一样，他要请示局领导。

金局长从办公桌后走出来，和卢国正一起坐到会客的沙发上，还亲自为卢国正倒了一杯茶。金局长扶了扶眼镜才说：案件的性质我就不多说了，发生在咱们县，又发生在你头上，唉，有什么困难你提出来，县里解决不了，让市局支持，市局不行，咱们找省厅。

卢国正把技侦报告递给金局长：现场没留下太多线索，只有一块沾有犯罪分子精斑的毛衣，通过这个，只知道犯罪分子的血型。

金局长接过检验报告，似乎看了一眼，又似乎没看，又放到茶几上。无头案、悬案，在公安局的案件中是常有的，只能挂在那，碰到新的犯罪分子，再试着碰，看是否能和悬案、无头案串联起来。犯罪分子不是孤立的，这是在当年技术不足的情况下，守株待兔的一种常用方法。

卢国正没再说话，点了支烟。

金局长就说：老卢，我知道你比谁都想破这个案子，压力也别太大。一时破不了，由我去和上级解释。

卢国正把手里的烟摁碎，放在茶几的烟缸里，站起身冲金局长点点头，头也不回地走了。他听到金局长在他身后发出一声叹息。

## 插　曲

城南县城郊区，发生了一起强奸未遂案。报案的是名在县城上班的女职工，晚上下班回家路过一片荒地，犯罪分子就隐身在这片荒地中，他把这名女职工拖到荒地里欲行不轨之时，正好有两名民工路过，犯罪分子跑了。女职工报案后，领着当地派出所的人到现场，碰巧，又遇到那个嫌疑犯回到现场，被抓了个正着。按理说，犯罪分子又返回作案现场被抓住，这种概率本来很小。派出所从审问中才得知，这个犯罪嫌疑人，钱包丢在了作案现场，他回来找他的钱包，钱包里有他刚发的工资。

嫌疑人被移交到县局的刑侦大队，虽然强奸未遂，但也是重大的刑事案件。

方晓明负责和派出所办理了移交手续，带着嫌犯进入审讯室时，门还没关上，他抬起脚，就把嫌犯踹了进去。嫌犯的身体跌倒在墙角发出一声闷响。半晌，嫌犯才抬起头，露出一张苍白的脸。嫌犯头发有些凌乱，穿着皮夹克、牛仔裤，三十出头的样子。他哆嗦着声音说：别，别打我，我错了。

卢国正亲自出马，对嫌犯进行连夜突审。嫌犯姓刘，在省城一家木材厂上班，老婆怀孕即将生产。事发那天下班，他在荒地里上厕所，看到了受害者就一个人，身材优美，一头长发，他突生歹念，强行把她拖进荒地。受害人喊叫，他去捂受害人的嘴，还被受害人咬了一口。受害人反抗特别激烈，他后来提出要给受害人钱，想完成一笔交易，还掏出了自己的钱包展示给受害人看，正在这时，他的行为被两个路过的民工发现了。一个人喊了一嗓子，他就吓跑了。跑了一程发现身后没动静了，才发现钱包不见了，那里装有他一个月的工资，他就回来寻找钱包。钱包没能找到，他被赶来的警察抓到了，并得到了受害人的指认。

在指认现场，他看清了受害人的长相，是个脸上长满雀斑的女人，她的长相和身材一点也不匹配。他在荒地里，看到的是一位长发飘飘的美女，她骑在自行车上的背影就像港台片里的明星一样，瞬间的冲动使他成了魔鬼。

# 第二章 A

## 周百顺（一）

宋春梅生了老二，是个男孩。宋春梅抱着孩子去上户口时，给孩子取名叫周奋强。她的心里是希望孩子的一生能够奋发图强。

给孩子上户口那天，周百顺也去了，走到派出所门口，似乎走不动了，就蹲在了门口。

宋春梅白着脸冲他：你不进去了？

周百顺把头低下去，差不多埋到裤裆里去了。宋春梅又看他一眼，抱着孩子，挺着腰肢走进了派出所。

周百顺低着脑袋，看见了地上的蚂蚁，两只蚂蚁打架，黄蚂蚁把黑蚂蚁压在身下，黑蚂蚁奋力反抗，体力不支的样子。他点了支烟，烟吸得快差不多了，那只黑蚂蚁还没从黄蚂蚁身下翻上来，他移过一只脚踩在两只蚂蚁身上，脚蹍了又蹍。他再抬头时，看见宋春梅抱着孩子从派出所门口走了出来。生育后的宋春梅比以前更加丰满了，皮肤依旧白细，还有一层红晕隐在深处。

他看到宋春梅如此绰约，又想到了海南的歌厅。他心里又潮湿了起来。他从户口本上才得知孩子叫奋强，孩子应该姓什么，也许只有宋春梅知晓了。

宋春梅抱着孩子走在前面，他拿着户口本跟在后面。生了两个孩子的宋春梅，从背影上看过去依旧高挑，长发披在肩上一飘一飘的，还有似乎会说话的臀部异常生动。周百顺又想起在南方工地时一个又一个梅雨天里，他和工友们站在街头，看眼前的女人经过，他们的目光长时间停驻在女人的臀部，有的生动，有的僵硬。此时，他的心又一次潮湿起来，像南方的雨季。他知道，自己无论如何是离不开宋春梅的。

那次从南方工地回来，他彻底打消了再去南方做工的想法。他要留在家中，守着宋春梅，守着属于他的雨季。

他见到父亲和堂哥周百发时，两人的目光都不和他对视，低下头躲避着他的目光。即便说话，目光也是望着别处。

不久，堂哥找到他，说是在镇上给他找了一份工作，他去了堂哥家，听堂哥细说这份工作。堂嫂专门为两人做了俩菜，堂哥还拿出一瓶酒。堂哥在镇机关食堂做大师傅，认识许多镇上有头有脸的人。堂弟闲在家里无事可做，堂哥觉得这是他的责任。他就四处留意着，终于在镇里建筑开发商那里，帮堂弟找了一份工作。虽说也是搞建筑的，工资却不比南方建筑工地高，但守在家门口，不用折腾，这对周百顺来说也算是一个好去处了。

和平镇和全国各地一样，正处于大兴土木的开发期，外地的许多地产商和开发商涌入了和平镇，一块又一块地被划拨出去。在划好的地面上建高楼，也建门面房，小小的和平镇和许多地方一样，就像一个偌大的建筑工地。

周百顺听说堂哥为自己找了一份工作，又喝了两杯酒，脸色就红润了起来，心情也好了起来。他开始给堂哥讲在南方工地的人和事。在他的描述中，都是有趣的事，当时在工地时一天到晚累得跟死人似的，并不觉得发生的事有趣。现在回想起来，却发现那么多有趣的故事。堂嫂忙完了做菜，也坐下来开始吃饭了。他讲话时，堂哥一直盯着他的嘴角，有时咧嘴笑笑，有时不笑。堂嫂一上桌，气氛顿时活跃了起来。

他举起杯子冲堂哥示意一下，两个男人就又喝酒。他放下杯子冲堂哥说：哥，你放心，你为我寻下的这份工作，我会好好干的。

堂哥说：也没啥，他们也到处招人呢，你在南方干过那么久了，有经验，他们巴不得招这样的人。

他嘘口气道：再也不用跑来跑去了。等今年过年，我和那些工友说，让他们都别再去南方了，都留在家里干活。守着家门口多好。

堂嫂咽下口饭冲周百顺说：日子还这么过呀？

他看见堂哥狠狠地瞪了眼堂嫂，堂嫂意识到了什么，忙改口道：我是说，你守着家门过日子，一定能把日子过好。

他明白堂嫂所指，默默地为堂哥和自己倒了一杯酒，低下头没再说什么。

他去建筑工地上班了，他又回到了集体中，心里有了着落。建筑工地是个集体，早晨出工，晚上十点前收工，住的仍然是工棚，虽然他不能每天往家跑，但遇到阴天下雨的，工地放假，他还是能回家看上一眼。

孩子半岁后被宋春梅送到了一家托儿所，她自己仍在超市里当主管。宋春梅每天上班都是一副职业女性的打扮，职业上装配裙子，打扮的样子有点像空姐。宋春梅很会打扮自己，脖子上一条纱巾俏皮地系在胸前，骑一辆女车。不熟悉宋春梅的人，以为她还是个姑娘。

周百顺每次看见宋春梅如此姣好地出现在自己的面前，他都能够原谅她所有的一切。可一离开她，无端地就有许多怨气和怒气。夜晚，他躺在工棚里，睡不着时，他就想海南的歌厅，还有宋春梅陪过的男人们，那都是一些什么样的男人，他们把她抱在大腿上，一边向她嘴里倒酒，一边去摸她的全身，也会在唱完歌时，把她带走……显然，宋春梅对自己的工作和接触过的男人只字不提，要不是他突然去了一趟海南，甚至他都没机会了解她的工作。他在她的身上感受到了她的娴熟和技巧，那会儿他满身的激情，忽略了她的种种反应。现在冷静下来，才慢慢体会到她早就是个熟女了。孩子到底是谁的，也成为他心中的一大悬念，他想知道，又怕知道。堂哥和父亲肯定是知道的，包括许多认识他的人，看他时满脸满眼都是故事，只不过别人不想点破。他要想知道其实是很容易的，但他却不敢问，哪怕是自己的父亲和堂哥。后来他一遍遍安慰自己，事情到此就算了，也许再过几年，自己也会把这件事忘掉。自己毕竟和宋春梅有过孩子，过个日子不容易。他用美好的意念压制着自己的胡思乱想。

## 错位之恋

宋春梅认识超市老板姜虎是在海南的歌厅里。那会儿宋春梅还不认识周百顺。姜虎和所有内地人一样，抱着淘金的梦想去了海南。在内地人眼里，海南建省遍地是机会。姜虎就是带着淘金的梦想去了海南。他在海南和几个人合伙开了一家海鲜饭店，饭店开得不温不火。

姜虎到歌厅来玩，在众多歌厅小姐中，他点了宋春梅的钟。两人坐下来，乡情让两人一下子就热络起来，攀谈中知道原来两人都来自一个县，乡音让两人亲近起来。从那以后姜虎再到歌厅里，他只点宋春梅的钟。一来二去彼此就熟悉起来，她称他为姜哥，他称她为梅妹。后来有一次他在歌厅里喝多了酒，是一群朋友为他过生日。那是个梅雨天，外面下着稠稠的雨，他们在歌厅里喝酒、吃蛋糕。那天晚上她为他献上了一首歌《真的好想你》，歌唱得声情并茂，众人为她鼓掌。她走回到沙发旁姜虎的身边，自然地把他的一只手臂揽在怀里。

那天晚上，姜虎和朋友们一直玩到很晚才退场。她一直把他送到门外的雨中，因为有她照顾，那几个姜虎的朋友各自打车走了。她挽着他站在雨中难舍难分的样子。他望着雨丝在灯影下飘落，冲她说：今晚跟我走吧。她望着他，低下头，没说同意也没拒绝。一辆出租车驶到了他们的眼前。

那是她第一次和姜虎出去，他在他的饭店不远处租了一处公寓房。以前宋春梅和别的男人也出去过，在歌厅小姐当中，这种事情很常见，人们管这种叫“出台”。如果只唱歌叫“坐台”。坐台有坐台的价格，出台的价格单算。以前宋春梅出台是为了挣钱，这次和姜虎出台是为了感情。

从那以后，她和姜虎更加熟悉起来了。有时几天不见姜虎，她就开始思念了。有时她会把电话打过去，叫一声：哥，你怎么好久不来了？不久，姜虎就再次出现在歌厅里，仍点她的钟。有时她会跟他走，有时不会。

两人再熟悉一些之后，她不再出别的男人的台了，在姜虎不来歌厅时，她只陪男人唱歌，熬到下班时，她会自己打车去找他。那会儿，她的内心已经爱上了姜虎。有一阵子，她很少回自己和几个姐妹租住的宿舍了，一下班她就直接去找姜虎。从那以后，姜虎也很少来歌厅了，在公寓房里等她来。

她和姜虎来往时，她知道姜虎在老家有妻子，孩子已经上小学了。有时姜虎当着她的面也会给家里打电话，问完孩子的学习情况，也冲妻子说自己的饭店情况。之前姜虎在内地是有公职的，在机关里当一名科员，他跑到海南开这家饭店是贷了款的，每月还完贷款，姜虎的手头并不宽裕。

许多在歌厅里做事的姐妹，有些姿色或者会来事的，大都在外面有男人包着，像临时夫妻那样，她们大都是为了钱。她们坐台、出台都是为了钱，有个固定的男人肯出钱包养自己，她们更愿意。都是逢场作戏，固定的男人会让她们有种踏实感。也有个别姐妹，被男人领走了，辞了歌厅的工作。

她依靠上姜虎和钱没关系。她第一次和姜虎回到公寓时，第二天早晨姜虎去饭店打理事情，出门时在她枕下塞了一沓钱。姜虎走后，她看见了那一沓钱，她动都没动，只冲了个澡，在冰箱里拿出两个鸡蛋煎了，吃完后她离开了姜虎的住处。

从那以后，姜虎再也没有给过她钱。每次她再找姜虎时，她要么是带着便当要么是带着一些水果来找他。有时她也会买些菜过来，歌厅到晚上才上班，她会在姜虎这里待上一整天，她给自己和姜虎做饭，两人像过日子一样。

那年春节前夕，他们都要各自回家了，机票是姜虎为她订好的，两人是同一班飞机。在飞机上姜虎冲她说：你该找个男朋友了。她望着他的侧脸，他说这话时很平静也很自然。他说完见她没说话，又补充道：你不能永远这样，女人和男人不一样。

他说这话时，她心里早有准备，但听了他的话，她心里还是坠了一下。此时飞机正准备落地，忽悠一下，又忽悠一下。失重感让她抱紧了他的手臂。她贴在他的手臂上点了点头。

那年春节前，她认识了周百顺。一个在歌厅做小姐的能看上一个在建筑工地的打工仔，她是心有不甘的。在歌厅里她见过太多的有钱人和没钱人，但无论如何那些人的精神气场和建筑工地的打工者是不可同日而语的。

那会儿，她心里只有姜哥。姜哥虽然谈不上是有钱人，但姜哥的经历和眼界是周百顺这个打工仔不可比的，为了姜哥她同意和周百顺交往，也是为了姜哥她和周百顺结了婚。

她生完孩子后，不再去海南了。姜虎仍在海南经营着饭店，周百顺又去了南方建筑工地。她开始隔三岔五地给姜哥写信。姜虎也给她回信，告诉她自己要把饭店变卖了。终于，姜虎回来了，在和平镇投资做起了超市。那会儿许多梦想闯海南的人，有的回到了家乡，有的又去了别处。姜虎回来了，没有在县城投资，而是把投资地点选择在了和平镇。投资超市，姜虎还是和平镇的第一家，县城已经有许多家大大小小的超市了。

姜虎顺理成章地聘她为超市的主管，工作理顺之后，姜虎当起了甩手掌柜，经常在县城和和平镇两头跑，把超市的业务全部交给了她。海南歌厅的经历，让她见多识广，经营一家并不大的超市对她来说绰绰有余。

姜虎是停薪留职去的海南，超市办起没多久，姜虎又去机关上班了。因为他的经历受到了领导重用，当上了科长。在县城机关里当个科长也算是个人物了。照料超市的一切，只能由她来完成了。姜虎会十天半月来一次，每次来都住在宾馆里，名义上是过问超市的业务，其实是为了和她约会。

在周百顺离开家几个月后，她怀上了姜虎的孩子。姜虎那天仍平静地说：把孩子做掉吧。她抬起头，倔强地说：我不！姜虎瞪大眼睛望着她。她又说：这是你留给我的，我要生下来。姜虎望着她的目光严肃起来，道：我现在是科长，这身份不合适。她说：孩子姓周又不姓姜。姜虎明白了她的心思，把她抱在怀里，附在她耳边说：这样你会很难。她吐下舌头道：大不了离婚，不是为了你我才不会和他结婚。

姜虎推开她，目光又严肃起来。

她偎过去，更紧地抱起他的手臂道：放心，你是科长，还有前途，我不会逼你离婚的。我自己过也行，只要你陪着我。

姜虎听了她的话，再一次把她抱在怀里，压在身下。她娇嗔道：慢点，肚子里还有你的孩子。姜虎果然史无前例地温柔下来。

宋春梅一直认为和姜虎的爱才是真正的爱情。姜虎上过大学，做过生意，现在又是县机关的一名科长，现在才三十出头，正是风流倜傥的年纪。

如果早认识姜虎，也许她不会去做歌厅小姐了。偏偏在歌厅里认识了姜虎，在姜虎面前她便无法改变身份和历史了。她自从认识姜虎后，便喜欢上了姜虎，像发疯了一样，别的男人在她眼里都黯然失色。为了生计，她仍然陪别的男人唱歌喝酒，但身体和行为是排斥的。她一定和其他男人保持一段距离，为了爱情，她要坚守自己的忠贞。有些男人借着酒劲，把手放在她身上某个部位，她一定找各种理由摆脱男人的纠缠，不是装作倒酒，就是去洗手间。那会儿她心里只有姜虎，她认为也只有姜虎才能配得上她。

她对其他客人的冷漠，直接影响了她的生意。以前她有许多回头客，张哥李哥有十几号子人。这些人中，有好几个她都和他们出过台，那是认识姜虎之前的事了。因为她的冷漠和拒绝，这些男人开始疏远她，去点别的女孩的钟，把她晾在一边。只有那些到歌厅的新人，偶然会有人点她的钟，她也就是有距离地陪一陪，心思却都在姜虎身上了。只要姜虎不来歌厅，她看不到姜虎便如坐针毡，不时地走出去，站在大厅找姜虎。

有一次她上钟，姜虎来了，没有发现她，便在另一间歌房点了别的女孩的钟，她发现了，整个人就变得不好了，仿佛失恋那样失落。她回到自己房间后，因为客人劝她喝酒，她还摔了酒杯，结果和客人大吵起来，领班、妈咪都来劝，最后客人换了一个女孩来陪才算了事。

那天她一直守在歌厅门口等出来的姜虎，很晚了，她终于看见姜虎和几个朋友出来，身边并没带陪唱的女孩，她的心才平静下来。

是何时死心塌地爱上姜虎的，她自己也说不清。爱上姜虎了，她又觉得自己不配。她见过的客人中，姜虎不仅长相斯文，说话也出口成章，虽然他开饭店当老板，但他的样子更像一名中学老师。在歌厅里，别的男人或者女孩子大胆地开着露骨的玩笑，姜虎有时还会脸红，有些玩笑在歌厅的房间里再正常不过了。姜虎也从来不占女孩子的便宜，有些女孩子为讨男人喜欢，直接坐到姜虎的怀里，这时的姜虎一定把女孩推开，很斯文地和女孩玩游戏。许多陪过姜虎的女孩都说姜虎是个好男人。

姜虎有时也唱歌，但他从来不唱歌厅里的流行歌曲，只唱那些影视剧片头片尾的主题曲。他唱歌的样子也认真严肃，一丝不苟。

她喜欢他的一切，自从她陪他出过一次台，她就在心里告诉自己，自己已经是姜虎的女人了。果然除姜虎以外的男人，她再也没有出过台。许多姐妹发现了她的变化，都说她患了痴病，怎么能把歌厅里的爱情当真。做歌厅小姐的女孩子，都想趁自己年轻有精力时多挣些钱，有一天离开歌厅去过正常人的日子。有心计的女孩子，会开一个小店来养自己和全家。许多知道她和姜虎关系的人，都说她太痴情，迟早有一天会让男人把她甩了。

她和周百顺结婚，也完全是为了姜虎。姜虎和她说：你该结婚了，只有这样我才能放心地和你来往。稍有常识的人都会明白这句话的意思，是这个男人怕承担责任。她也明白姜虎这句话的含义，因为在她内心里，她配不上姜虎，姜虎在老家有老婆和孩子，老婆是一名中学老师。能和姜虎有这种亲密关系，天天能看到这个男人，就是她最大的幸福了。

虽然她和周百顺结婚，但是周百顺就是个替身，周百顺在她的生活中就是个影子，有时连影子都不是。周百顺怎么能和姜虎比呢？周百顺常年在工地上劳作，一双手又粗又糙，浑身的汗泥味道，永远也洗不干净的头发，散发着一股肉皮子的气息。她每次接受周百顺的亲近，闭上眼睛都把他想象成斯文有文化的姜虎，只有这样，她的心才好过一些。

怀上姜虎的孩子，她是有预谋的，等周百顺离开家有一阵子了，她才又和姜虎来往。姜虎和她亲热时，每次都会用工具，从第一次陪姜虎出台时，姜虎就这样对她，一直到现在。她想要和姜虎生孩子，在工具上做了手脚，几次之后，她真的怀上了。

姜虎没否认是自己的孩子，但劝她做掉，她当即否定了。她要把孩子生出来，只有这样她才能和姜虎有联系，就像一份被盖上章的红头文件。为了这份念想，她把孩子生了出来。她想到了后果，如果周百顺要和她离婚，她会毫不犹豫地同意。自己带着两个孩子过日子，也没有什么大不了的。

她的行为没换来周百顺离婚，只换回周百顺辞了南方工地的工作，回到了和平镇。她只能隔三岔五面对这个影子一样的男人了。

宋春梅知道，姜虎心里也有她。在和平镇做一家超市，更多的是为了她。那会儿超市很少，这家超市是和平镇的第一家，很快便开始盈利了，进货、上货、出货，这一切理顺之后就很简单了，剩下的就是管理。姜虎又回到工作单位上班后，操持超市的事就落在她一个人身上，她甘于这样，也愿意这样做。

隔三岔五地，姜虎会利用周末的时间到超市里来看她。自从有了姜虎的孩子之后，姜虎对她上心多了，每次来都会给孩子带来吃的穿的，还有玩的。

姜虎一来，她就从托儿所里把孩子接出来，抱在姜虎面前让他看。姜虎有时也会把孩子抱在怀里，反复地端详着孩子。她在一旁就幸福地说：你看他多像你，这眼睛，还有鼻子，跟你是一个模子出来的。

姜虎也很幸福的样子，逗一会儿孩子，便把孩子还给她，拍一拍她的腰说：你辛苦了。她听了这话，满心的幸福。

幸福装在心里，她就变成了一个大气的女人。每个月都要和姜虎对一遍超市的账目，把盈利的钱如数地交给姜虎，厚厚的一沓放在姜虎面前。姜虎从钱里拿出一些，塞在她的包里，然后就又说：你辛苦了。

她把账目往前推一推道：你看一看，我算得对不对。

姜虎把账目推开，顺势把她抱在自己腿上，嗅着她的头发，小声地道：看什么看，你我还不相信？这也是她爱听到的话。感受着他的呼吸和体温，身子就软了，软软地像一摊泥一样偎向他。

只有在他怀里，她才会变成如此不一样的女人。她开始讨厌周百顺，他的泥土味、烟味，还有那一双粗糙的手。只要他一挨向她，她的身体都是硬的，那番痛苦，想必只有被强奸过的女人才会有如此感受。为了姜虎她忍受着周百顺。

一个下雨天，雨一直在下，从早到晚就没停过。中午时分，姜虎来到超市，他是搭一个顺风车来到和平镇的，开车的人去办事了，答应他晚上办完事来接他。他和她在超市里将度过大半天的时光。两人在办公室里亲热完之后，开始检查货架上的物品。雨下得一直很大，超市里没什么人，正是上货的好时候。平时都是宋春梅带上店员上货，这次姜虎执意要帮她，两人摆好货物之后，站在货架下打量着货架上的物品，他的一只手搭在她的肩上，她的身体偎向他，两人有一搭无一搭地说着话。

周百顺走进了超市，他从工地上借了件雨披，进门之后，他把雨披从身上摘下来，还抖了抖水，把雨披抓在手里往超市里走。收银员小雪看见了走进来的周百顺，以前周百顺来过店里，店员们都认识周百顺。小雪是个机灵姑娘，为了给货架后面的宋春梅通风报信，故意大声地招呼：周哥来了。她的声音有些夸张。

周百顺在这个雨天没有出工，建筑工地放假了，看这雨下成这个样子，一时半会儿又停不下来，他就有了回家的打算。眼见着傍晚了，他想接宋春梅一起回家。他走进超市，一抬眼就看见了货柜旁的宋春梅和姜虎。姜虎的手刚从宋春梅的腰上拿开，宋春梅仍偎着姜虎，店员们见到这一幕也瞬间定格在那里。店员们自然知道宋春梅和姜虎的关系，也知道周百顺和宋春梅的关系，她们怔在那儿，不知下一幕将发生什么。

最先反应过来的是宋春梅，她很镇静，似乎早就巴望这一幕早点发生了。她冷冷地说：你怎么来了？

周百顺站在那里，看一眼宋春梅又看一眼她身后的姜虎，手里的雨披滴着水，他张口结舌地立在那儿。他看到了她目光中的愠怒。

他立了一会儿，又立了一会儿，干巴巴地说：我要接你回家。

宋春梅走到超市办公室，这是一个只有几平方米的房间，里面有一张桌子，还有一把椅子，墙角还有一组小沙发。沙发是她执意放在那儿的，有些拥挤，是她为姜虎准备的，为的是让姜虎来店里有个歇脚的地方，也是两人偶尔温存的地方。

她从办公室的包里拿出一串家门钥匙，隔着周百顺几步把钥匙丢在他面前：你回去吧，我还有事。

又是半晌，周百顺弯下腰捡起钥匙，提着雨披，又水淋淋地钻进雨水里。这是她第一次对周百顺这么动气。因为当着姜虎的面，周百顺的到来，让她的心情变得坏了起来。

那天天都黑了，她抱着孩子回到了家里，外面的雨还下着。周百顺坐在床沿上抽烟，烟灰缸里堆满了烟头，她一手牵着老大，一手抱着老二，三个人都陌生地望着周百顺，仿佛在望着一个陌生人。

他摁灭烟头，瓮着声音说：饭菜都在锅里，我做的。

她扭过身子，把老二放到床上。老二在她怀里一直安静着，放到床上后就大哭起来。她仍然没好气地说：我们吃过了，在我妈那儿吃的。

她在超市送走姜虎后，就去托儿所把孩子接了，直接回到父母那儿，她尽量做到少和周百顺共处。

那天晚上，她别无选择地又和他躺在了一张床上，她的身子是僵硬的。孩子已经睡着了，两个大人睁着眼睛各想心事，窗外仍是一片雨声。

他试探着碰了一下她的手，她触电般地把手移开了。

她说：你什么都知道了，咱们离婚吧。

他的确第一次知道那个男人，在这之前他千百次地想过这个男人到底是谁。

他也想过离婚，这个念头刚从脑子里冒出来，就被他打消了。他想到了女儿周雪，还有宋春梅年轻滋润的身体，自从认识宋春梅一直到结婚，他度过了人生最美好和快乐的时光。如果不是这个男人出现，他认为自己的人生将是完美的。撞上那个男人后，他回到家里，一怒之下也想过离婚，可一想到她离他而去，他整个身子都麻木起来。他意识到自己的日子不能没有她。

她说出这句话之后，他的身子又麻了起来，他翻过身来，试图抓住她的手，她却把他的手又一次甩开。他气喘着说：春梅，我不能没有你。

她也翻了个身子，背对着他，低声地道：你不离，我想离。

他鼓足勇气从后面抱紧她，她突然用脚狠狠地把他踹开，他僵在那儿。她说：你不离也行，以后我的事你别管。

他默了许久，在心里叹了几口气，他要保全当下的生活，又一次把她从后面抱住。这次她没再挣扎。他们默认了当下的状态。

# 第二章 B

## 未遂强奸案

一起强奸未遂案的审讯记录：

姓　　名：刘启明

年　　龄：二十七岁

家庭住址：县郊榆木林村

工作单位：县木材加工厂

时　　间：11 月 23 日

警察：你在 11 月 23 日傍晚在县郊荒地都做了什么？

刘启明：我调戏妇女了，拉倒她的自行车，把她拖到小树林里。

警察：你那是调戏？

刘启明：我想做坏事，她反抗了，又叫了，又踢又踹，还朝我手上咬了一口。最后有人来，我放开她，她跑了。

警察：你想做什么坏事？

刘启明：强奸她。

警察：为什么强奸？

刘启明：我老婆怀孕，要生孩子了，我好久没碰过女人了。我见到了这个女的，从背后看穿得挺漂亮，身材不错，她骑自行车路过我时，我就有那种想法了。

警察：你这是第几次了？

刘启明：第一次，我可以对天发誓。

警察：做坏事的坏人被抓到永远说是第一次。

刘启明：我可真是第一次，平时想都不敢想。

警察：9月27号那天你在干什么？

刘启明：9月27号是哪天，这都快俩月了，你让我想想。

警察：那天是周一，再过三天就是十一了。

刘启明：周一对吧，那我想起来了，我陪我老婆去医院检查，上午去的，下午三点多钟回的家。

警察：有证人吗？

刘启明：有，医生可以证明，还有检查单据，都在我家收着呢。回来后，我岳父岳母也可以做证，我在医院还给他们开了感冒药，他们感冒了，怕传染给我老婆，是我亲自送过去的。

警察：9月27号那起案子听说过吗？

刘启明：哪起案子？

警察：一个女人在家被杀了。

刘启明：那谁不知道，全县的人都知道，听说是先奸后杀的，那东西都被割下去了。这么大的事我们都听说了。

警察：被害人在哪儿被杀的？

刘启明：听说在自己的新房里。

警察：新房在哪里？

刘启明：这我哪知道，你们警察该知道啊。

警察：刘启明，看来你不够老实。

刘启明：你问我这些话，我说的可都是实话。

警察：那个案子和你没关系？别以为我们不知道！

刘启明：警察同志，天地良心啊，我就今天犯了这个错误。那件事我听说过，没做过，我哪有那个胆呀。

警察：你老婆怀孕了，你没有正常夫妻生活了对不对？

刘启明：对，我老婆从打怀孕起就不让我碰她了。

警察：然后你就有了强奸想法对不对？

刘启明点头，又抬头：警察同志，我这是一时兴起，绝没有事前想好。

警察：还不想交代是不是。

刘启明：警察同志，还让我交代什么？

警察：交代什么，你心里清楚，我说出来性质就变了，你现在交代，还算坦白从宽。

刘启明：我就犯了这一件事，天老爷给我做证。

警察：看来你真不想说了。

刘启明：同志，别的我真不知道了。

审讯室里传出刘启明阵阵的哀号声，审讯他的警察一遍又一遍地问：说不说？

刘启明带着哭腔：你们到底让我说啥，该说的我都说了。

警察：你嘴真硬。

接下来就是一阵乱响，刘启明似乎喊不动了，嘴里发出呜呜的声音，像只濒死的狗。

审讯室门外，卢国正和方晓明一直站在门外。卢国正有时踱几步，方晓明一直咬着牙一动不动站在那儿。

卢国正从怀里掏出烟盒，点燃一支，回身递给方晓明，方晓明犹豫一下，抽出一支，卢国正把火也递了过去。方晓明吸一口，他以前并不吸烟，自从卢文文离开后，他学会了吸烟。点燃烟，脸上的表情丰富了一些。

卢国正吐口烟：看来不是这个人，都折腾三天了，一般人招架不住。

方晓明：爸，我现在一见到强奸犯就想杀了他们。

卢国正没说话，咬着后槽肌，脸上的样子很冷峻，苦大仇深的那一种。

方晓明：即便不是这小子，让他长点记性，对这个社会也是好事。

卢国正扔下烟头，用脚踩了两下，拍一下方晓明的肩膀，离开了审讯室。他的身后，已经听不见刘启明的喊叫了。

刘启明一连被审讯了十几天，除了承认那起强奸未遂事件之外，还交代自己上初中时，偷看过一回女人洗澡。那个女人也不是外人，是他嫂子。那会儿嫂子刚结婚不久，新婚的女人爱干净，天天晚上拉上窗帘在屋里洗澡，有一次窗帘没拉严，他蹲在窗外的树上看见了嫂子洗澡。

外围的警察也传回来了消息，卢文文被害当天，刘启明的确没有作案时间，医院的医生做了证明，还有他老婆去医院检查时的单据。他的血型和留在卢文文被害现场犯罪分子的血型也不匹配。

审讯刘启明的工作暂告一个段落，刑侦大队下一步的工作是把刘启明的材料移交到检察院，最后如何判决已和他们的工作无关了。

# 卢国正（一）

卢文文被害了，卢国正的家就变了味道。老婆徐玉珠已经不能正常上班了，请了长期病假在家里休息，她一张脸永远苍白着，眼睛是浮肿的，时时刻刻像刚大哭了一场的样子。老二娇娇每周末都要从警校回来，陪母亲。娇娇以前爱笑爱闹，只要她在家，永远都是欢笑声。娇娇和文文住在一个房间，两姐妹在一起，似乎永远有说不完的话，两人关上门，嘀咕着女孩子的话题。

文文被害后，娇娇沉默了，她小心地看着父母的脸色。她想找话陪母亲说，但母亲不想说话，只是坐在沙发上发呆。到了做饭时间，也想不起来做饭，家里冰锅冷灶的。没了生气的家庭，到处都是冷冰冰的。

卢国正很怕回家，每次进门，都是老婆徐玉珠问询的目光，他怕看她的样子。他不说话，一支接一支地吸烟。半晌，又是半晌后，她问：文文那案子啥时候能破？

他拼命吸烟，让烟雾罩住自己。

后来她变换了口气：文文的案子还能不能破了？

他咳一声，站到窗前，看小区别人家的窗口。在他眼里，任何一家都是温暖的，那里不仅有灯光，还有一家的笑声和团圆的身影。

他现在最怕见到的两个人，一个是他老婆徐玉珠，另外一个就是金局长。

卢文文遇害案件被定为“927 大案”，他是大案组组长，集合了县公安局各部门的所有精兵强将破获此案。市局、省厅也很重视，他们每周都要向上级汇报大案的工作进展，可现实是，除了现场的证据，其他的一点线索也没有。

每次见到金局长，他一句话也说不出来，也不想说。金局长的目光透过镜片落在他脸上。他只能摇摇头，叹口气。金局长就把目光收回去，一副失望的样子。

一天下午，金局长一个电话把他叫到了自己办公室，递给他一份省厅的传真文件，文件的内容是催促“927 大案”的进展。他看了一眼，便把传真件又放回到了金局长面前。他坐在金局长对面，双手掐着太阳穴向金局长汇报着：各辖区派出所都调动起来了，让他们挨家挨户去走访摸排。专案组对重点嫌疑人一个也没放过，做笔录审问，暗中调查摸排。目前能和“927”沾上边的嫌犯一个也没有。

金局长一直盯着办公桌上那部红色电话机，听他说完，仍不看他：“927”案子，我知道你比我还急，这是起恶性案件，在社会上已造成了很坏的影响，老百姓天天议论。案子不破，对上级对社会都不好交代。

卢国正从金局长办公室里出来，他想骂人，骂自己，浑身是劲却使不出来。

那天下班后，他仍没离开办公室，灯都没开，门虚掩着，走廊的灯光透过来，半明半暗地映在办公室地上。

方晓明推门进来，替他打开了灯。方晓明手里提了一只烧鸡，还有一瓶酒，在柜子里拿出两只一次性杯子，杯子里倒满了酒。方晓明说：爸，我知道你不爱回家，在这儿凑合一口吧。

他和方晓明默默地喝酒，其间两人没怎么说话。一瓶酒快喝完时，他抬起眼睛望着方晓明：你觉得娇娇怎么样？

方晓明看了他一眼：娇娇是个好妹妹。

他喝光了杯中的酒：等她从警校毕业，你们结婚吧。

一块鸡肉卡在方晓明喉咙口，他干干地咽下去，伸长脖子道：爸，你这是何苦。

他靠在椅背上：自从你和文文谈恋爱，我早就把你当儿子了。

方晓明潮湿了眼睛：没这层关系，你也是我爸。

卢国正骑着自行车回家时，天已经很晚了，县城的大街上人已经很少了。他漫无目的地骑行在街上，前方是家的方向。

一个女孩走在人行道上，从背影上看过去像文文，一头长发，走起路来一蹦一跳的，一只双肩背包背在后背上。他鬼使神差地骑过去，回过头来叫了一声：文文?

那个女孩吃了一惊，望着他，快步向前走去，满眼都是警惕。

他知道那不是文文，但从背影上看她太像文文了。他骑着车一直尾随着女孩，就是想多看一会儿这个像女儿的背影。到了一个路口，一个男孩站在路口另一侧，女孩看见了疯跑过去，冲男孩大喊：流氓，一个老流氓一直跟着我。

女孩用手指着他，他人和自行车已经过了路口。男孩把女孩拉到身后，从地上捡了一块砖头迎着他过来。他停下自行车，望着跑过来的男孩，男孩举起砖头要砸过来，突然看见他脸上满是泪水。男孩举着砖头定格在那里。他抹了一把脸上的泪水，抬手时，露出腰里的枪。男孩手里的砖头掉在地上。

卢国正骑车过去，没再回头。

男孩拉起女友：他不是流氓，是警察。

女孩：你怎么知道?

男孩：他腰里有枪，他好像哭了。

女孩：哭了?他哭什么?

男孩：鬼知道，咱不操那个心，今天去我那儿住还是回家?

女孩望着男孩调皮地道：你猜?

男孩一把拉住女孩，向前走去。

## 大案（二）

县刑侦大队接到报警后，几辆警车一起赶到了案发现场。

这是纺织厂女职工宿舍。案发时间在下午，报案人是打扫卫生的阿姨。阿姨是个四十多岁的中年妇女，她负责清扫纺织厂女职工宿舍楼道里的卫生。她清理到二楼一间宿舍门口时，看见了从宿舍流到走廊里的血迹，她推了一下宿舍的门，看见一个女职工赤身躺在地上，血已经流了一地。

刑侦队赶到现场时，女职工宿舍楼前已经围满了人，大都是下夜班的女工，有的人衣衫不整，有人还穿着睡衣拖鞋。她们听到出事了便都跑出宿舍外，一惊一乍地围着报案清洁女工问东问西。

清洁工手扶着沾血的扫把，惊魂未定地立在那里，嘴里感叹着：哎呀妈呀，地上流了一地血，吓死我了。

警察赶到了，人们自动闪出一条道，让出通向楼道的路。两个警察在楼道外拉起了警戒线，看热闹的人只能站在外面探着头向里面望。

卢国正和方晓明第一拨走进了现场。女人赤着身体，双腿蜷曲着仰躺在地上，双乳被割了下去，下体被一支扫把杆插入。女职工宿舍每个房间都有一支扫把，塑料柄，柄是红色的。扫把头连接着半截扫把，罪犯因地取材，另半截扫把柄变成了犯罪工具。这不是女人的致命伤，致命伤在脖子上，动脉和气管被同时切开了。

法医检查的结果第一时间报告给了卢国正，他站在宿舍外，正一支接一支地吸烟。他看了现场第一眼，便认定和杀害文文的是同一个人，作案方式和手法如出一辙。

果然，法医只在女人的身体上取到了少量精斑，脚印被打扫过了，罪犯走前打扫过了宿舍，拖布还立在墙角。

天黑前，法警做完了取证工作。这名女职工的遗体被蒙着白布抬出了宿舍。一辆救护车拉着被害人，鸣着笛离开。

事发的这间宿舍被贴了封条，他们要留给上级公安部门一个现场。楼下的警戒线被拆除了，同时带走几名配合调查的人，他们一起回到了刑侦大队。

纺织厂五十多岁的女厂长首先接受了问询，笔录如下：

警察：你介绍下受害人的情况。

女厂长：她叫王彩云，今年二十五岁。今年春节结的婚，丈夫在化肥厂上班。他们家不在县城，住在榆树乡马家沟大队，离县城十几公里。

警察：王彩云平时和什么人来往？

女厂长：我们纺织厂三班倒，别看我们纺织厂人多，许多人都互相不认识，打交道最多的就是同班组的人。她同宿舍的，本来还有两个女职工，一个上个月回老家生孩子了，另外一个职工前两天流产了，回家坐小月子去了。这个宿舍就剩下王彩云一个人了。我们这些职工，平时不是上班就是睡觉，也没时间外出，也没发现她和谁有来往。职工说，她丈夫有时会来宿舍看她，她有时也去她丈夫的化肥厂。王彩云这孩子老实，平时跟陌生人说话都脸红。

警察：她丈夫是个什么样的人？

女厂长：这个男人我见过两次，一次是春节回来去我办公室送喜糖，还有一次是他来宿舍看王彩云，二十多岁，个子不高，看上去人也很老实。

隔壁宿舍女职工笔录：

警察：你叫什么名字？

女职工：我叫李凤，住在王彩云的隔壁，我们是一个班组的。

警察：你是什么时候见到王彩云的？

女职工：我们上的是大夜班，今早八点交的班，我们是一起回的宿舍。她说她想洗澡，浑身痒得难受，我们澡堂子白天不开门，我劝她晚上洗，她就回宿舍了。我们进屋也就睡下了。

警察：整个过程你们没听到什么？

女职工摇摇头：刚进厂那会儿，我们不适应倒班工作，白天睡觉经常醒，现在早就习惯了。上了一夜的班，累得要死，头一挨枕头就能睡着。

警察：你再仔细想想，王彩云和平时有什么不一样的地方？

女职工：没有，王彩云爱干净，三天两头洗澡，洗澡时爱唱歌。

警察：她最近和什么人来往？

女职工：她只和我们同班组的姐妹交往，平时出门我们也一起，她不认识什么人。有时她丈夫来看她，赶上饭点，就去我们食堂吃饭。我们平时很少外出。

其他证人笔录略。

市公安局刑侦大队的技术人员也查看了现场，取得的线索和数据并没有突破。证据少得可怜，只有罪犯留在被害者身上的精斑。经过化验，血型和“927 大案”罪犯的血型相同，作案手法相同。

市公安局的人建议两个案子并案侦查。

卢国正在办案笔记中，写下了犯罪分子如下特征：

1. 年富力强的男性，年龄四十五岁以下。

2. 凶残老练。

3. 仇恨女性？

4. 变态？

这是卢国正通过这两起案件得出的线索和结论。

两个月时间，在县城里发生了两起凶杀案，而且都在自己居所里，一时间，小小的县城惊恐起来。民间流传多种版本，流传最广泛的版本为：县城里流窜来一个蒙面大汉，来无影去无踪，神出鬼没，专挑漂亮年轻的女性下手。先奸后杀，杀完之后，割去女人乳房，剜去生殖器官，把女人的器官烹炸成一道下酒菜……

在民间把犯罪分子传说成了神，作案后不会留下任何证据，用过的生殖器也剜下拿走，变成了下酒菜，只有不经意间，女人身体的某个部位留下少量精斑，那是他留给人世唯一的证据。

许多年轻女人不敢在街上独自行走，不论下班早晚，如不能与别人同行，都要等家人来接，即便有几个姐妹同行，走在街上也会瞻前顾后，瞧左望右。更有甚者，从此不再敢穿漂亮的衣服，把家里男人的衣服或者早些年压箱底的衣物翻找出来，胡乱地裹在身上。化妆的女人也明显少了起来，头发都不敢认真梳洗了。

渐渐地，街上的漂亮女人明显地少了起来，防火防盗防色狼成为那一阵的县城最流行的语言，人们神色慌张，行色匆匆。在一些老年人的记忆里，只有日本鬼子进驻县城那几年街上才会有的景象又一次重演了。

人们把杀人色魔传得如此凶险是有原因的，因为到目前为止，公安局还没掌握一点杀人恶魔的线索，连个画像都没有张贴出来，脚印和手印像被一阵风刮走了。留在人世间那点可怜的精斑，在警察到来前，早已干死在女人身体的某个部位上。

于是从那时起，有人开始给公安局写信，投诉公安干警不作为，是一群拿着工资不干活的饭桶。不仅写给县市一级公安局，有些人还把联名信写给省委省政府。

从那以后，行人明显感觉街上的警察多了起来，他们全副武装行走在大街小巷，有些路口和居民小区便衣也多了起来。群众的眼睛是雪亮的，便衣警察他们也能轻而易举地指认出来。夜晚巡逻的警车明显也频繁起来，警灯闪烁，行驶在空旷的大街上。

紧张起来的气氛并没有让群众松口气，在抓到凶手前，人们宁愿相信凶犯就是一个神，人是拿神没有办法的，道高一尺，魔高一丈。只有让凶犯落入法网，人们才能真正地过上昔日无忧无虑的人间生活。

两起案件发生后，省公安厅成立了大案督办组，由省刑侦处的一个副处长带队，进驻县公安局。关于这两起案件的所有蛛丝马迹都要汇报给督办组，由督办组指导下一步的侦破方向。

可惜的是，凶犯并没留下更多的证据，两块精斑化验的结果，只得出同一血型的结论。结合作案手法，两起案件是一个人所为，这是目前为止，留给破案人员最重要的线索。

民间的各种传说和紧张气氛，不是增派一些警员和出几份安抚的红头文件所能解决的。传说和流言便在民间流传开来，刚开始仅限于县城，到最后全省都流传开了。

# 第三章 A

## 周百顺（二）

姜虎调到和平镇当镇长的消息，周百顺是在施工队听工友们说的。工友们自然知道他老婆和姜虎的关系，整个和平镇他是最后一个知道的。当工友们用暧昧的目光望着他，说起姜虎当镇长这条消息时，他的身子一点点僵硬起来，觉得有无数只蚂蚁顺着他的脚爬遍他的全身，他面无表情，像一具僵尸。他拖着僵直的身体爬上了脚手架，那里是他工作的地方。

此时，他们施工队已经转移到了县城，承接了一家商场的工程，地基已经打好，正顺着脚手架垒第二层。商场一共有五层，工期要到秋天才能结束。他的言语更加少了，他明白大家眼神的用意，他渐渐疏离了这些工友，有时工头吹响哨子，通知他们休息，他也懒得走下脚手架，就地坐在脚手架上，点燃支烟去吸。太阳很大地耀在头顶，刚出过的一身汗此时变成了一具硬壳护在他的身体上，似乎多了份安全感。

下班后，他也不急着走回工棚，而是蹲在一个高坡上，向远处张望，方向冲着和平镇。他想起了宋春梅，还有那个家。他现在有的只是一种对家的渴望。家的气息里充满了宋春梅的味道。以前在南方工地上，他也这么孤独地想过家，那会儿他和宋春梅新婚，老大还没出生。他在家里还没住热乎，他一遍遍想着宋春梅怀孕挺着肚子的样子，以及他们在一起的时光中点点滴滴的细节。这些细节像慢镜头一样，一次次一遍遍在他脑海里播放着，他在回忆中体会着新婚的幸福以及宋春梅年轻的身体带给他的快乐。他要独自享受这份幸福和快乐。他每天细数着日子，数着离春节的距离。一到春节，工地就该放假了。一想起回家，他的喉头就发紧，鼻子就泛酸。那会儿他的日子是有念想的。

他在县城想起家，自然就想到了宋春梅，她对他和以前不一样了，以前他自认为是她的男人，现在只是她的影子。她的身体不再像水一样柔软了，开始变得僵硬，他的心一点点地变凉了。他就想女儿周雪，再过几个月，周雪就满三周岁，她该上幼儿园了。

那年春节回家时，周雪已经出生两个多月了，他第一次把周雪抱到怀里时，婴儿的奶香萦绕着他许久。此时，他的记忆里仍是满满的奶香。他的心就开始又一点点柔软起来。他吸完了最后一支烟，站起身努力地往和平镇方向望了望。和平镇距县城有几十公里，坐公交车也就个把小时的时间，和他在南方城市打工相比，这点距离近得不能再近了。但他还是免不了思念，他思念只是种习惯。老二周奋强慢慢长大，果然越来越不像自己，儿子也喊他爸，可每叫一声，他就像被枪击中了，身体跟着一抖一颤的。周奋强也让他抱过，可抱着周奋强无论如何都亲近不起来，他嗅到了一股陌生的气息。这种气息，让他的心一点点硬起来。宋春梅似乎看出了他这一点，每当周奋强让他抱时，她都不失时机地冲过来，从他臂弯里把孩子抱过去，一边拍着哭闹的孩子，一边说：妈妈抱抱。孩子很快就高兴起来，在宋春梅怀里冲他做鬼脸。他望着周奋强，心里是麻木的。想家时，他强迫自己不去想周奋强，只想周雪和宋春梅，但周奋强的样子却每次都顽强地从他脑海里冒出来，抹也抹不掉。

周百顺扔掉烟头，转身走回工棚，工友们已经躺在床上了，有的在灯下翻看武侠小说，有的在说笑话。他无声地走到自己铺位前，脱下衣服钻了进去。睡在邻铺的大柱子打个哈欠道：百顺，你不该来工地干活了，该回到镇里，随便找个啥工作也比这个强。他没看大柱子，躺在床上，闭上了眼睛。

工友们见大柱子在聊周百顺，都来了精神。

上铺的二狗子俯下身探出头道：百顺，你老婆宋春梅真漂亮，一掐就能出水，你不守着她，你放心？

大柱子：百顺，你说实话，宋春梅在海南歌厅工作时，是不是头牌？

二狗子：那还用说，宋春梅可是咱们和平镇最漂亮的女人。

他不想听这些，拉过被子蒙住了头。住在门口的老蔫是他们的头，伸手“吧嗒”一声把灯关了，喝一声道：别胡咧咧了，睡觉。一时间工棚就沉寂下去，不知是谁在被子里发出偷笑的声音。

半夜，他又醒来，见工友们睡得正香，他爬起来，走到工棚外的临时厕所，在那里撒了泡尿。走回到工棚前，看见老蔫坐在一块石头上正在抽烟。老蔫五十多岁，是他们的工头，平时言语不多，却有很好的手艺，这里的许多人都是他的徒弟，众人都听老蔫的，老蔫就当上了工头。

他看见老蔫，便立住脚。老蔫递给他一支烟，他蹲在老蔫身边，在工地上，别人都对他冷嘲热讽，话里有话地问他这那的，只有老蔫从不说闲话，只同情地望着他。老蔫拍一拍他的肩膀，老蔫的手是暖的，老蔫咳一声：百顺，你是个老实人，别听他们瞎咧咧，日子是自己过的，该咋就咋。

他吸口烟，小声地说：叔，我知道。

老蔫：我也从年轻那会儿过来的，日子有各种过法，人这辈子不经活，一转眼几十年，快得很。

他吸口烟，望着和平镇方向。

老蔫清清嗓子，把一口痰吐出去：人不论活到啥时候，得有个家，有个家才会有个根。家不能跟着人走，家不论多远都是念想。

他鼻子有些酸楚，吸溜了一下。

老蔫把烟蒂扔在脚下，拍了他一掌：行了，回去睡吧。

他随着老蔫脚前脚后地走进工棚，躺到自己的床位上，被子一挨在身上，他又想起了宋春梅，心里又一次潮湿起来。

中秋节，工地放了一天假。他和工友们一起回了一趟和平镇，他买了两份月饼，到家时临近中午，家里并没人。他拎着一份月饼去了父母那里。

父母正在吃午饭，见他回来，盛了一碗饭放在他面前，他和父母一起吃饭。一顿饭父母大部分时间都沉默着。他放下碗抬起头时，发现父母正偷瞟他，看见他的目光，又把眼神移开了。

半晌，母亲说：百顺，要不把小雪让我们带，我和你爸反正也没事干。

他没说话，掏出烟，递给父亲一支，自己也点燃一支。他明白母亲的心思，这话母亲已经对他说过多次了。母亲说带周雪，是在试探他的决心。可他没有决心。

母亲见他不说话，又小声地说：咱们镇长换了，姜虎来了。

父亲咳了一声道：别说了，这事百顺能不知道？

周百顺低着头说：我听说了。

几个人就沉默了。

母亲开始收拾碗筷。不一会儿，母亲湿着手又从厨房里走出来，坐在周百顺对面。周百顺已经开始吸第二支烟了。

母亲望他一眼，下了决心似的说：你咋打算的？

他望了母亲一眼，目光马上又躲开。

母亲又说：你才三十一，以后的日子还长。这镇子上的风言风语早就传开了，我和你爸现在很少出屋。

父亲又咳了一声：别说这些没用的，别人说别人的，影响你吃耽误你喝了？

母亲噤了声，叹口气，扭过头望窗外，一脸惆怅。

半晌他探起头，冲着父母：爸、妈，先这么过吧。

父母都低下头，母亲用劲扯了扯衣角：百顺，你要是认了，我和你爸就不说啥了，我们是担心你心里憋屈。

母亲说到这，想了想又补充道：现在和过去不一样了，离了婚也没啥，找不到好的，还找不到差的？镇郊你二姨那个屯子，有个姓郑的也离了，三十来岁，带个孩子。你二姨说，那女的长得也周正，是个过日子的人，离婚是因为她男人好赌，把家都赌光了。

他站起身冲父母道：爸、妈，我该回家了。

他离开父母，身后是父母忧虑操心的目光。

晚上他做了饭，炒最后一个菜时，宋春梅抱着小的、手里牵着大的回到了家里。周雪一见到他，便抱住了他的腿，喊了一声：爸，你回来了。

他把孩子抱在怀里，心里热了一下。抱着周雪，他在地上转了两圈，孩子在他手臂里咯咯地笑着。

因为他突然回来，孩子们异常兴奋。吃完饭之后，他们又看了会儿电视里的中秋晚会。他还把月饼拿出来分给孩子们吃。

孩子后来都被宋春梅抱到另外一个房间睡觉了。屋内只剩下宋春梅和他。他看着仍水汪汪的宋春梅，心里就感叹，宋春梅生了两个孩子，样子一点也没变，仍像他当初认识她一样，变化的只是她比以前更丰满了些。他的心又潮湿起来。他上前从后面抱住她，她硬着身子把他的手臂甩开，去洗手间洗漱。他下午就把自己里外清洗过了，用过肥皂，还用了宋春梅的浴液。以前每次她都说他有一股汗味、臭味，他要洗好自己，为了让自己清洁，他一晚上都没吸烟。孩子们看电视那会儿，他躲到洗手间一连刷了三遍牙。

此时他已经上床了，躺在柔软的床上，他有些兴奋，迫不及待的样子，像新婚那会儿。他躺在床上，等待着宋春梅清洗自己。

宋春梅终于洗完了，走到床边，拿起自己的枕头，抱着枕头说：我去孩子那屋睡。

他望着她走去，她的背影是毅然决然的，没有一丝犹豫。他僵在床上，木着身子。她走到门口，还顺手关上了灯，在黑暗中，他听见宋春梅移动孩子、脱衣、躺下的声音。他热起来的身体一点点地冷下去。

夜半他又一次醒来，是被宋春梅去洗手间的声音惊醒的，他听着洗手间内宋春梅窸窣的声音，一会儿，又听见宋春梅走进孩子睡觉的房间躺下。他再也睡不着了。宋春梅虽然不在身边，床上到处都是宋春梅的气味，在这气味中他又闻到了一种陌生的气息，他想到了姜虎，那个长着白脸看上去很斯文的男人。他现在是镇长，镇政府距他们家也就几百米的距离，走路不消十几分钟。他甚至想到了姜虎和宋春梅在这张床上的样子。莫名地，他的身体又一次热了起来，他抖抖地自己解决之后，把被子紧紧裹在身上。他想哭，果然就有了眼泪。

一大早，孩子还没醒，他就起来了，他要赶第一班通往县城的车。他前脚起来，后脚宋春梅就起床了。他走到院子里时，看见宋春梅拉开窗帘正把他用过的被套拆下来。他的身子是凉的，从后背到前身一点点僵硬起来，他机械地向车站走去。

工地还是那个工地，日复一日，整栋新建的房子，一点点在他们眼里变高。他变得更加不爱说话，经常半夜醒来，躺在床上难受，他就走出工棚，坐在石头上吸烟，望着和平镇的方向。天上有时有月亮，有时没有，半边天都是清冷的星星。他在心里叹了一回，又叹了一回。

# 第三章 B

## 证　　人

于小苹正在哺乳，孩子刚满百天。县城里上班的职工，产假规定得并不严格，按着县城的惯例，孩子半岁之后才会上班。

那个小雨天，于小苹心情很好。孩子刚过完百天，她的身体也正在恢复中一天天好起来。她可以名正言顺、大张旗鼓地在户外走来走去了。县城人有个习惯，孩子生出百天后，才算坐完月子。

那个小雨天，于小苹到胡同的公共厕所去解手，孩子没满百天时，婆婆是不会让她出来的，大手小手统统在屋内解决。一百天的时间里，这种生活方式已经腻歪死爱干净的于小苹了。于小苹中专毕业，学的是统计，现在在一家县城工厂里当会计。于小苹读过许多文学书，舒婷、北岛的诗歌是她的最爱。于小苹是标准的文艺青年，自己曾试着写过几首诗，投寄给省里的报纸副刊，虽然都没有发表，却得到了副刊编辑热情洋溢的回信，字里行间满是鼓励和赞许。孩子生出百天后，在那个雨天里，于小苹又有了写诗的心情。她举着一柄碎花雨伞，穿了件红格子衬衣，一条紧身黑色长裤，去胡同口的公共卫生间方便。在这一百天时间里，她足不出户，已经憋闷得快疯掉了。在这个雨天，她要换一种心情，举着碎花雨伞，走在胡同里。自己的家到胡同口的厕所大约二百米，这二百米对她来说就像一种仪式。雨滴细碎地敲打在伞布上，胡同里汪着一摊又一摊积水，她轻灵地在积水中跳跃着，样子像一只刚飞出笼的小鸟。她甚至想起了诗人戴望舒的《雨巷》。她的心情顿时诗意美好起来。

她来到厕所时，周围并没什么人，因为白天，大部分人都去上班了，也因为雨天，没上班的人都躺在家里。她走进女厕所时，看见一个男人的背影站在男厕所门口在吸烟，烟雾在雨中飘散着，呈淡蓝色。如果她没有诗意的心情，她不会去关注烟雾，因为诗化了，她发现那男人呼出的是蓝色烟雾。她收起雨伞，走进女厕所。

时间并不长，也就几十秒的时间，她办完了自己的私事。她在厕位上刚站起来，就见一面黑影堵在了女厕所门口。当她抬起头时，看见了一个男人，湿了半边衣服正在望着她。最初的一瞬间，她认为男人走错了厕所。她刚想开口提醒，那个男人一步就走到了她的面前，伸出手一拧，她的手就被男人钳住了，她还没来得及喊叫，一只粗糙有力的手就捂住了她的嘴。男人没有说话，只有粗重的喘息声。男人放开她的手，另一只手捂着嘴用了力气，她整个上半身向男人身体靠过去。男人的身体像堵墙，冰冷坚硬。她发现，还没系上腰带的裤子被男人扒了下去。

于小苹脑子轰然响了一下，她想到了人们传说中的色魔。传说归传说，她一直不相信色魔会出现在她的身边。她不相信有鬼，鬼却找到了她。她大脑里也就一瞬间的空白，她想到要保全自己，传说中的色魔是先奸后杀的，她想到婴儿床上刚满百天的孩子，正嘟着粉嫩的小嘴等她去哺乳。她摇了下头，挣脱开男人捂在嘴上的手，气喘着说：大哥，这里不合适。

背后冰冷的男人听了这话，犹豫一下，褪她裤子的手停了下来。

她说：咱们换个地方，这里会有人来。

她想拖延时间，只要走出厕所，就是光天化日，无论如何是有机会的。她的话起了作用，男人停了下来，她腾出手快速把裤子提了起来。男人又拧过她一只手，力气仍然很大，她的手腕子生疼。男人推了她一下，她向厕所门口走去，碎花雨伞就放在厕所门口的地上，被男人弯腰拾了起来，一手拧她，另一只手举起了伞。

厕所外并没有什么人，整个胡同静静的，只有淅淅沥沥的雨声，雨滴也敲打在碎花伞上，声音清晰。厕所后是一片树林，树木并不粗壮，但足以起到掩护作用，林地另一面是一条马路，偶尔传来汽车驶过的声音。她被推进了树林，十几米的距离，前后不过一分钟。她多么希望这时有人经过呀，只要有人她就会拼命挣脱并大声呼喊。结果，前后左右连个人影也没有。

林地里长满了杂草，地有些泥泞，雨打在树叶上，一片欢响。进入林地，男人把花雨伞扔在地上，一只手又捂住了她的嘴，连同鼻子，她呼吸困难，男人的另一只手又一次粗糙地撕开她的裤子，湿冷的空气让她有了另外一种体感。男人把她抵在一棵树上，像一把利刃进入到她的身体里。男人仍捂着她的嘴，粗重地喘，树干摇晃着，抖落了更多的雨水，有几颗打在她的脸上，像流下的泪。不知过了多久，男人压抑地叫了一声，又叫了一声，终于停下来。男人粗重地又喘息两口气，捂着她嘴的手一用力，她就摔倒在林地里。她躺在杂草和泥地间，她又看了眼男人。男人已系好自己的裤子，一只手从腰后拿出一把刀，一股寒气在她眼前一闪。男人没有任何表情，单腿跪在她面前，撩起她的衣服，双乳顺利地袒露出来。那是一双正在哺乳的乳房，柔软而又饱满，有几滴乳汁溢出来。她脑海里又瞬间闪过传说中色魔先奸后杀的场面。极度的危险让她冷静下来，她不能死，百天的儿子正等着她。她冲着男人道：别杀我，我还有个刚出生的儿子。

男人手里的刀已经举了起来，目标就是她袒露着的乳房。男人的刀停了下来，目光望着她正溢着乳汁的乳房，瞬间的犹豫从男人的眼神中闪过。

于小苹也就是在这一瞬间得到了求生的机会，她拼命地在地上打了一个滚，离开了男人的控制范围。男人一惊，扑过来，她又一滚，男人扑空了，扑在地上，刀也扎在泥地里。她迅速立起身，没命地向林外冲去。身后是男人追来的脚步声还有喘息声。

林地并不大，也许几秒，也许十几秒，她跑出了林地，迎接她的是一条马路。此时正有一辆卡车驶来，她迎着卡车跑过去，大声地呼喊着救命。卡车一个急刹车停在她面前，她双腿一软倒了下去。

男人已经跑到了林边，距离她不过几米远，见势转身又进了林地，没了踪影。

## 现　场

卢国正带着刑警大队人马赶到时，正是中午时分，距离于小苹报警前后不过十几分钟。现场有一把滚落在一旁的碎花雨伞，杂乱的一串脚印，倒伏下去的一片杂草。

警戒线已经把小树林围了起来，这样的现场让卢国正兴奋，罪犯留下的证据足够多了。他似乎觉得自己已经无限接近罪犯了。

两个小时后，省刑侦处派人来到了现场，牵来了一只训练有素的狼狗，狼狗兴奋地嗅完现场，牵着警察张狂地跑出林地，过了一条马路，又扑向一片水塘。狼狗失去了线索，茫然地望着那片水塘。警察前前后后绕着水塘想寻找到新的证据，却一无所获。有几个警察跳进水塘里又一番寻找，仍没有一丝线索。

罪犯的去向就此中断。

留在现场的脚印和证人又成为新的希望。

卢国正见到于小苹时，是在公安局的会客厅里，她坐在沙发上，衣服已经换过，头发也已经吹干了。她神色清醒，只是脸有些苍白。她非常配合，快速地说：你们记，我说，说完我还要回家去喂孩子。

于小苹顺畅地把经过又说了一遍，没有遗漏。她甚至凭着记忆，描绘了罪犯的长相、眼神乃至一连串的动作。平时的阅读帮助了她叙述的简洁和准确。

一辆警车送证人于小苹返回了家中。

现场的脚印已经提取了，在询问于小苹之前，两位女法医也在她的体内提取了罪犯的遗留物。人证物证均在。

第二天，省公安厅请来了两位专家，一位是脚印专家，一位是画像专家。

脚印专家很快得出了分析结论：

罪犯四十一码的脚，年龄在二十五至三十五之间，个头在一米七〇至一米七四之间。走路姿势略有外八字。

画像专家亲自去于小苹家中拜访，于小苹一遍遍描绘了罪犯的长相，几经修改，证人于小苹确信画像专家画出了罪犯八成的轮廓。

一份省公安厅的缉拿通告印制出来。一时间，小小县城，显眼的位置上都张贴出了这份通告。

传说中的色魔终于原形毕露，不仅有长相、身高，甚至还有走路姿势、血型。

于小苹体内的残留物，和前两次罪犯在现场留下的精斑血型完全一致。三个案件被并案。

办案的刑警每个人的桌子玻璃板下都赫然压着这份通告。他们要对犯罪分子烂熟于心，在一群人中，一眼就能认出犯罪分子。

卢国正的玻璃板下也压着这份犯罪分子的通告，不仅办公室里有，他的公文包里也放着画像，只要有时间，他就和这个罪犯去对视。现在他不论睁眼闭眼，满脑子都是犯罪分子的形象。

那个周末，警校即将毕业的女儿卢娇娇回到了家里，徐玉珠为女儿做了几个菜。吃饭前，卢国正把罪犯的画像展示给徐玉珠和女儿看。

徐玉珠用菜刀去剁那个画像，画像被劈开了，从罪犯脑门那儿变成两半。徐玉珠出口长气，望着卢国正道：这个坏人，该抓到了吧。

卢国正点点头：不会太远了。

吃饭时，徐玉珠照例在桌子上摆了一个空碗、一副筷子。自从卢文文遇害后，每逢吃饭，徐玉珠都在饭桌上放一副碗筷，仿佛卢文文还没有离开。

那天，浮在全家人心头的阴霾似乎稀薄了些。卢国正还给自己倒了杯酒。徐玉珠闭上眼睛，双手合十放在胸前道：姑娘，天快亮了，害死你的凶手就快抓到了。佛祖哇，你显灵吧。

自从卢文文遇害，徐玉珠就开始信佛了，在家客厅里贴了张佛像，在佛像前烧香跪拜，嘴里还念念有词。家被香火笼罩了。更多的时候，徐玉珠都寡白着脸，呆呆地望着佛像，和佛对话。

卢国正虽然身为警察，从小就接受无神论的教育，他不相信有神，但老伴这样，他也不好说什么，找个精神寄托，别憋出毛病，是他最大的心愿。

卢娇娇以前一直嚷嚷着不会当警察，上警校就为了拿一张文凭。卢国正热爱警察的工作，警察工作的习性已经融入到他生活中的点点滴滴，但他不会强求女儿做什么。

当初大女儿文文报考护校，他也并没有阻拦。他觉得当一名护士也没什么不好。文文不在了，娇娇成为他们家的全部念想。

文文出事后，娇娇选择工作的理念发生了一百八十度的转变。她说她要当一名警察，最好做刑警，她发誓一定要亲手抓住害死她姐姐的坏人。

即将从警校毕业的娇娇，对当一名警察已经跃跃欲试了。

那天晚上，娇娇端详着犯罪嫌疑人的画像，冲卢国正说：爸，我一定要亲手抓住这个人。她眼里满是仇恨和怒火。

卢国正没再说话，把一只手搭在女儿肩膀上。

娇娇说：我记住他了，他烧成灰我也会记得。

对于女儿的转变，卢国正既欣慰又难过。他欣慰，女儿长大了，知道自己奋斗的方向；难过的是，女儿的改变，是另一个女儿用生命作为代价换来的。

# 第四章 A

## 姜虎与宋春梅（一）

姜虎能到和平镇来工作，宋春梅一直认为是老天对他们爱情的眷顾。她爱慕着姜虎，他们没孩子时，每一次与姜虎相见，她都会把相见当成最后一次。那会儿的姜虎对她来说，只是个恋人，她有情，他有意，这份情意却并不牢固，像风筝一样，说断了线就会由她手中飞走。幸运的是，她怀了他的孩子，那会儿，她觉得即便他离开她，留下一个孩子，也会留给她一个永恒的念想。

随着孩子出生，并慢慢长大，虽然名字叫周奋强，但眉眼越来越像姜虎了。姜虎以前不敢正视孩子的存在，看孩子的眼神甚至是将信将疑的。随着孩子越来越像自己，他的信念和感情开始坚定起来。姜虎每次来看她，总会给孩子带些礼物，穿的用的应有尽有，孩子每次都叫他叔叔，他每次把孩子抱在怀里，都会有种奇妙的感受。因为他的付出和亲昵的姿态，孩子也越来越依赖他，甚至几日不见，他就会不断地问宋春梅：叔叔怎么还不来？在孩子的心里，姜虎是他的亲人，甚至是家里的一分子。

相反，孩子对周百顺却是陌生的，周百顺从工地上回家的次数越来越少，即便回来，大都是雨天。每次回来，那个被称为爸爸的男人，总是苦着一张脸，望他的眼神也是怪怪的，甚至有一种让他害怕的东西。每次叫爸爸的男人回来，他都会躲在母亲身后，陌生又怯怯地叫一声“爸”。然后就是那种让他害怕的眼神扫过来，落在他脸上。爸爸的眼神和姜虎叔叔没法比，姜虎每次都笑眯眯的，眼里装满了眷顾和亲昵，姜叔叔的动作也是温柔的，让他有种安全感。从那时开始，他害怕下雨天，说不定某个下雨天，爸爸会突然出现在家里，站在他面前。

爸爸对姐姐却很好，看姐姐的眼神和看自己的眼神完全不一样，有时爸爸会把姐姐抱在膝盖上，看姐姐写作业。姐姐已经是小学生了，爸爸一边看姐姐写字，一边用手帮姐姐拢头发，拢一下，又拢一下，然后痴了一双目光看姐姐写在方格里的字。

每次爸爸回来，妈妈宋春梅的情绪总是不好，冷着脸，摔盆打碗的。有许多次，爸爸回来住在家里，妈妈带着他睡，姐姐去和爸爸睡。姐姐每次都很高兴的样子，他不理解姐姐为何高兴。

姜虎来，姐姐的态度却是相反的，总是爱搭不理的，就是姜虎给她带了礼物，她也不稀得看。有一次姐姐悄悄对他说：以后你少理姜叔叔，他是个坏人。他不明白，姐姐为什么要这么说话，在他眼里，姜叔叔是天底下最好的叔叔，不仅给他买礼物，还有一个温暖的怀抱。每次他被姜虎搂在怀里，浑身上下都会很舒服。

宋春梅渐渐发现孩子大了，已经有了自己的好恶了。她和姜虎约会时，开始有意躲避孩子的目光了。

姜虎已经是一镇之长了，他也要考虑自己的影响，不像在县里工作时，他想啥时来就来。当了镇长之后的姜虎，变得小心谨慎起来。他们的约会也开始偷偷摸摸。有时在超市下班后，他躲开众人的目光，溜进超市那间办公室，他们在沙发上，匆忙着温存一会儿。有时在姜虎的车里。当上镇长之后的姜虎，配了一辆桑塔纳牌轿车，姜虎自己开车。但许多人都认识姜虎的车，有时为了约会，他会把车开出去很远，哪偏僻往哪开。姜虎偶尔也到家里来，这种约会大部分时间在白天，姜虎有时在外面办事，不回办公室，打个电话到超市里，她会回家，不一会儿姜虎就来了，把车停在离她家很远的地方，步行走过来。

姜虎腰间多了个呼机，人们有事会呼叫他，BP 机不响时，他们会缠绵一阵子，等孩子快放学了，他就会离开。孩子们都在家时，他就正大光明地过来看一看，说一些超市里的事情，给孩子们带点礼物，说上一会儿话就走了。姜虎到镇里当镇长前，已经把超市的法人改到了宋春梅的名下。现在人们都知道，宋春梅是超市的老板。但真正的老板仍然是姜虎，许多明眼人都知道这层秘密，人们见得多了，也就不再大惊小怪了。

每个月宋春梅都会把超市挣到的钱打到姜虎银行卡里，每个月姜虎也会从卡里取出一部分挣到的钱给宋春梅。这是她应该得的。眼下两人的关系，既亲密又独立。

姜虎不仅给孩子送礼物，有时也会送一些礼物给宋春梅，比如一条金项链，或者一个玉镯，有时也会送一两件质地优良的衣服，只有这样，他才觉得心理平衡。他也乐于和宋春梅保持这样既亲密又独立的关系。

姜虎对自己老婆也不过如此。老婆在县城中学里当老师，她热爱她的工作，除了自己的工作，她什么都不关心。姜虎在县政府机关当科长时，每天按时上班下班，她觉得也不错。去当镇长，偶尔周末会回来，她觉得也挺好。他们的孩子已经上小学了，她一个人完全能够照顾这个家。当初，姜虎去海南闯荡时，她反对过，觉得两人的工资够一家花销了，日子稳定安逸，没什么不好，可姜虎怀揣着一颗躁动的心，非得要去折腾，留下怀孕的她。她生孩子时，姜虎也不在身边，她出院回到家里，姜虎才带着海南一缕椰风回到她的身边，孩子刚满月，姜虎又走了。她没有抱怨，有的只是习惯。她习惯了自己以前和当下的生活。确切地说，她不是一个依赖男人生活的女人。在校园里工作，是她的理想状态，和孩子们打交道，简单而又快乐。她热爱自己教师这份工作，两点一线，上班，下班。在老婆的印象里，姜虎对她也不错，隔三岔五地，姜虎会把一些钱交给她，她数都不会数便存到银行里，因为她的工资够她和孩子花了，她不需要这些钱。她知道姜虎开了一个超市，这些钱是超市的收入。

姜虎也会给她买些衣服，还有箱包，甚至化妆品什么的，衣服她自己穿穿，也是偶尔。那些箱包和化妆品，有时她会送给同事，有年轻的也有年长的，她们看着她送的礼物就惊呼一声：这是个牌子，要值好多钱。在她眼里不就是一个包嘛，还分什么牌子。后来她渐渐了解到，有些姜虎送给她的箱包属于奢侈品，的确要值好多钱。下次姜虎再送给她这些东西时，她都会说：别浪费了，我不需要。她这么说了，姜虎有时会说：都是别人送的，你不用可以卖掉。

姜虎自从当上镇长后，有许多人给他送东西，刚开始是一些烟、酒之类的东西。姜虎就把这些烟酒放到超市里卖掉了。后来觉得烟酒拿不出手了，便开始送箱包、衣服之类的礼品。他会把这些礼品一部分送给宋春梅，一部分拿到家里。

宋春梅识货，知道这些东西的价值，每次见到这些东西，眼神都是亮的，收了礼物后，对他便更加娇媚和温柔了。

姜虎拥有两个女人。老婆就是老婆，老婆是家，让他安稳安心，有种踏实的安全感。宋春梅是他的情人，让他充满激情和浪漫。她还为他生了个儿子，虽然名分上并不属于他，但在亲情和事实面前，他又不能不承认，周奋强就是他的儿子。老婆为他生了个女儿，宋春梅为他生了个儿子，儿女双全的姜虎感到很幸福和圆满。

他周旋在两个女人之间，她们都没给他增加苦恼和麻烦。他沉浸在这种有爱有情的生活中。

他来到和平镇当镇长之后，就认识了镇食堂的师傅周百发。周百发在镇食堂当师傅已经许久了。刚开始时，他觉得周百发让他很不舒服，尤其是周百发望着他的眼神，总是觉得有些偷偷摸摸的怪怪的感觉。不多日子，他就知道周百发是周百顺的堂哥。知道这层关系后，他心里就明白了。

周百顺他是见过的，一个工地上的男人，懦弱胆小怕事，他不把这样的男人放在心上。当然，他身为一镇之长，也不会把一个食堂的师傅放在眼里。有一次，别人送了两条烟给他，他顺手提着烟来到了食堂，看见周百发在和面，双手沾满了面粉，他轻松自然地打了几句哈哈，说了一些类似辛苦之类的话。周百发对他也是尊重的，一双沾着面粉的手停止了忙碌，垂着手听他打哈哈。他顺手把两条烟放在案板一旁道：我不吸烟，你拿去吸吧。周师傅就一脸诺诺了，满脸挤出的都是感激的笑。从那以后，姜镇长会经常送给他一条烟或一瓶酒啥的，对他的态度也算友好。有时姜镇长在食堂里请客，会不失时机地把他从后厨里叫出来，让他陪客人喝两杯酒，当着他的面表扬他做菜的手艺。这是他以前没有过的待遇。一来二去地，他觉得姜镇长是个好人。其他人对姜虎的评价也不错，都觉得姜镇长这人有文化，为人也正派，是个干事的镇长，比前两任退休的镇长都要有水平。全镇的人都佩服姜虎。

有一次，周百顺在一个连雨天回到家里，周百发特意把周百顺叫到家里，炒了两个家常菜，两人喝了几杯酒。周百发就借着酒劲说：那啥，这个姜镇长除了那个事之外，其实人还是不错的。

周百顺自然明白那个事指的是什么，他并不接堂哥的话茬，独自喝酒，似乎他心里已经平静了。不平静又怎么样，他没办法改变宋春梅，他只能接受这样的现实。

有宋春梅在，他还有个家。在工地上，一想起家，心里就会有种踏实感，他可以随时回来，这一点无人能够改变。女儿周雪一天天大了，他看着女儿，心里是欣慰的，这是他的亲人也是希望。女儿会越来越大，再以后会长大成人，想起女儿的未来，他心里就充满了温暖和希望。为了女儿，他的生活变得有了意义。他开始习惯和宋春梅的这种关系了。每次见到她，他仍然有冲动，宋春梅心情好时，会给他，有时直接搬到孩子房间去住。分分合合的关系，让他别扭，但也能接受。他用忍耐，维系着现在的关系。他不想也不能失去这个家，为了女儿也为了自己。还有，他对宋春梅还充满着爱恋，她的身体仍然在吸引着他。有着这种吸引，他对这个女人还充满着希望。

# 第四章 B

## 迟到的婚礼

卢娇娇从警校毕业半年后，卢国正为她和方晓明举行了婚礼。

这是一场迟到的婚礼，婚礼的现场气氛有些别样，参加婚礼的人，大都是县公安局的人，卢娇娇毕业后，已经是刑侦大队的一名刑警了。参加婚礼的同事自然知道卢文文的案件。两年前，“十一”那场应该举行的婚礼，因“927 大案”的发生，推迟了两年。两年后，仍然是 10 月 1 日，国庆之日，这是全国人民都在为之欢庆的节日，方晓明和卢娇娇走进了婚礼的殿堂。本该欢庆的人们，一走进婚礼现场，神情就严肃起来。婚礼现场悬挂着方晓明和卢娇娇的照片，娇娇穿着婚纱的照片，神情也是凝重的，新婚应该有的憧憬和美好，在娇娇的神情中打了折扣。她的神情更多的是凝重。

卢娇娇在完成一场爱情接力，她肩负着姐姐的使命。姐姐文文和方晓明恋爱时，她就认识了方晓明，她和方晓明相差六岁，她一直称呼方晓明为哥。那会儿，她在方晓明眼里还是个小破孩儿，有许多次，方晓明和文文去逛公园或者看电影，她都像一条小尾巴似的跟着。方晓明和文文手拉手走在前面，她大大咧咧地跟在后面，嚷着让姐姐为她买好吃的。那时姐姐文文刚上护校，在外面花钱大都是方晓明掏腰包。方晓明也真心实意地把她当成了妹妹。因为他遗孤的身份，从小就失去了父爱，甚至家庭的欢乐。认识卢国正之后，因为卢国正和父亲这种特殊关系，他从心里接纳了这份情感，也融入到家庭的欢乐中。他羡慕甚至向往着卢国正一家的家庭氛围。他从心里已接受了自己的这个角色。他也甘愿每次和卢文文外出带着妹妹娇娇。

娇娇在他眼里一点点长大，娇娇曾答应过姐姐，要在他们的婚礼上给姐姐当伴娘。姐姐出嫁前，她是忧伤的，就像所有青春期的女孩一样，多愁善感，对姐姐结婚，离开这个家，有些许的不舍。她为姐姐唱过《姐姐出嫁》这首歌，那阵子，这首歌的旋律一直萦绕在她的情绪里。

谁也不曾料到，姐姐在出嫁的前三天，遇害了。突然而至的家庭变故，让一家人失去了欢乐，只要一提到姐姐，所有的话题都是忧伤的。

后来父亲和她说，让她嫁给方晓明。她并没有吃惊，这一结果似乎她早就料到了。她觉得这不是自己结婚，是替姐姐完成一个没有完成的仪式，也是全家的仪式。

从警校毕业后，父母为了拉近她和方晓明的感情，一次次让方晓明约她出去。每次和方晓明约会，她总觉得姐姐就在身边，她一次次回头去寻找看不见的姐姐，姐姐虽然看不见，但她仍然感受到片刻不离的姐姐的目光，就像当年她尾随着方晓明和姐姐的情形一样。此时姐姐的目光成了他们的尾巴。

方晓明走过的每一处，都是当年他和姐姐曾经来过的地方。县城并不大，去处也不是很多，公园、电影院，甚至商场还是原来的样子。她和方晓明约会时，方晓明大多时候也是沉默着。甚至他叫她时，还叫着文文，每次她都随口应了，方晓明看见她，立马清醒过来，低下头慌慌地说了句：娇娇对不起。她淡笑一下道：我就是文文，我也是娇娇。

自从姐姐离开了他们，她在父母面前就开始扮演双重角色。父母有时叫她，仍会喊出姐姐的名字，她都会及时并响亮地答应。父母反应过来时，便红了眼圈。姐姐在时，她是家里的孩子；姐姐不在了，她变成了姐姐。

方晓明有时怔怔地望着她，似乎想在她身上找到文文的影子。但这种寻找并不成功，她从小和姐姐长得并不像，姐姐的外貌随父亲，她随母亲。性格也正好相反，娇娇属于那种大咧咧的女孩，说话办事更像个男人，这一点她又随了父亲。和方晓明来往后，她也试图把自己变成姐姐，但无论如何她变不成姐姐。

娇娇和方晓明走在一起，不是为了欲罢不能的爱情，而是为了姐姐，为了一种仪式。他们在婚礼现场接受着亲朋同事的祝福，她用微笑接纳着所有的祝愿，但她一直觉得自己就是姐姐的伴娘。

她看到台下的父母，自从姐姐离开之后，父母一下子老了许多。他们在注视着这场婚礼，脸上绽放着笑容，眼睛里却满是对姐姐的思念。

新房就是姐姐遇害的现场，两年了，这间新房仍然空着。虽然被方晓明又一次粉刷过，墙角和地板都光洁如新，但她仍能嗅到姐姐的气味。两年前这里的一切都是姐姐和方晓明布置的，窗帘，床上的被褥，都是姐姐亲自挑选的。她走进新房，如同走进姐姐家。

婚礼结束之后，亲朋同事都散去了，新房里留下了亲朋同事送的礼物。她看着眼前的一切，很想哭一场，为姐姐。但她不能哭，方晓明清点着那些新婚礼物。

脱下了婚纱，换成了便装，她此刻就是方晓明的妻子了。那天晚上，他们房间的灯一直亮了许久，她和方晓明坐在沙发上，电视开着。播放的内容是什么已经不重要了，有了电视声音的陪伴，他们便觉得整间屋子都是满的。两人谁也不说话，眼睛看着电视，脑子里却想着各自的心事。

参加完婚礼，母亲徐玉珠把女儿送进新房后，便回到了自己的家里，她再也忍不住，一进家门便趴在床上大哭起来。

卢国正并没有劝慰她，他理解老伴此时的心境，他何尝不想大哭一场呢。他点了支烟，坐在沙发上，听着妻子的哭号。女儿文文的音容点点滴滴地在他眼前浮现出来，就像一部纪录片，从小放到大。在失去女儿两年的时间里，他无数次地梦见过文文，大都是以前场景的再现，这种有头无尾的再现，让他从梦中醒来，他醒来后发现老伴徐玉珠也已经醒了，正睁着眼睛看他。两人都明白，他们又各自梦见了文文，但谁也不说破，小心翼翼地守护着这份记忆。醒来后的他们，久久不能入睡。老伴突然说：明天我做一次红烧带鱼吧，文文最爱吃了。

一股情绪哽在喉头，他伸出手抓住徐玉珠的手，他在安慰她，发现老伴的手冰冷。

老伴又说：我要在带鱼里放冰糖，文文不爱吃砂糖。

在老伴的生活中，她一刻也没离开过女儿文文，她脑子里想的都是文文。随着时间渐渐推移，他们说文文的话题少了，但家里的一切又留下了女儿无处不在的痕迹。他们想把文文渐渐忘却，只有这样，他们才能从悲伤中走出来，但女儿文文的一切又无处不在。

卢国正每天上班，都期待着案情会有重大进展和突破，犯罪嫌疑人的图像张贴得到处都是，还多了脚印和手纹。嫌犯该留下的证据都留下了，似乎案件已开始水落石出了。

每天刑侦大队的刑警们都把重点嫌疑人的手纹采集回来，进行比对。一天天，一日日，技侦科的干警一天二十四小时这样的工作从没间断过。从市里省里来支援的干警走了一批，又来了一拨。

从这项工作开始的时候，卢国正就期待着奇迹的发生，期待着突然间一个电话，告诉他嫌疑人找到了。

他腰间的呼机一直开着，在家里他也会经常拿起电话，听一听电话是否还畅通。一有电话，他都是第一时间奔过去。他满怀着期待，但每一天又在他的失望中结束。新的一天开始时，他又有了新的期盼。

这一连串案件，不仅动员了全县的公安干警，就连市里、省里都行动起来。全省的公安干警拉开了一张看不见的大网，逐一排查着。每个角落、每拨怀疑对象都不放过，这样的工作量，自卢国正从事公安干警以来，从来没有经历过。

他不相信犯罪嫌疑人会就此人间蒸发，他知道他现在就躲在某个角落里。

街上的便衣也多了起来，他们似乎无处不在。也许这种压力，让犯罪分子意识到了危险，自从于小苹那件事之后，犯罪分子便销声匿迹了。

作为一个老刑警，他隐约地觉得，犯罪分子躲在暗处，就在离他们不远的地方。

## 证人于小苹

那件事发生没多久，于小苹被丈夫一家赶回了娘家。

于小苹成为证人后，她便成为全县的“名人”，人们都知道她是个被强奸过的女人，重要的是她还活着。有一阵子，她住的胡同里，经常涌来一些莫名其妙的人，小县城没有什么秘密，她的住址，甚至她被强奸的小树林，都成为人们的谈资和景点。好奇而来的人们，站在她家门外，指指点点，都想一睹她的芳容。色魔专门强奸漂亮年轻的女人，已经成为县城人的一种传说。人们都想一睹被色魔强奸过的女人到底长得什么样。那一阵子，于小苹家里的窗帘在大白天也是紧紧拉上的。好奇的人们没法看清于小苹的面目，便走向发生过强奸的小树林，人们站在小树林外，想象着当时的场景，便莫名地兴奋。众人指指点点，依据想象复原着当时的场景。走了一拨，又来了一群。

有好事者还找到了于小苹工作的单位，那是县里唯一的一家服装厂，女工的比例大于男性工人。于小苹是服装厂的生产标兵，有照片贴在工厂一进门的橱窗里，她的照片和许多女职工的照片排列在那里，人们好奇新鲜地去看她的照片。服装厂被这些好奇的人搅扰得不能正常生产，后来厂长下令，将于小苹的照片撤下，来参观的人才渐渐少了下来。有幸看过于小苹照片的人，便到处传说于小苹的漂亮年轻。于小苹的丈夫是服装厂的一名电工，平时普通得不能再普通的一名工人，因为于小苹的事件，让他一时间也成为人们关注的焦点。平时不怎么和他来往的工友，一下子对他热络关心起来，递给他一支烟，或者一瓶水，然后没话找话地问一些莫名其妙的话，最后总要落实到他老婆于小苹身上。人们都希望得知被强奸后的女人是个什么样子，人们对于小苹好奇，对他也好奇。

他走在街上，只要一回头，就能看见人们正对他指指点点，人们见他望过来的目光，尴尬地笑一笑，若无其事地走去。他站在大街上想发火，想骂人，可又不知道冲谁。

逃出魔掌的于小苹，当时是出于一种本能，在那个下雨天，朝着一辆奔驰而来的卡车扑过去，平时危险的举动，却在当时变成了救命稻草。卡车司机一个急刹车，距离她两步的样子停下车，怒气冲冲地下来，刚要大声骂她，于小苹喊了一声：师傅，救我。便晕了过去。卡车师傅把水淋淋的她抱在怀里不知如何安置，只能找到最近的一个电话报警。

一直等到警察把于小苹带走，他才离开报警地点。从警察和于小苹支离破碎的话语中，他知道，被救的女人受了欺负，就在那片树林里。

没多久，卡车司机知道了，自己救过的女人是那件著名案件的女主角。他悔恨当初没有认真看一眼那个女人。

之后，于小苹都是凭直觉做她该做的一切。到了公安局，她喝了一杯开水之后，心才慢慢静下来，向警察回忆着发生的一切。

当时她没有仇恨，有的只是恐惧。她庆幸自己能从色魔手里逃生，当时分明看见了色魔手里的刀，明晃晃的，沾着雨滴向她刺过来。就在色魔手起刀落犹豫的一瞬间，她求生的本能，让她死里逃生。

回到家后，她心里开始生出了仇恨，半夜里她会醒来，是在噩梦中惊醒的，色魔的刀挥下来，她喊叫一声就醒了。她半夜的尖叫不仅惊醒了全家人，也惊醒了孩子，孩子啼哭着。噩梦惊醒的一瞬间，她甚至不知自己在哪儿，她惊恐地望着房间的每个角落，熟悉的家一瞬间让她感到陌生。过了好一阵，她才从惊怔中回过神来，一点点变得平静下来。

她的这种反应，让全家人担心起来。每天睡觉前，婆婆都把孩子抱走，由婆婆去带，半夜孩子吃奶时，婆婆再抱过来，奶完孩子婆婆又把孩子抱走。一夜里要折腾几次。

从那会儿开始，她开始仇视那个色魔了，睁眼闭眼的，都是色魔的形象。从公安局离开后，一个姓方的警察拿过一张画像让她分辨，那是一张冰冷的画像，是她描述过的色魔形象，此时在她眼里似乎是，又似乎不是。往返几次之后，她终于觉得有几成像了，眉眼，还有嘴唇、脸形，她点了头。于是那张画像一夜之间便贴满街头，事发的厕所门口，都贴着色魔的画像。

事发之后，她再也不敢一个人去厕所了，每次都由婆婆陪着她。每次去厕所，她都能看见那个张贴着的男人画像，去一次厕所，似乎又经历了一次惊魂。后来，她偷偷地把那张画像从墙上撕了下去，撕碎扔到了粪坑里。

后来有许多人来到她家门口，她不理解自己的事情为什么会惊动那么多的人。当时警察一遍遍对她说，这件事会为她保密，她说的所有细节外人是不可能知道的，但还是有这么多人知道了，不是警察泄出她的秘密，只怪县城太小了，邻居们的嘴是封不住的。

事情发生几天之后，先是有平时不怎么来往的邻居登门拜访，名曰来看孩子，目光却停留在她身上，满是同情和怜悯的样子。有好心邻居还给她拿来了一些礼品，这是她生孩子时都没有受到过的礼遇。

渐渐地她在这些目光中读到了别样的东西，她说不清是嫌弃还是厌恶。总之，这样的目光让她悲哀，甚至无助。以前对她关爱有加的丈夫变得冷淡了，她读出了丈夫目光中的厌嫌。然后是婆婆，全家人的目光都发生了变化。在这种变化中，她更加孤独无望。夜晚，再一次从梦中惊醒时，她只能以泪洗面。

从那时开始，一家人都躲着她，仿佛她成了那个色魔。丈夫开始长吁短叹，有时一天也不会和她说上两句话。有时丈夫在外面喝酒，回来后，眼睛充满血丝地望着她，丈夫的目光也让她感到恐惧。让她感受到的最大的变化是，丈夫不再碰她了，每天晚上睡觉都离她远远的，仿佛碰她一下便是罪恶。她知道，一家人都在嫌弃她，她也开始嫌弃自己。

那件事情发生后，她每天都要洗几次澡，从里到外一遍遍清洗自己。她蹲在地上任水流冲洗着自己，有时她会捂住自己的脸在水流声中痛哭失声。

以前鲜活滋润的身体，开始变得麻木干瘪起来，她没有了欲望，甚至想到了死。如果当初她不去挣扎，死在色魔的刀下，也许什么都结束了。可她偏偏仍然活着，带着无尽的罪恶和羞耻感。

她开始盼望色魔早日落入法网，也许色魔被抓住、枪毙，她心里的阴影才会消退。那一阵子，她每天都在期盼着色魔落网的消息，从日出到日落，她期待着。然而每天她都是在失望中走进梦境，噩梦又伴着她了。

她没能等来色魔落网的消息，张贴在县城里大街小巷的画像，已经被雨水冲刷得失去了本来的面目，关于色魔只剩下了又一轮的传说。她没等来色魔落网，却等来了丈夫离婚的决定。那天晚上，丈夫坐在床头，低着头，声音不大地说了一句：咱们离婚吧，这日子没法再往下过了。

丈夫的宣判，她似乎早就有心理准备，确切地说，是对自己的惩罚。她自己都开始嫌弃自己，讨厌自己，离婚对她来说，似乎是种安慰。

她很快随着丈夫办理了离婚手续。又一次回到婆家，婆婆早已把她的东西收拾好了，装在两个提包里。她要和刚满百天的孩子告别，孩子睡在婆婆的怀里。她望着婆婆怀中自己的孩子，想哭却哭不出来。婆婆说：想孩子了，就过来看看，咱们以后没关系了，但孩子永远是你的。

她终于流出两滴眼泪，婆婆低下头难过地说：等孩子长大了，这件事过去了，让孩子再去找你。

她狠狠地看了眼孩子，扭过头提起那两只提包，走出婆婆的家门。邻居的目光透过窗子同情地望着她，一直到她走出胡同口，坐上出租车。

父母的家成了她无可选择的去处，她又回到了生她养她的家中。当初她结婚离开家门，她以为自己有了家，父母家会成为她的客栈，没想到，生她养她的家才是她永恒的家。

父母无条件地收留了她。没有嫌弃，没有厌恶，有的只是小心翼翼和无尽的哀伤。她住了下来，休养自己。

她已经无法再回到服装厂上班了，她受不了姐妹们的目光还有背着她的嘀嘀咕咕。她办理了离职手续。厂长满眼都是同情，送她走出厂门口时，厂长说：小于，这个厂的大门永远向你开放，啥时想回来，你就回来。

她告别了厂长，告别了工作过的服装厂，她知道，自己再也走不进这个门了。

自从那件事发生后，她已经不是以前的于小苹了。她现在唯一的念想就是从这个世界消失掉，即便活着，也要到一个没人知道她经历的环境中去生活。

本已退休的父亲，因为她的变故，又找了一份替工厂看门的工作。她失去了工作，父亲又承担起了养家糊口的责任。她望着父亲早出晚归年迈的背影，她真想大哭一场，然后从这个世界消失。

# 第五章 A

## 中 秋 节

又一个中秋节，工地上放了一天假。周百顺回到了家里，他仍从县城带回两盒月饼，一盒留给家里，另一盒要送到父母那里。下午的时候，他去接女儿放学。女儿已经上三年级了，见他第一眼时有些吃惊地问：爸，你回来了。他冲女儿献上一个微笑，牵着女儿的手说：咱们先去看看爷爷奶奶。他牵着女儿周雪的手，感到莫名的温暖，心里也涌出无限的爱。他一只手牵着女儿，一只手提着一盒月饼向父母家走去。

父母见到他和周雪并不吃惊，母亲张罗着做晚饭，要留爷俩在家里过中秋。平时，他不在家，父母也会经常把周雪接到家中，把好吃的好玩的拿出来。每次，两位老人对待周雪都热情备至，周雪也愿意到爷爷奶奶家来玩。周雪有时也会把弟弟周奋强带过来一起玩。爷爷奶奶自然不好说什么，每次送她时，就会在她耳边悄悄说：下次别带你弟弟来了。

周雪并不清楚大人们之间的事，只是觉得父亲和母亲平时的关系和别的同学的父母有些不一样。父亲很少回家，偶尔回家，母亲就像变了一个人，不时地冲她和弟弟发脾气。晚上睡觉时，母亲又让她去陪爸爸睡，母亲自己却和弟弟睡一张床。父亲几乎不说话，把她搂在怀里，拍着她睡觉。虽然她很少和父亲相处，但每次嗅到父亲的气味，她就很踏实，很快就睡过去了。有几次，她夜半醒来去上厕所，看见父亲并没有睡，而是坐在床边在吸烟，烟雾很浓，呛得她有些上不来气。父亲见她醒来，忙按灭烟，又重新把她搂在怀中。

父亲不在的日子里，母亲是正常的，总是露出笑脸，打发她上学，送弟弟去幼儿园。有时会把一个叫姜虎的叔叔领回到家里。姜虎叔叔每次来，似乎都很神秘，也很小心。姜虎一来，母亲便把她和弟弟的门关上，然后在另外一个房间和姜虎叔叔说话。从音调上分辨，母亲这时是愉快的，还不停地笑。姜虎叔叔走了，母亲都会拿出许多东西，有时是件衣服，有时是好吃的，分给她和弟弟，每次母亲都幸福地说：这是你们姜虎叔叔带给你们的。

有几次放学回来，她都看见姜虎已经在家里了，那会儿，弟弟已经回来了，正在和姜虎一起玩。姜虎不时地把弟弟抱在怀里，和弟弟的样子是欢乐的，看到她回来，姜虎就会放开弟弟，又和母亲说上几句话，悄悄地走了。姜虎每次出门时都很神秘，先把门推开一条缝，见左右无人，一闪身走出去，头也不回，匆匆地离去。

姜虎叔叔每次来，母亲都会高兴很长时间，看得出来，母亲每次见姜虎时，都经过了精心的准备，穿上最整齐的衣服，脸上也是化过妆的，身上还有一股香水气味。她不知道那是香水气味，就是一股很好闻的气味。后来在母亲梳妆台上见到过那个能带来神秘气息的小瓶子，瓶子上写着香水的字样，她才知道，原来香水这么好闻。

大人的世界她想不明白，不论父亲、母亲、姜虎还是爷爷奶奶，对她都很好。她只独自沉浸在这个有爱的世界里，她感到自己很幸福。

那个中秋的晚上，她在爷爷奶奶家吃过饭，奶奶就把她送出门，让她独自回家。爷爷奶奶家离自己的家并不远，过两条小街，再走一条胡同就到了。平时，她都是独自来找爷爷奶奶，她已经习惯了这种独来独往。

周雪走后，堂哥周百发就来了。堂哥今天下班早，中秋节，镇政府下午就放假了，工作人员都回家过节了。堂哥知道周百顺一准在这里，便过来看他。

堂哥带来了许多新闻，他说得最多的是县城里发生的那些案子。周百顺在县城工地上干活，也听到过县城里发生的强奸杀人案。他想从周百顺嘴里知道更多的新闻，周百顺就说：工头不让我们离开工地，外面很乱，色魔杀人的事我们只听工头说过两回。

周百顺嘴里并没有什么新鲜事，这让堂哥很气馁。堂哥就讲他知道的新闻。堂哥说：派出所的人在镇上把年轻人的手印都提取了，还抽了血去化验血型。堂哥讲这话时，还用一只手去指自己的手臂，那里还留有一个采血时的针眼，果然针眼还新鲜着。

堂哥提起这话头，父亲也证实，镇上在家的年轻人都被派出所叫去过，去按手印。他们依此判断，公安局的人对色魔的踪影并没头绪，还在大海捞针。

周百顺也说：警察也到我们工地上去过，召集工地的人开过会，也顺带着取过我们的手印。可不知为啥就没了下文。

几个人议论了会儿发生在县城的强奸杀人案，话题都是街谈巷议的内容，已经寡淡了。堂哥话头一转说：那个活下来的女的，姓于，现在已经离婚了，让丈夫给休了。

堂哥这条消息对周百顺来说是条新闻，他在工地上并没有听说过这样的新闻。他轻叹口气，低下头，情绪低落下来。

父亲和母亲也叹气，父亲说：这人抓住应该立马枪决。

母亲也摇着头：作孽呀，这种事受伤的一定是女人。

堂哥话锋一转道：这个女的是我们镇机关王助理的亲戚，他正张罗着给这个女的找婆家呢。

母亲又感叹：可怜的女人。

堂哥说：王助理拿了张她的照片，我们看了，长得是挺漂亮，和传说的差不多。以前在县里服装厂上班，出了这事之后把工作都辞了。

母亲说：虽说发生了这样的事，人家目光也不会太低。

母亲说这话时无意中瞟了眼儿子。

周百顺正闷着头抽烟。

堂哥又说：王助理说了，她现在没啥条件，只要有男的不计较她发生过的事，肯对她好就行。

父亲很气愤的样子：她是受害者，她又不是杀人魔王，怎么能对人家这样？

母亲望着堂哥，鼓励堂哥说下去。堂哥似乎明白了母亲的暗示，拍一下周百顺的肩膀道：兄弟，有句话我不知当说不当说。

周百顺抬眼望着堂哥。

堂哥又望眼父亲母亲，父亲别过头，母亲却仍然用鼓励的目光望着堂哥。以前堂哥没事时经常来家坐坐，他们的话题说得最多的就是周百顺。堂哥一直主张让堂弟离婚，一个男人日子过成这样，已经没多少滋味了，趁年轻再找一个还来得及。堂哥每次有这种提议时，父母都会叹气。其实，在这之前，父母也在话语间向儿子流露过这样的暗示。儿子每次都不说话，找别的话题把这些暗示岔过去。他们也不好说什么，只怪自己的儿子太老实，命不好。婚姻的事都是劝聚不劝散，哪有父母不希望儿女过上好日子的。面对儿子这样，当父母的也爱莫能助。

母亲希望堂哥把这层窗户纸捅破。在母亲的鼓励下，堂哥就说：百顺，我劝你这婚还是离了吧，现在全镇子上的人，都知道宋春梅和姜镇长的关系。

周百顺续上一支烟，把头又勾下去。

堂哥又说：刚才我说的那个被休了的女人，我觉得配你合适。这样的女人，受过男人的伤害，以后肯定会本分。

父亲猛吸口烟，望眼周百顺，又望眼堂哥。堂哥在父亲的眼里同时也得到了鼓励。

堂哥说：你要点个头，这事我和王助理去说说。你的事王助理也知道，前几天，他还为你打抱不平了，说姜镇长这事办得不地道。

堂哥说到这，咳了一下又补充道：姜镇长平时人缘不错，但在这件事情上没人站在他立场上说话。

周百顺仍不说话，把头更深地低下一些。

堂哥再说：只要你肯离婚，就是这个女的不行，我再求人帮你张罗别的人，出了这事没人会怪你，都说你是个老实人。现在能忍受这事的男人不多了。

周百顺把烟头按灭在烟灰缸里，抬起头扫了眼父母，又看了眼表哥，低下头说：我知道你们的意思，我就是不想让小雪没妈。

母亲说：你离婚，孩子我和你爸替你养，她是我们亲孙女，还能亏着她？以后你想生就再生一个。

周百顺就站起身冲父母和堂哥说：爸、妈、哥，时候不早了，我该回去了，明早还要赶一大早的车去工地。

周百顺就走了，亲人们望着他离去的身影，只能把一肚子的话和道理又装回到肚子里。面对如此这般的周百顺，他们又能说些什么呢？

回到家里的周百顺，发现宋春梅已经带着周奋强在另一个房间躺下了。女儿周雪在床上等他。他没说什么，拍了拍女儿的头，关上灯，脱下衣服躺下了。

不一会儿，女儿就在他身边睡着了。他却睡不着，睁着眼睛望着黑暗。他进家门时，宋春梅还没从超市回来。他中午吃过饭，先去了超市一趟，宋春梅正带人往超市货架上摆放东西。他和宋春梅打了声招呼，宋春梅看了他一眼，说了声：啊。他又说：我去接孩子，然后去她爷爷奶奶家。宋春梅又“啊”了一声。他就走了。上午回来到现在，他只和她在超市里照了一面。此时，他望着暗处，心里憋闷着想哭。不知过了多久，另外一个房间有了动静，他并没关门，似乎期待着孩子睡下后，宋春梅能过来找他，虽然这样的事情并没有发生过，但他仍然隐隐地期待着。

宋春梅披了件衣服，光着腿从他门前走过，朦胧中，他看见她连瞟一眼都没做到，径直去了洗手间。他忍不住下地，也跟了过去，推开洗手间的门，宋春梅刚站起来，提上短裤。宋春梅看见他并没有吃惊，想从他身边挤过去，他一把把她抱住。许久没有碰过她了，她的温度和气息让他战栗了一下。

宋春梅在他怀里用了力气，他也用力地更紧地搂住她，两人无声地僵持着。她放弃了挣扎，小声地说：你想干什么？他不说话，去亲她的嘴，她躲开了。他就亲她的脖子，曾经熟悉的部位，让他又一次战栗。她推了他一下，扭过身子，后背冲向他。他明白，她已经妥协了。他从后面抱紧她，嗅着她的头发，那里散发出他熟悉又陌生的气味。他用身体大面积地贴向她，丰腴的女人身体让他冲动，他太渴望她了，在工地的工棚里睡不着觉时会想起她，走在街上看见别的女人，他也会想起她，梦里想的也是她。这就是他无法离开她的根源，虽然他嘴上说不希望女儿没有妈。那是他心底里又一份隐痛。他对她还充满了幻想，他一直希望宋春梅终于有一天会幡然醒悟，和他好好过日子。

她突然说：你能不能轻点，别跟个强奸犯似的。

他冷静下来，无限温柔地对待她。他想起他们刚认识那会儿，她是迎合他的，也乐意和他不厌其烦地做这件事。他太怀恋他们曾经有过的时光了。他气喘着，兴奋着。终于，他伏在她的肩上停止了动作。那一刻他真想哭出来。很快，她甩开了他搂抱着她的手，把他推出洗手间，门被从里面插上了，然后他听到她在里面冲洗的声音。他在洗手间门前站了一会儿，就走向厨房。他点了支烟，透过窗户向外面望去。外面是朦胧的，有一只野猫从他视线里匆匆跑过。

不一会儿，宋春梅从洗手间出来，回到自己的房间，又是清晰的插门声。他在心里叹息了一声，他不知道这样的日子还会持续多久。

## 男　　人

一个周末，堂哥周百发到工地上来看周百顺，当时他正站在脚手架上往墙上砌砖。工头在下面把手扩成喇叭状喊他的名字，他就看到了站在工头身边的堂哥。

堂哥利用周末的时间到县城里办事，顺便到工地上来看他。堂哥和工头很熟络，堂哥是镇食堂的大师傅，工头很给堂哥面子，堂哥帮他请了假，两人从工地上走出来。时间已近正午，堂哥说要请他吃饭，两人来到工地附近的一个饭馆。

堂哥还点了一瓶酒，点了几个菜，两人喝了几杯酒之后，堂哥才说出了实情。堂哥受镇上王助理之托，专门来县城见他，目的还是给他介绍于小苹。堂哥话里话外的意思是要他见一下那个可怜的女人于小苹。听了堂哥真实的来意，杯中的酒下得就慢了。

堂哥看出了他的意思，就说：刚才我去看于小苹了，她还年轻，一个人住在娘家，心里苦得不行。我把你的情况说了，人家没别的意见，就是想见你一眼。要是没啥，你一离婚，人家立马嫁过来。

他把酒杯放下，思忖着道：我还得带着小雪，小雪不能离开我，这丫头懂事了。

堂哥咂一口酒：这事我跟人家说了，人家不挑这事，随你。

他不说话了，默了声音，有滋无味地喝酒。一顿饭下来之后，他红着眼睛，抬起头冲堂哥说：我还是不见人家了吧，这事我还要想想。

堂哥见他这样，非常失望的样子，一支接一支地吸烟。隔着烟雾恨铁不成钢地望着他道：百顺，当着我叔我婶的面，有些话我不好说，你绿帽子都戴成这样了，你还有啥考虑的？

他低下头，仍是一副为难的样子。

堂哥又说：实话告诉你吧，宋春梅以前在海南当歌厅小姐，全镇人都知道。那叫啥？那叫公共汽车，给钱就可以上。

他抬起头看着堂哥，眼里闪过一丝怒气。

堂哥想趁热打铁，彻底激怒他，又说：姜镇长为啥对她好，是因为人家有了孩子。你现在不仅当王八，还替人养孩子。这样的女人，你有啥舍不得的？

他抖着手去掏烟，点燃烟之后，脸色灰白下来，木呆呆地望着堂哥。

堂哥接着说：于小苹我瞅过了，心里很苦，要不然，人家也不会同意和你见面。她是被强奸的，又不是搞破鞋，遇到这事你说让一个女人能咋的？

他望着堂哥的目光一瞬间又暗淡下去，又一次勾下头。

堂哥把手里的打火机拍在饭桌上，探着头追问：你是见不见呢？

他摇了摇头。

堂哥就拿他没办法了，招手把服务员叫过来，结了账，从小饭馆里走出来。他随在堂哥的身后，走出饭店问堂哥：哥，你回呀？

堂哥又立住脚，恨铁不成钢地望着他：我怎么有你这么个弟弟。

他躲开堂哥责备的目光，盯着前方的马路。

堂哥从怀里掏出一张小纸条，递给他：这是姜镇长住在县城的地址，今天他在家休息，你要还是个男人，就找他掰扯掰扯，把话说明白。

堂哥把写有姜虎家庭住址的纸条塞到他面前。他犹豫着伸手接过堂哥手里的纸条。

堂哥又说：按理说姜虎对我还不错，每次见了我不笑不说话，对咱全镇子的人也不赖，可你是我的堂弟，我胳膊肘不能往外拐是不是？

他感动地望着堂哥。

堂哥叹了口气，缓下语气说：我知道你离不开那个宋春梅，你要想好好和她过日子，就把姜虎赶走，不然，你不会有好日子。

他冲堂哥肯定地点点头。

堂哥见他动了心思，又再接再厉地说道：你按着这个地址去找他，把话说开了，要是那个姓姜的肯娶宋春梅，你也就断了念想，想法子再过自己的日子。

他又冲堂哥点了一次头。

堂哥：你呀，完蛋个玩意，都让人家欺负成这样了，你还当老好人，拿你真没办法。

堂哥说完，向前走去，走了两步又停住脚，冲仍跟在身后的他说：我去车站了，你现在就去找姜虎，把该说的都说了，看他有啥话说。到时你告诉我一声。

他冲堂哥说：我知道了。

堂哥像领导似的挥了一下手道：那就这么的，我等你消息。

堂哥走了，他站在原地看着堂哥一点点向前走去，最后消失在他的视线里。堂哥的话说动了他的心思，他从心底里想和宋春梅过好日子。以前宋春梅做的职业他可以不在乎，和姜虎生的孩子，他也可以替他们养，只要宋春梅能像以前一样，把他当成丈夫，然后一心一意地在家带孩子，他觉得这生活还是圆满的。

堂哥走后，他并没有马上去找姜虎，他顺着大街走了一会儿，他想捋捋自己的思路，想找姜虎之后，他要说点什么。他向前走一段，又往回走几步，犹豫着，思忖着。傍晚的时候，他路过一家食杂店，进去买了一瓶酒，中午和堂哥喝的酒，已经消化得差不多了。他躲在一个没人的地方，打开酒瓶，几口就把瓶中的酒喝光了。他看眼即将消失的太阳，拿出堂哥写有姜虎家地址的纸条，一歪一歪地向姜虎家方向走去。

姜虎家住的是楼房，五层的楼房在县城的住宅中已算是高层建筑了。堂哥的纸条上写着姜虎家住在三层。他站在楼下垃圾桶旁，看着姜虎家的灯光。他开始吸烟，酒精已在他周身扩散开来，他有了勇气，眼里布满了血丝，他吸着烟，心想，再吸过两支烟之后，他就上去找姜虎。

他又吸过大半盒烟之后，仍然没下好决心走进楼门，姜虎却下楼了。姜虎每天晚饭后都有散步的习惯，他是下楼来散步，顺便把家里的垃圾带下了楼。姜虎扔完垃圾，转身要走，发现了站在垃圾桶旁的周百顺，看了他一眼，天已然黑了，但院子里透出的灯光还是让姜虎认出了他。

姜虎怔了一下，站在他几步开外的地方看了他一会儿，他也望着姜虎，姜虎就说：你，你找我？

他点了一下头，双手在裤袋里用劲攥了攥。显然，他的出现，出乎姜虎的意料。毕竟姜虎见多识广，很快就冷静下来，姜虎就说：那咱们边走边聊吧，嗯？

姜虎试探地向前走了几步，他移动了下脚步，姜虎便坚定地向前走去，他只好跟上。一直走出小区，在小区里姜虎还遇到了两个熟人，姜虎热络地都打过了招呼，称对方部长和科长。他才意识到，这个小区里都住着县机关的领导。他向前迈动的脚步明显虚弱了些，出小区门口时，绊在一块石头上，让他趔趄了一下，差点摔倒。

走出小区之后，姜虎的脚步放慢下来，明显是在等他。他向前赶了两步，随在姜虎身后，姜虎终于停了下来，两人站在一个路灯下面。姜虎把他上下打量了一下，这才说：你找我什么事？

他望着姜虎没有说话，来之前想好的话一溜烟就消失在他的脑际了。

姜虎笑了一下，又问：你怎么知道我家的地址？

他想到了堂哥，但他知道不能出卖堂哥。他说：我打听的，好多人都知道。

姜虎掏出支烟，递给他一支，他摇了下头，姜虎自己点上。他注意到姜虎抽的是软盒中华牌香烟，他想起了一句顺口溜：软中华，硬玉溪，这样的干部最牛×。这两个牌子的香烟，在当时的市面上能卖几十元一盒呢。

姜虎吸了口烟才问：你是为宋春梅来的吧？

他只能点了点头。

姜虎说：我认识她比你早，就在海南，我在海南做过买卖。

他盯着姜虎。虽然姜虎长得很斯文，可以称为小白脸，但姜虎举手投足却有一种威严，属于领导和男人的威严。

姜虎又说：其实我和她也没啥，她替我照看超市，我发给她工资，也就这些。你不要听别人的谣传。

他松开了裤袋里攥紧的手，终于说：姜镇长，求你，别再和她来往了。

姜虎笑了一下，又强调：你不要相信谣传，我是镇长，别人在背后说我坏话，这很正常。

他不再说话了，望着自己的脚尖，想着无论如何再说点什么，可又一句也想不起来。

姜虎伸出手搭在他肩膀上，像朋友似的说：你过你的日子，不要乱想。放心，宋春梅永远是你老婆。有什么困难尽管来找我。

姜虎手在他肩上按了按，扔掉吸了一半的烟，转身走了，沿着马路，走得沉稳而又自信。

他已经没有理由在那站下去了，弓着腰一步步向工地方向走去。

过了几日，一天下工，工头找到了他，把他带到工地附近的办公室。他第一次走进工头办公室，虽说也是简易工棚搭建的，但这里讲究多了，有办公桌，还有沙发。工头把他让到沙发上坐下，还顺手给他倒了杯水，他躬起身受宠若惊地双手接过水。工头点支烟，想起了什么，扔一支给他，他没点烟，把烟夹到耳根后，望着工头。

工头满脸是笑，很有内容的样子道：百顺，恭喜你了。

他茫然无措地望着工头，不知自己喜从何来，一年三百六十五天，他的生活大部分时间就是在工地上过的，从来没有变化。他从工头的语气里，知道即将发生的变化。

工头喷出一口烟又说：百顺，你要调走了，去一建上班了，到那里你就升为组长了。

他愣愣地盯着工头。他们这个建筑公司直接归口镇建委领导，他们这个工地上的施工队叫二建，还有个一建，在市里施工，接的是大工程，挣得也比他们多。许多人都羡慕一建的工人，干的是一样的活，工资待遇却不一样。有许多人都想去一建上班，唯一的缺点就是离家远一些。过年过节的工地放假，回一趟家不像现在这么方便了。

祖坟冒了青烟，一下子就被调到一建工作去了，还当上了组长。在工地上的组长不是每个人都能当上的，当上组长，基本上就算是脱产干部了，负责给本组人员派工，检查工程质量，督促工期。每个组有什么事，组长都要负责任，因此，组长权力就很大。工友们都说他捡到了狗头金，这是祖坟冒青烟了。

工头找他谈完话，哥们似的搂着他的肩膀道：兄弟，你镇里面一定找人了吧？

他摇摇头。工头就拍了拍他的肩膀道：你小子这叫真人不露相啊，以后有好事可别把老哥忘了。

他云里雾里地从工头办公室里走出来，一时拿不准自己怎么就捡了块狗头金。当天晚上他请客，叫上几个要好的工友下了一次馆子。工友们都说他发达了，愣是吃了他一百多块钱，相当于半个月的工资。

第二天，他就要到一建报到了，从县城到市里有几十公里，要坐长途汽车。上车前，他来到电话局给堂哥打了一个电话，堂哥听完电话，没多说一句话，只让他在县城等他。上午打的电话，下午堂哥就火烧火燎地来了，一见到他就说：你被姜虎耍了，这肯定是姜虎安排的。

他不解地望着堂哥。

堂哥就拍着腿道：姜虎是想把你打发走，越远越好，你走远了，他就没有麻烦了。

直到这时他才反应过来，明里是姜虎的作用，实际也许这是宋春梅的意思。他心里知道，最不想见他的是宋春梅。想到这，他心里又冷了几分。

堂哥当即决定，带他去见于小苹，不由分说拉着他就走。堂哥出发前早有安排，已经从镇里王助理那要到了于小苹父母家的地址。县城不大，很快就找到了于小苹父母家，堂哥让他在外面等着，自己先去打个招呼。堂哥匆匆地走进于小苹父母家的门。

不巧的是，于小苹并不在家，被母亲带出门相亲了。堂哥失落地走出来时，发现堂弟周百顺已经不在了。堂哥骂了几句，只好回镇里了。

# 第五章 B

于小苹成了没人待见的女人。

丈夫和她离婚了，她回到了娘家。最初的日子里，她思念惦记着孩子。孩子在她身边生活了一百多天，她是母亲，从孩子第一天在她体内孕育开始，就注定她已经和孩子分割不开了。当孩子出生，她把孩子抱在怀里，激动和喜悦只有做了母亲的人才有体会。孩子在她怀里哭，在她怀里笑，孩子吮吸乳头时那种感受，母爱和幸福让女人彻底绽放。不论孩子如何哭闹，只要她把孩子抱在自己臂弯里，一切都安静下来。她嗅着孩子散发出的体香，触碰着孩子的身体，一切付出和努力，都化成了母亲的柔情和爱意。如果当初在那片树林里，她没有想到孩子，她就不会那么冷静，只要犹豫迟缓几秒钟，她就和其他被害的女人一样，无法逃脱色魔的手掌。她当时只有一个信念，她要活着，为了孩子。她成功了。为了孩子，身心的伤害她都能够承受。

她一直恨那个色魔，如果没有他，她现在仍然会生活在幸福的家庭里。从结婚到离开丈夫的家，婆婆和公公以及丈夫对她都很好，尤其生完孩子后，她成了婆婆重点保护的人。在满月之前，不让她碰凉水，也不让她干一点重活，什么好吃的都会第一个送到她的面前。丈夫也改了早出晚归的毛病，每天上班之前，都会走到床边，先是看会儿睡梦中的孩子，然后亲一下她的脸颊，道一声：我会早点回来的。果然，丈夫回来得就很早，进门的第一件事仍然是看孩子，把孩子托在手里，幸福的样子无法形容。那会儿她感叹自己，有了家是件多么幸福的事。

自从树林里事件发生之后，一切都变了。全家人都阴沉着脸，仿佛她得了瘟疫。首先是婆婆剥夺了她带孩子的权利，婆婆把孩子抱到了自己的房间，只有孩子饿得大哭找奶吃时，婆婆才会把孩子抱到她面前，孩子一吃完奶，一秒钟都不耽误，转脸就把孩子抱走了。

丈夫不再睡在她身边了，而是睡到沙发上。看她的眼神也是厌恶的样子，似乎她就是一堆狗屎。他以前是那么喜欢她，每次睡觉总是把她抱在怀里，有许多次，她担心丈夫的手臂压麻了，偷偷从身下把丈夫的手移开，可转个身丈夫又一次严严实实地把她抱在怀里。在丈夫的眼里，她是个漂亮的女人，丈夫爱不够，看不够。新婚那一阵，有时在梦里醒来，发现丈夫开着台灯，拄着下巴仍在动情地望着她。她嗔怪地打他一巴掌，丈夫就把她拥入怀中，伏在她的耳边说：把你娶到家是我上辈子积了德了。

她在他怀里扭动着，把自己化开，最后变成他怀里的一摊水。她爱丈夫，爱这个家，爱她生活中所有的一切。

可这样的幸福太短暂了，一切的幸福都被那个雨天小树林里发生的一切改变了。她曾试图改变眼前的现状，丈夫睡在沙发上，她几次走到丈夫面前，跪在他的头前，用胸怀抱住他。他推开她，她又扑过去，搂住他的头，一遍遍地说：我洗干净自己了，洗了好多天了，我干净了。

丈夫粗暴地把她推开，她摔在地上，又爬起来，跪在丈夫面前，眼泪流下来，她又试图去抱丈夫。丈夫索性从沙发上坐起来，仇恨地望着她，仿佛她成了他眼中的色魔。她站起身来，走回到自己房间的床前，蒙上被子哀哀地哭了起来。

一个又一个夜晚，她不知道流了多少眼泪，她泪哭尽了，身子开始干瘪了，奶水也变得不那么充盈，最后一滴也没有了。婆婆改成用奶粉喂孩子了，她在家人眼里已经没有任何用处了。

当她被赶出这个家门时，她想到了死。只有死才能让她放下眼前的一切。可当她看见自己父母年迈的样子，望着她那种欲哭无泪的眼神，还有嗷嗷待哺的孩子，想起这些，她又没有了死的勇气。

没有了家庭，失去了工作，她成了个多余的人。渐渐地，她的心也开始枯竭，只为眼下活着，但在家里这种多余的身份，让她有了种深深的罪恶感。

刚开始，有亲戚朋友到家里和父母商量着她的未来。他们都是背着她说话的，她不知道这些好心人在商量自己什么。母亲终于做她工作，让她找人另嫁了。起初，她没有这样的心情去见任何人，连活下去的欲望都没有的人，又何谈去期待自己的新生活。几次之后，她接受了亲朋好友的善意，心想，也许自己嫁出去，会是另外一种新生活的开始。起码，不会成为父母的累赘。她答应了母亲。母亲便开始四处张罗着为她再次嫁人做着准备。

提亲的好心人都小心翼翼的，尽力地把男方描述得好一些，但无论如何，在亲人眼里，她已经不是以前的于小苹了。对方不是死了老婆就是离异过的男人，大都身边有孩子，年纪都要比她大上许多。现实告诫她，她只能配上这些男人了。从那时开始，亲朋好友不断地安排她和这些男人见面。在母亲的要求下，她硬着头皮，努力把自己打扮一番，出门在各种场合去见这些条件不一、高矮胖瘦不同的男人。男人们见到她，一律地审视打量，然后问一些奇怪的问题。早在这之前，介绍人已经把她的情况通报给这些男人了，她现在是个“名人”，所有人都知道她身上发生的故事。那些男人的目光是挑剔的，看她的眼神，仿佛她做过妓女。她害怕这样的眼神望着自己。她想逃离，但又不能一走了之。她当时只有一个念头，她希望有男人看上自己，把她带走，走得越远越好，最好带她去一个没人认识她、不知道她过去的地方。

即便这些离异过或丧偶的男人，也没有一个能看上她。

见了形形色色若干男人之后，她心里残存的一点热情也消耗殆尽了。母亲似乎也失望了，开始在她面前长吁短叹。她见到母亲这样，心里更加难受。在这一过程中，她一直在酝酿逃离这里的念头。既然没有勇气去死，她只能选择逃离。在这之前，她身边有许多姐妹去南方打工，过年过节时会回来，她们聚在一起时，会谈外面的见闻，在这些姐妹的嘴里，南方的一切都是好的。那会儿她已经恋爱，马上要结婚了。她听着姐妹对南方工作的描述，并没有走心，因为她有一份稳定的工作，还有值得期待的爱情。

南方再一次在她心里冒出来，她下定决心，离开县城，到一个遥远的没人认识她的地方去工作、去生活，再也不回来。这一念头一经冒出，便无法遏止了。她把自己的决定告诉了父母。她已经下定决心，不论父母说什么，她都要迈出这一步。父母的态度却并没有像她想象的那样。他们沉默着，这种沉默对父母来说，也许是种最好的结果。她收拾好自己，很快就出发了。从小到大，她一直生活在县城里，就连省城她都没去过几次。一次是结婚前置办婚礼需要的东西，再一次就是她结婚后去省城旅行，在省城玩了三天。省城离他们居住的县城只不过几个小时的车程，这是她离开家门去过的最远的地方了。她不知自己要去哪里，她先买了一张去省城的车票，在省城里转车。她此时只有一个念头，走得越远越好。只要走出去，便再也不会和家乡任何人有联系了。

她出发前，突然想到了自己的孩子。她忍不住又回到了婆家门前。路过那个改变她命运的厕所还有那片树林时，她停住了，她没有勇气向自己的孩子告别。过往的伤痛再一次击中了她，她转过身逃也似的离开，再也没有回头。

当她从县城坐上通往省城的长途汽车时，她松了一口气。车驶出县城，眼前的景物开始变得陌生起来，她绷紧的身心一点点地放松下来。

此时在她心里只有一个目标：逃离，去南方，越远越好。离开这里，永无瓜葛。

此时的她，心里多了种诗意。她甚至把自己以前读过的书又在脑子里梳理了一遍。她感谢以前读过的书，甚至做过的文学梦，如果她在这些灰暗的日子里，没有那些书相伴，也许她真的会选择死亡。想起曾经和文学书籍相伴的日子，她的眼眶湿润了起来。

# 第六章

## 大案第四宗：又是色魔

县城化肥厂职工宿舍又发生了一起强奸杀人案。这次死亡的不仅有女人，还有一个五岁的孩子。案发时间，是一个下午。

集体宿舍，确切地说，就是单位的筒子楼，每家一间住房，公用水房和厨房。平时人流不断，并不适合作案。就是这样的一个不适合作案的环境，凶案却发生了。

女人三十岁左右的样子，尸体横陈在双人床上，女人的器官仍然是被割下来，又被随手扔在桌角。除了女人器官上的伤口外，并没有多余的伤口，依此判定，女人是窒息死亡。大衣柜的门虚掩着，一个五岁小男孩的尸体被扔在大衣柜里，男孩身上无伤，显然也是被扼颈致死。

床旁散扔着几只烟头，可以看出，罪犯在这间房间里停留的时间并不短。

犯罪分子的手法和前几次强奸杀人案如出一辙。从现场遗留下来的证据中判断，也是如此。

色魔杀人大案再一次发生，整个县城一时间又被各种谣传所笼罩了。关于色魔的传说又有了新版本。

卢国正从案发现场回来，便被金局长叫到了自己的办公室。两个男人对视着，羞辱感也在两人之间滋生着。

金局长把帽子从头上摘下来，重重地放到自己的办公桌上，他变音变调地说：卢国正，这些案子不破，你我的帽子都该摘下来。

卢国正望着朝夕相处的金局长。在他和所有公安干警眼里，金局长是全局最斯文的领导。他平时不发火，遇到天大的事情，总是非常冷静，分析案情时，也是以理性著称。可一连串的强奸杀人案，让金局长无法再冷静了。

省里市里刑侦督察组刚刚离开，这样的案子又发生了。即便上级不给他们压力，他们也无法逃脱作为警察的责任。作为警察，案件破不了，就是他们渎职。

短短的两三年时间里，小小的县城，接二连三发生了系列强奸杀人案，不仅惊动了省里，公安部都挂了号。四起案件被公安部列为 A 级大案，也是督办的案件。文件一层层地下发到各级公安局。

在公安局金局长主持的党委会上，金局长向上级立下了军令状。此案不破，各级领导集体辞职。这在县公安局的历史上还不曾有过。

卢国正坐在自己的办公室里，面前摆放的是四起强奸杀人案的卷宗，犯罪分子的证据：精斑，半个手印，泥泞中的一串脚印，还有画像。这在犯罪分子的记录中，证据不能说少了，可即便如此，目前的案件仍没有头绪。在全县范围内，他们像大海捞针一样排查过，血型、指纹、脚印都一一对照过，仍然没有发现三者合一的证据。

这样的案子让卢国正感到憋屈，从警三十多年了，他还没有遇到过这样的无头案。他想发火，却又不知冲谁发。全县的公安干警都调动起来了，地毯式地排查，大有挖地三尺的决心，可案件仍没有一丝一毫的进展。躲在暗处的杀人色魔似乎看透了他们的无能为力，就在他们眼皮底下接二连三地对他们挑衅。他一直把犯罪分子的行为当成一次又一次的挑衅，犯罪分子不仅手法从没变过，而且还不断地变本加厉，不仅杀女人，连孩子也一起灭口。光天化日之下，在最不可能的时间和地点发生着这样的恶性案件。接二连三的案件在发生，他们却拿犯罪分子一点办法也没有。作为一个警察，卢国正觉得自己抬不起头来，甚至不配做刑侦大队长，不用金局长说，此案不破，他都没有脸面在这个队伍里待下去。

面前的桌子上就放着那张罪犯画像，虽然只是一份画像，但毕竟有了犯罪分子的轮廓。他逼视着那张画像，画像中犯罪分子的眼神毫无生命力可言，但他还是让自己的目光像一把匕首一样望进去，似乎想通过目光把犯罪分子击碎。

自从有了这张画像，他留下了一个毛病，总要在人群里去寻找这个似曾相识的人。凡是在有人群的地方，他都要驻足下来，目光像一架透视仪一样去捕捉、去分辨。他的目光是犀利的，也是坚硬的，他一路望过去，直到一个不剩。

犯罪分子的画像已经在他脑子里生了根、发了芽，他睁眼闭眼的都是犯罪分子的样貌，卢国正觉得自己已经无限接近犯罪分子了，只要他出现在他的眼前，他一定会在第一时间把犯罪分子认出来。

然而，犯罪分子就像一个老道的魔术师，不断地在演着一成不变的魔术，虽然明眼人都知道那个把戏，可就是无法戳穿他。他觉得自己有心无力，打出的拳就像打在空气里。

卢国正这个身经百战的老警察，从来没遇到过这样的案件，他感到憋闷，这种憋闷简直要让他发疯。他意识到，自己从来没有遇到过如此的挑战。

# 第七章 A

## 组长周百顺

周百顺再一次回到和平镇的家中，又是临近春节了。

自从调到第一建筑公司后，当上了组长的周百顺工作一下子忙了起来，因为是组长了，身上的责任多了起来，虽然不用自己亲自干活了，但他要负责工地上的安全检查、施工进度，以及工友们的出工情况。组长周百顺成了工地上最忙的人，他的身影出现在工地的角角落落，工地上的工友不论遇到大事小情，都要来找他汇报。

以前做工人时，他只管自己手头的工作，按部就班地干活、休息、收工、睡觉，虽然苦点累点，但他不用操任何的心。忙碌起来的周百顺连回家的时间都被占用了。遇到节假日，工地偶尔放个一两天假，工人们走了，他仍盯在工地上；要么就是工地上各级负责人在开会，领导在抓进度，督促安全，等等，总之，没有闲下来的时候。当了组长之后，他才渐渐领悟，当个领导是很操心的。工地上几百号人，不仅管生产，就连吃穿住都要管，这是个大家庭，也是个大企业。

周百顺从二建调到一建时，一下子就当上了组长，许多人都猜测过他的来头，一个单位突然被安插个新人来，总是会引起一些猜测和议论。

建筑公司是镇里组建的，公司的负责人以前都是镇上的各级领导，与镇上的现任领导总有千丝万缕的联系，想了解一个人的底细并不难，一些领导层就了解了一些周百顺的底细，再看他时的眼神就有了变化，一种说不清道不明的眼神，对他就客气了几分。每次开会，大家轮流发言后，公司的领导最后总把目光落在他身上，征求地问：周组长，你还有什么问题？大多时候，他都摆摆手道：没了，领导怎么说我们就怎么执行。虽然他没说什么，但在众人眼里，周百顺是有威望的。渐渐人们都知道了周百顺和镇长姜虎的关系。建筑公司是和平镇的，自然归镇长领导。逢年过节的，公司这些头头脑脑总要去镇长家拜望一下，当然不能空手，带上各种礼品，最后发展到了送红包。正是“下海热”，有许多坐机关的人都想到公司里来谋上一官半职。他们不是为了做官，而是想谋到好处。建筑公司虽说只是个承包公司，挣的工资加上奖金，杂七杂八的，要比机关的工作人员多上好几倍。人们都羡慕“下海”的这帮人。自己“下海”了，和领导保持好关系就尤为重要，他们是镇党委任命的，今天让你干，明天就可以让你下台。镇长在他们心中的分量便可想而知了。

工地上的领导都知道周百顺是姜镇长暗示安排来的，周百顺自然就是姜虎的人，这种关系的深浅，外人是无法拿捏的。

有时公司领导去姜虎家拜访，热络一阵，汇报了工作，听了镇长指示之后，把随身带去的礼品或红包放到沙发或茶几显眼的位置上，站起身告辞，走到门口，冲送出来的姜镇长不忘小声交代一句：百顺在我们那干得挺好的。姜虎怔一下，不说什么，拍一下公司领导的肩膀，打开门说了句：慢走。领导从姜镇长家出来，就一身轻松，尤其是最后顺嘴提到的周百顺，姜镇长拍了肩膀，这叫心里有数。回到了工地上，见到周百顺也不经意地提一句：百顺，姜镇长给你问好。这一来一往的礼节就到了。

周百顺起初听到这样的话，也是一怔，见领导暧昧不清地冲他笑，他也只能回以微笑。一来二去地，这种关系就更加暧昧了。

公司领导去喝酒，偶尔也会叫上周百顺，酒到深处，公司领导就拍一拍周百顺的肩膀说：百顺，你和姜镇长那么熟，合适时替咱们公司多美言几句。

周百顺几杯酒下肚，神经放松了，正兴奋着，见领导这么说，也只是笑。他越这么暧昧不清，领导就更加地对他熟络起来，一杯杯劝酒，气氛就更热烈了。

周百顺独自一人时，回想起种种情景，心里是悲凉的，恨不能抽自己两个耳光。但人前人后他又享受着被人尊重的感觉。他明白这种尊重是缘何而来，他就在这种纠结矛盾中享受着在工地的日子。

春节前几天，整个工地都放假了。北方的工地，天寒地冻时并不施工，许多工人早早就放假了，只留下他们少数的人坚守在工地上，因为还有好多事情要忙，比如联系向工地进各种施工材料，安排明年春暖花开后的施工，还有就是工地的留守工作。总之，当上组长后的周百顺成了忙人，收入也比以前高了许多。放假后的工人是没有工资的，他们组长以上的领导按月领工资，依据职位大小，也会拿一些奖金分红。挣的多了，周百顺的生活质量就和以前有了明显的不同，抽的纸烟，以前是廉价的，现在已经是几块钱一盒的级别了。当工人时，一年四季进工地就一身工作服穿到底，现在他偶尔会换上皮鞋，甚至干净的衣裤，出现在工地上。吸上了有档次的烟，穿着干净的周百顺，人就显得滋润起来。

滋润的周百顺，在春节前夕回到了和平镇。他这次回来，提着大包小包，包里装着给女儿周雪买的衣服还有学习用品，想了想，还给宋春梅买了一套化妆品。在他的印象里，宋春梅爱美，哪个女人都爱美，在宋春梅身上尤甚，从认识宋春梅那天开始，她就是美的。后来即便结了婚，生了孩子，不化妆也不会出门。买完化妆品觉得不够，又给她买了件羽绒服，市里的女人都爱穿的款式。他看过许多年轻漂亮女人穿过，腰身尽显，一点也不臃肿，女性的柔美尽显其中。置办好了这些，总觉得还缺点什么，想来想去，他就想到了周奋强，他去了一趟儿童商店，虽然不乐意，还是选了一套玩具装在包里。周奋强每次见到他，都会生疏胆怯地叫一声：爸。他听到孩子叫他，总是会软下心来，抱起周奋强，这种父亲的责任他还要应付着，虽然心里麻样地乱。

临近春节的一天下午，他还是回到了家里。推开门的一刹那，他看见正在写作业的女儿，还看见坐在床上搭积木的周奋强，以及在厨房里忙碌着的宋春梅，一种久违的家的氛围扑面而来。

周雪叫了一声“爸”，便跑过来。他弯下腰抱起女儿，在女儿脸上亲了一口。放下女儿时，周奋强在床上怔怔地叫了一声：爸。他硬硬地应了，走过去在周奋强头上摸了一下，周奋强生疏地望着他。

这时他的神经一直在关注着厨房里的宋春梅，果然，宋春梅在厨房里探出头问了句：回来了？

他忙应了，这是之前从来没有过的。当他静下心来，回想这情景时，他把一切都归功于时间。自己半年没回家了，还有就是自己的身份变了，他已经是组长了，比以前当工人那会儿体面多了。

在他回来这段时间里，宋春梅和以前相比有了很大的变化，重要的一点是不再分床而睡了，每天都能和她睡在一张床上。虽然依旧冷漠，但也不反对过夫妻生活，每次都像尸体一样，但这对他来说，已经很满足了。

在家里满足地住上两日之后，他闲着没事就到街上走了走，顺便帮父母置办了些年货送过去。

父母见了他，表情是小心翼翼的，该说的也都说了，他们和他一样已经默认了这种生活。他滋润地出现在父母面前，父母是开心的。举手投足上的变化，让父母知道，也多少是种慰藉。

他陪父母吃了一次饭，和父亲喝了几杯酒之后，开始说工地上的事，说自己的工作。以前他和父母从来不说这些。工地又有什么好说的，上工、下工、睡觉。现在不一样了，他是组长了，认识人多了，了解的信息也多了起来。他把这些见闻跟父母说了。虽然父母没说什么，但他从父母的眼神里得到了满足。

在他眼里变化最大的还是宋春梅，她仍然照看着超市，每天上班下班的，很有规律的样子，吃完饭之后，有时一家人在一起还能看会儿电视。电视是宋春梅前一阵新换的，二十寸彩色电视，看起来让人赏心悦目。看了会儿电视，宋春梅就张罗两个孩子睡觉了，然后自己去洗漱。他到厨房，推开排气窗，站在窗前吸上支烟，宋春梅离开洗手间，他也会进去，洗脸刷牙。走出来时，发现宋春梅已经上床了，他也小心地脱下衣服躺过去。

过了一会儿，又过了一会儿，他试探着把手伸过去，碰到了她的身体，她没动，他就把身子移过去一些，把手搭在她身上，大面积地贴近她。她的身体还那么饱满水灵，是他一直渴望的。他的呼吸粗重起来，她甩开他的手，背过身去。他又向前移动一下，贴在她的背上，手又伸过去，这次她没再躲，也不迎合。他还是顺利地得到了她。最后，她把被子在身上裹紧一些，睡去了。他躺在床上，虽然宋春梅此刻远离了他，他仍然觉得满足和幸福。

在他眼里，宋春梅现在就是个良家妇女，早晨正点上班，晚上按时下班，对孩子的照顾也算尽心。这不就是他想要的日子吗。那几日，周百顺感到空前的幸福和满足。

春节就来了，像许多人家一样，在除夕夜他带着周雪和周奋强放了鞭炮。除夕夜飘着雪花，鞭炮在雪中炸响着，两个孩子跺着脚在雪地上兴奋着。看到邻居家的礼花和鞭炮在不远处炸响，回身从朦胧的窗缝中看到宋春梅在厨房里煮着大年夜的饺子，他在心里就感叹，这就是日子。

大年初二的晚上，堂哥请他去家里坐坐。上次在县城和堂哥分手后，也半年时间没见了。两人坐下来喝酒，堂嫂和孩子们很快吃完，去看电视了，酒桌上就剩下了他和堂哥。

堂哥没再提在县城他不打招呼就走的事，只是说：你还记得于小苹吗？

他望着堂哥点了下头。

堂哥喝口酒道：她现在做小姐了。

他一惊，放下杯子望着堂哥。

堂哥叹口气：咱们县里有人去南方，在歌厅里见过她。

他闷闷地喝了口酒，低下头。

堂哥说：要是当时，你能娶她，她一定会是个良家妇女。

他憋了许久，抬起头冲堂哥说：我现在挺好的。

堂哥就不说话了。堂嫂过来问：用不用把菜帮你们热热？你们哥俩好久没见了，说点高兴的。

堂哥挥手示意堂嫂离开，果然换了话题，说镇上的变化，谁谁家盖楼房了，谁谁家又买了车了。

镇上的人和事物都在变着，所有人都在奔着越来越好的生活。

他听着堂哥叙说着，似乎觉得这一切和自己有关系，又似乎没关系。别人的变化，在他眼里跟演电影似的，他只关注自己感受到的一切。

告别堂哥后他向家走去，走在积雪的路上，脚下发出吱吱的响声，他远远望见自家窗子里的灯光，那一刻，他感到温暖极了。

## 姜虎与宋春梅（二）

当了镇长之后的姜虎把和平镇当成了自己的家。

镇长论职务和级别，并不大，但权力很大，它是一级政府，既然是政府，设置的功能都是齐全的。全国改革的态势也影响着和平镇，镇里的企业也渐渐多了起来。经济也随着活泛起来，从镇里的变化就可见一斑。先是商店超市多了起来，接着就是一排排的饭店，人们穿的用的，以及观念也发生了改变。

海南经商的经历，虽然不算成功，但对姜虎来说是种历练，也算开阔了眼界。从当镇长那天开始，他就把主要精力用在发展企业上了。他不断地去市里、省里，甚至到南方一些省市去招商引资。北方的乡镇比不上南方开放得那么早，也没有气候和交通上的优势，但有些得天独厚的资源又是南方乡镇无法相比的。比方说土地，和平镇人口不多，但人均土地却是南方乡镇的人均十几倍以上。先是引进了一批开发商，两年的时间，和平镇已经发生了天翻地覆的变化。一栋又一栋住宅拔地而起，接着就是配套工程，门面房、商场、幼儿园，当然还有一些休闲场所。一时间，小小的和平镇也灯红酒绿起来。这一切的变化，自然归功于姜虎的努力。凡是了解姜虎的人都非常尊重他，把他当成改变和平镇的功臣。

发展起来的和平镇，商业就有了竞争，甚至更多时候，需要走后门才能达到自己的目的。一些开发商和公司经营者就拉姜虎镇长这条关系，有一个开发商在事成之后，送了姜虎一套住房。身为镇长的姜虎是有原则的，也是谨慎的，他自然不会把这套房产放到自己名下，也不会写上老婆名字。这套房产便放到了宋春梅名下。两室一厅的房子，采光很好，从房间到厨房都能看到景色。这是开发商精心挑选出来的房子。

宋春梅对这套房子情有独钟，她认为这是姜虎送给她最好的礼物，交房后，她用心地布置了，在她的布置中，完全按照新房的标准来要求的。从床单到被罩，一切都是喜气洋洋的氛围。她还把自己和姜虎在海南一次游玩中留下的合影冲洗出来，挂在客厅显眼的位置上。这是她在海南刚认识姜虎不久留下的。有一天姜虎带她去三亚亚龙湾去玩，两人站在亚龙湾的沙滩上，背后是蓝蓝的大海。两人冲前方微笑着，幸福又甜美。她一直保留着这张照片，像初恋一般珍藏着。从那时起，她一直暗中期盼姜虎能成为自己的丈夫。从那时到现在，她一直深爱着姜虎。爱一个人有时找不到原因，按理说，他们的身份不会产生爱情，她是歌厅小姐，姜虎是个嫖客，一个小姐爱上嫖客，总会让人觉得不靠谱。但这份不靠谱，在宋春梅心里却越来越坚定。

先是姜虎为她开了一家超市，虽说超市是姜虎的，她只不过是为姜虎去打理。她觉得那是姜虎送给她最好的礼物，因为是和平镇第一家超市。他们的生意做得顺风顺水，每个月都有不菲的进项，所有盈利的进项，大部分都交给了姜虎，但她仍然认为这超市是属于她和姜虎的。

后来超市换了一个更大的地方，镇里面相继又开了几家超市，竞争也多了起来，但生意仍然不错。不多久，政府就出台了政策，政府的公职人员不允许经营生意，她顺理成章地就成了超市的法人。虽然每月大部分收入仍交给姜虎，但感觉不一样了，她觉得自己就是超市的主人。

如今，她的名下又多了一套房产，她认为一切都是姜虎对她的爱。

她精心布置的这套房子，是她和姜虎约会的秘密据点，没有人知道。她如此尽心，是因为这里的一切是她和姜虎共同拥有的。

有了这套房子之后，她可以放轻松地来到这里和姜虎约会了。只要姜虎一个电话，告诉她几点过来，她都会提前赶过来，把房间重新收拾一下，沏好茶，把一盒没有拆封的中华香烟摆在茶几上。自从姜虎当上镇长之后，只抽中华烟，这是镇长的标配。

姜虎到这个秘密据点来，时间并不固定，因为他是一镇之长，有很多工作，也有很多应酬。姜虎有时来电话，通知她见面，超市里的工作好说，说放下就能放下，有时会遇到接送孩子放学的当口，她也会有所安排，让超市放心的员工替自己去接孩子，包括给孩子做饭。为了约会，她能创造出任何时间来陪姜虎。

她每次见到的姜虎，状态都不一样，有时样子很累，她就会让姜虎躺在沙发上，她给姜虎做按摩。有时按着按着，姜虎就睡在沙发上，她会为姜虎盖上一件东西，然后坐在一旁静静地看着这个男人。自从爱上这个男人，她的心里就从没放下过他，什么事都听他的安排，包括让她找对象、结婚，她都依据他的要求不折不扣地去做。

姜虎不仅安排她结婚生孩子，超市、房子也安排到她的名下，甚至安排了周百顺的工作。被调走的周百顺，果然不再是她的心病了，一年时间里周百顺也回不来几次。姜虎还告诉她，要对周百顺好点。虽然姜虎没多说为什么让她这样，但她坚信，姜虎这么做是有道理的。她对姜虎的话只能唯命是从，就像下级对上级一样。

她把自己的全身心交由姜虎去安排。

姜虎每次回县城的家里也是有规律的，过年过节，全镇放假了，姜虎才会回去。其他时间姜虎都住在镇里。镇机关有一排宿舍，姜虎和其他工作人员一样就住在那里。有人劝姜虎去外面租一套更舒服点的房子住过去，被姜虎拒绝了，姜虎就给人一种清廉的印象。

在宋春梅的感觉里，姜虎就是她的男人。一年三百六十五天，有三百多天，她都能看见他，虽然他们不能天天在一起，但每周他们都会有约会。

她布置好新房后，第一次和姜虎在新房里约会，她是兴奋的，带着姜虎到处参观，最后指着客厅里挂着的两人照片，甜蜜地望着姜虎道：

喜欢吗？姜虎看眼照片，没有说话，而是搂住了她的腰，像照片那个姿势一样。她心里充满了幸福。这种幸福是姜虎带给她的。

最初她和姜虎保持这种关系时，她总觉得自己和姜虎长不了，她执意生下他的孩子，表面上是为了爱，其实她想给自己留下个抓手，也是希望通过孩子不让这个男人在自己的生活中彻底消失。孩子一天天大了，姜虎仍然出现在她的生活中，从感情和心理来说，她早就把这个男人当成了自己的丈夫。

最初的时候，她嫉妒他有家室，还有他和别的女人生的孩子。她甚至偷偷地跑到过县城里去，找到姜虎爱人上班的学校，远远地见了那个女人，也尾随着看到那个女人接孩子回家的情景。她嫉妒又羡慕，除此之外，她又不能做什么。

有时放长假，姜虎就离开镇里，回到了县城中的家。那些日子她是难过的，像是丢了魂，无着无落的。他对她说过，不希望她打扰他在县城的生活。她也点头同意了。可她就是管不住自己，心里火烧火燎的，离开他的日子，一刻也得不到安定。她开始恨这些节日。这些节日来临时，又是见到周百顺的日子，她无法容忍自己不爱的人出现在她的生活中。每次周百顺回到家中，她的天就黑了。一面排斥着周百顺，同时思念着姜虎，她的心境便可想而知了。

有一次，她躺在他的臂弯里，把自己的想法说了。他没有说话，坐起身点了支烟，她不知道他在想什么。

他半晌才问：你男人知道咱们的关系吗？

她点点头。那一刻，他们正躺在她的家里。

他又问：你男人是什么态度？

她摇摇头，想了想又补充道：我想离婚，可他不同意。

他把烟按在烟灰缸里道：你不要离婚，你要是离婚，咱们的关系就没法继续了。

她无助地望着他，眼泪流了下来。

他安慰道：只要你答应不离婚，我来想办法。

姜虎一直犹豫着是否干预宋春梅的家庭生活，他知道，干预越深，自己的责任越大。从心里说，他喜欢宋春梅，宋春梅和老婆正好相反，她们是一对互补型的关系。当初他和老婆谈恋爱，是别人介绍的，他在机关当科员，老婆是中学老师，从职位上说，两人很般配。后来两人结婚了，过着按部就班的生活。再后来又有了孩子，日子更加普通起来。老婆是个对生活没有太多奢望的人，上班下班，照顾自己和孩子，每天生活得都不会有变化，平稳平淡。姜虎却渴望变化和激情。他下决心去海南经商，其实他就想改变自己，改变现状。

他认识了宋春梅，当时是因为寂寞，但她果然给自己带来了激情。在海南那会儿，去歌厅找小姐并不是一件多么大的事情，在海南闯荡的那些男人，有几个没去过歌厅找过小姐？他也找过别的小姐，但都是逢场作戏，各求所需。但宋春梅却不一样，几次交往之后，他们彼此就有了感情，这种感情是姜虎从来没有体验过的。

他离开海南回到了政府上班，日子又回到了从前，他更需要宋春梅这份激情了，于是一直走到现在，虽然他们在一起不像以前那么浪漫和充满激情了，但仍然是他所需要的。但他又离不开老婆带给他的家庭。他隐隐觉得，老婆孩子是他的大后方，那里虽然没有激情，却很安全安逸。他从来没有过离婚的想法。日子就这样过了下来。

在和平镇的日子里，他的确把和平镇当成了家，这里有他的工作，还有宋春梅。他也明白，宋春梅对他言听计从，是因为这份彼此信任的感情。

他自从做了镇长之后，身份地位的变化，让他对官场有了野心。人们都说，官场是男人的催情剂。他相信这句话。没走到官场前，他并不觉得当官有多么好，甚至在机关里当科长时，他还没有这种感觉。可自从当了镇长，他的观点慢慢改变了，他开始享受人前人后的那种感觉。在镇里，他是镇长，是不可取代的角色。不论到哪里，他都是个人物。他一言九鼎，各种宴席他永远坐在上首，他说喝酒就喝，不喝别人也不劝他。越来越多的人求他，态度自然是谦卑的。别人把身子弯下去，衬托了自己的高大。不仅是这些，各种好处也接踵而至，有人给他送红包回扣，送各种名贵的礼品，甚至送房子。

从最初一点一滴的小恩惠到现在的大实惠，他的欲望也开始膨胀起来。他当然明白，这一切都是因为手里的权力。权力越大，好处越多，欲望自然也就越大。他对权力的渴望在与日俱增。

他下决心，把自己经营的超市和别人送的房产都改到了宋春梅的名下，他不想给自己惹麻烦。况且，有了权力，何止这区区一个小超市，一套镇上的小房子？他不再把眼前的这种小利益当回事了，他的眼光在远处，他的理想在看不见的尽头。

镇里的歌厅饭店多了起来，他从不去歌厅，因为他知道歌厅里的名堂，都是别人请客，安排不论深浅，总会招惹一身臊，虽然他是一镇之长，别人不敢说什么，但舆论会把他害了。就是有各种饭局，他也是有选择地去，工作上的饭局他会去，其他的答谢宴，或者是无厘头的各种关系宴，他从来不去。他要给人留下一个好印象。他知道自己还年轻，来日方长的道理他懂。

从县里到镇上，他的口碑一直不错，包括他和宋春梅的交往，他也开始变得小心谨慎起来。每周偷偷地见上三两次面，从不在新房里过夜，不论多晚，他都要回到自己的宿舍，每天吃早饭，他都会准时出现在食堂里。这就是镇长的形象，是他需要的形象。

宋春梅对他言听计从，让他省了不少心，有宋春梅在他身边，也让他省去了许多拈花惹草的心思。镇上许多干部，开始有了固定和不固定的情人，有的甚至几杯酒下肚之后，不知深浅地出入歌厅、桑拿房这样的场所。大家都这样，似乎没人指责什么，姜虎知道这些东西都是隐藏着的定时炸弹，说不定什么时间，就会把自己炸得粉身碎骨。

他把镇里当成了家，一心一意地要把和平镇搞上去，他此时的安心，是为了以后的腾达。

# 第七章 B

## 生　日

潘小年在那个深秋的一天注定了自己的命运。那天是他二十岁的生日。

潘小年那天从建筑工地收工后，约了几个工友走进一家不大的饭店。潘小年过二十岁的生日，几个工地上的朋友从早晨开始，就怂恿他请客。潘小年觉得自己长大了，应该给自己过一个生日。下工后，招呼了几个平时玩得不错的朋友，来到了距建筑工地不远的这家小饭店。

北方的深秋说来就来，树叶在树上快落光了，光秃秃的，很不好看的样子。依据往年的经验，再过上十天半月的，第一场雪一落，气温下降，天寒地冻，建筑工地就该放假了。这是一个猫冬的长假，一直等到春节后，冰冻的大地渐渐苏醒，他们才会重新回到工地上。潘小年也是和平镇的人，他此时的工作单位，就是和平镇的第二建筑公司。已经满二十岁的潘小年是个有理想的人，高考没被录取，他就来到了建筑工地。他来建筑工地时，周百顺已经去了一建，他就住在周百顺曾经住过的铺位上。工友们就和他开玩笑，说周百顺住在这里被调走了，还当上了组长，日后他也会被调走，也能高升。周百顺的事，他来到建筑工地后，听说过一些。自己在镇里上学时，父母吃完饭没事磨牙，有时也会说上一两句关于周百顺的故事，每次故事的开头，都会从宋春梅说起。他们家距离宋春梅的超市很近，每次家里置办一些东西，都是去宋春梅的超市。他还记得那超市的名字，“椰风阳光超市”，南方味道很足。每次路过超市，看到这个名字，他都会想到南方，满眼的绿色，还有一阵又一阵扑面而来的海风。当时正流行一首歌曲《请到天涯海角来》，他一想到南方，就会哼唱起这首歌。他对南方充满了向往。关于宋春梅和周百顺的故事，他只言片语地了解过一些，但他不感兴趣，这样的故事只会成为父母那辈人茶余饭后的谈资。那会儿，他一心装着对南方的憧憬。

他高考名落孙山之后，就想过去南方，父母不同意，理由是他还小，南方很乱，自己把控不住怕学坏。父亲就托人把他送到了建筑工地。他在建筑工地上做工，心里仍想着南方，一有时间他就和几个朋友说起南方，他们已经商量好了，春节后他们要结伴去南方，即便父母不同意，他们也要去。他们怀揣着自己的远方，要实现青春的梦想。

那天晚上，几个年轻人围坐在一起庆祝他二十岁的生日。已经很晚了，许多人吃过饭已经离开了。他们走进饭店时，客人已经稀落下来。

他们几个年轻人，吃饭、喝酒、斗嘴，引得服务员站在一旁偷笑。一个叫小桃的女服务员负责他们这桌，听老板娘喊服务员“小桃”，他们就记住了小桃。小桃十八九岁的样子，人长得很甜。渐渐地，别的客人都散去了，就剩他们一桌了，小桃没事干就站在他们一旁听他们大谈南方。

他看见小桃在笑就说：小桃，跟我们去南方吧。

小桃就笑着问：南方有啥好的？

工友杨一山就说：南方气候好，冬天都不用穿棉衣。

小桃听了就笑，露出一口白净的牙齿。

他觉得杨一山没说到点子上，补充道：南方是改革前沿，发展快，就业机会多，挣得也多，是创业者的天堂。

小桃听了他的描述，似乎有了些兴趣：我一个女的，能干啥？不像你们男的，机会多。

他们都没去过南方，不知道女人有什么样的机会。他们听得最多的就是好多北方女人去了南方都做了小姐，不论是歌厅还是桑拿房，反正都不是正经地方。

潘小年就说：你可以去给我们做饭呢，我们大家伙养着你。

小桃又笑了，细碎的牙齿在灯光下很白，她笑起来也很好看。

几个人谈笑间，很快喝完了一瓶酒。酒没了，几个人还没尽兴，潘小年就起身说：我再去买瓶酒去，你们等着。这瓶酒就是潘小年在来饭店的路上买的，在一个路边食杂店里，食杂店的酒比饭店的酒要便宜两块钱。

潘小年从饭店里走出来，不知什么时候，服务员小桃已经不在了。深秋的北方，的确有些冷了，风吹在潘小年身上，他打了个哆嗦，好在刚喝过酒，身上还是热的，他们说到南方的话题，潘小年正在兴奋着。出了饭店的门，路过一个厕所，再过一个街角就是食杂店了。他在食杂店里买了瓶酒，缩着手又往回走，酒就提在手里。他路过厕所时，突然就有了小便的想法。喝了酒又喝了水，小便就多了起来，潘小年不想费二遍事，提着酒瓶便走进了厕所。他的命运也就此发生了改变。

潘小年把酒瓶夹在腋下，腾出手去小便，怕尿在地上，身子往墙上凑了凑。这一凑，他就听到隔壁女厕所里有些异样，似乎有个男人的声音，他从气喘声中能判断出来，那肯定不是个女人。一个男人进了女厕所，这本身就不是件正常的事。他借着酒劲，冲隔壁喊了一声：什么人？

接着他就听到一阵忙乱的声音，还有匆匆而去的脚步声，脚步声又急又沉，这肯定不是女人。他忙系好裤扣，提着酒瓶走出来，左手就是女厕所了，他又冲女厕所喊了声：有人吗？

没人应答。他有些好奇，向前走了两步，探着头向里张望一下，因为探着身子，女厕所门口还有一堵墙隔着，他并没看清什么。他又喊了句：里面有人吗？

没人应答。他大着胆子又往前走了几步，越过墙，他看见了一个人趴在女厕所蹲位的隔墙上，是个女人，有点像小桃。厕所后面有路灯，路灯的光影透过厕所的后窗照进来，他隐约看见小桃褪了半截裤子在下面，露出白花花的腿。他一惊，退后一步，又喊了声：你是谁，怎么了？

那人并没有动，仍然趴在那儿。他揉了下眼睛，怕自己花了眼，又向前走了几步。离那个人很近了，他看清了，就是服务员小桃。小桃头发散乱，上半截身子趴在隔墙上，腿弯曲着，裤子快掉到小腿上了。他惊慌地跑出来，向饭店方向跑了两步，他又停住，他要去报警，他想到食杂店那里有一部公用电话，他又重新跑回到食杂店。他抓起电话，食杂店的一个中年女人望着他，他结结巴巴地说：我、我要报、报警。电话通了，他有些语无伦次地把看到的情况冲110接线员说了，还说了厕所的地址方位。

他再回到饭店时，几个工友都等不及了，有人戴上帽子准备走了。这时，人们就看见了惊慌失措地走进来的潘小年。他站在桌前，把刚才在女厕所里看到的一切说给大家听。起初工友们不太相信他的话。

饭店的女老板有些惊慌失措地喊着小桃，小桃并没有出现。女老板向外跑去。他们也走到门口向厕所方向张望。突然，厕所里传来女老板变音变调的喊叫：小桃，小桃，你这是怎么了？

片刻，女老板又慌张地跑出来了，一边跑一边喊：妈呀，小桃死了，快报案！

女老板向自己的店内跑来，越过他们，走到门口时，脸还撞在了门上。

警车闪着警灯来了，下来一些警察，有男警察也有女警察。

卢娇娇第一个走进女厕所，她看见了受害人小桃，人上半身还趴在隔墙上，她熟练地把手指搭在小桃的颈上，没有脉搏了，身子也开始变凉。她没让小桃改变姿势，回过身冲站在她身后的方晓明说：人已经死了。

厕所外的警戒线已经拉了起来。几辆警车开启了大灯，把厕所照得灯火通明，几个法医从车上拿出器材又走进了厕所。

方晓明和卢娇娇向饭店走来。潘小年几个人还站在那儿，这么大的案子，这还是他们人生中第一次遇到。他们出于好奇要看个究竟。

方晓明冲他们几个人道：刚才谁报的案？

潘小年举起了手：是我，我！

方晓明客气地说：麻烦你跟我来一下。

方晓明把潘小年带到警车里，询问经过。

卢娇娇走进饭店找到了惊慌失措的老板娘。

老板娘反反复复就一句话：人刚才还好好地站在这，说是去厕所，转眼人就没了，咋就没了呢？

卢娇娇又把站在门口的几个工友叫到饭店内，又坐到刚才吃饭那张桌前，让他们重新坐下，把潘小年如何去买酒，回来发现小桃已死在厕所内的经过又复述了一遍。杨小山主说，别人补充。他们都是第一次和警察这么近距离地打交道，尤其是个女警察，长得年轻又好看。他们都愿意多说几句，不论谁说话，这个女警察就盯着说话的人看，他们希望女警察把目光多在自己身上停留一会儿。支离破碎，你一言我一语地把如何吃饭，说了什么，小桃在哪站着，潘小年如何买酒的经过又说了一遍。卢娇娇把他们的话记录下来。

老板娘在这期间，像只没头苍蝇一样在饭店里东转西转，仍然是一句话：好好的一个人，上个厕所，人咋就说没就没了呢？

后厨的师傅，还有几个服务员都出来了，挤在门口，透过窗子向外面张望。不远处的女厕所被警车照耀得惨白一片。

附近的一些邻居也走出家门，抱着肩膀，远远近近地向厕所里张望。厕所内外都是警察进进出出忙碌的身影，在车灯的照耀下，像一出皮影戏。

忙活了一会儿，又忙活了一会儿。

一副担架被两个警察抬进了厕所，一会儿，小桃被抬了出来，身上盖了一个白色的床单，只露出一些头发，还有双脚。小桃被抬进了救护车里。救护车没有鸣笛，只闪着灯，缓缓地驶离。

饭店门口人群中的老板娘大喊一声：小桃哇，你咋就这么走了……

她疯了似的要去追救护车，被几个饭店后厨的师傅拦腰抱住。然后就是一阵人们低低的啜泣声。几个饭店工作人员开始哭泣。

潘小年和几个工友回到工地宿舍时，已经半夜了，其他工友已经睡下了。听他们说碰到了一个案子，都兴奋地坐起来，纷纷打听。众人七嘴八舌地在拼凑事件的经过。

潘小年躺在床上，脑子里仍不断闪现着刚才看到的一切。小桃的影子，在他脑海里总是挥之不去。年轻女孩，梳着短发，笑起来有些羞怯，每次笑都露出一排洁白的牙齿，她对南方也是向往的。他们不停地说着南方时，她听得是那么入神。那会儿，他甚至想过，找个机会他单独来饭店，见见小桃，好好跟她说一下南方，如果她愿意，他真想把她带走。无论去南方干什么，只要和她在一起就行。潘小年在生日这天晚上，已经对小桃动心了。

可他做梦也不会想到，好端端的小桃，去了一趟厕所，就再也回不来了。从她死时的姿势上看，一定是被男人怎么了，那个男人的喘息声又在他耳边响了起来，还有离去的慌乱的脚步声。可怜的小桃就趴在隔墙上，裤子坠在小腿处。他想到这，浑身上下打了个冷战。

那天晚上，工棚宿舍里，人们都在说着小桃，从小桃又说到了那个色魔。县里发生的几起强奸杀人案，无人不知，无人不晓，茶余饭后，也不停地有人在议论这个色魔。

色魔来无影去无踪，杀人不眨眼，以前就是一个传说，没想到，杀人案就在他们眼前发生了。他们展开想象，梳理色魔的音容样貌。

潘小年二十岁生日这一天给他的人生带来了震撼，那一夜，他也没有睡踏实，睁眼闭眼的，都是小桃的影子。

事情发生后的第三天，人们在工地上仍然在议论着小桃的话题。一辆警车开进了工地，潘小年看见那晚在警车里问他事情经过的警察从车上下来，工头已经从办公室里走出来。警察不知冲工头说了些什么，工头就向工地上走来，把手扩成喇叭状喊潘小年的名字。潘小年就顺着脚手架回到了地面。

工头领着潘小年来到了警察面前说：方警官有事要找你了解情况。

他熟人似的冲方晓明笑了笑，又看看方晓明身后的警车，那天晚上他就是和方警察坐在警车里完成证词的。果然，方警察冲他摆了下头，就向警车走去。他随在后面，警车旁还站着另外一个警察，顺势抓住他的手臂，打开车门把他推到警车的后座上。他发现这个警察有些不够友好。正犹豫着，另一扇车门也开了，方警察坐了进来，推他的警察坐在了他身体另一侧，两个警察把他夹在了中间。警车就开走了。

他透过警车的窗子看眼工地，工地上人们都停了下来，目送着他坐着警车离开。他还没忘记冲工头挥了下手，还大声地喊一句：徐经理，我的工怎么算呢？

他担心工头把他算成误工，误工是要扣钱的。他没听见徐经理说什么，只看见徐经理冲警车挥了一下手。

车驶出了工地，不一会儿就来到了公安局。

走进公安局大门的潘小年生命轨迹就此改变了。

## 色　　魔

服务员小桃被奸杀，现场并没有留下罪犯的证据。

死因已查明，是窒息而死。脖颈没有伤痕，是罪犯在强奸过程中，用手捂着小桃的口鼻令其窒息而亡。体内没有留下残留物，证明罪犯并没有完成强奸过程，也许受到了惊吓，半路而逃。

没了证据，小桃的死便成了一宗悬案。作为第一个报案人的潘小年成为公安局破案的唯一线索。

三天前，在警车内，潘小年作为证人已经录了一次证词，把自己看到的都说给了姓方的警察。那会儿他坐在警车里，一边回答警察的问话，一边透过车窗看着现场忙碌的警察。车灯雪亮，现场的一切都尽收眼底，他看见了被从厕所内抬出的小桃，有两缕头发从白床单下露了出来。他又一次想到了她死时的样子，她趴在墙上，似乎累了，想在那里歇一歇。一个对南方充满好奇和向往的女孩，前十分钟还对他们有说有笑，只一转眼的工夫，就离他们而去了。

这三天时间里，工地上所有的谈资都围绕着小桃展开，他是亲历者，不厌其烦地向所有提问的工友讲述着发现小桃的经过，还有小桃死时的样子。有几个工友不怀好意地又问：小桃的屁股是不是很白？他愤怒地盯着问话人，仿佛小桃是他的亲人，别人这样问，明显地玷污了小桃。别人不怀好意这么问时，他就白一眼问话的人，不再往下说了。其实他也没什么好说的了，该说的他已经说了无数遍。

在这三天时间里，潘小年成了工地上工友们闲暇下来谈资的核心人物，风头抢过了能说会道的杨一山。杨一山就很不高兴，把潘小年拉到一旁警告道：你别说了，你再说警察该怀疑你了。

杨一山是句玩笑话，是想警告他不让他抢了自己的风头。

潘小年也不相信杨一山的话，笑着说：一山哥，我是证人呢，当时都按了手印。

没料到杨一山的一句玩笑话成了预言。

小桃的事件发生后，已经离开县公安局的督办组又一次来到了公安局。组长姓马，在省公安局是个处长。为了发生的案子，他已经数次往返这里了，每一次都失望而归。来的次数多了，马组长的脸色就很不好看，脸拉下来，被人欠了钱不还的神色。金局长和卢国正向他汇报工作，他也爱搭不理的样子，不停地咂着嘴，吃了苍蝇一样地难受。

马组长的确很难受，他被省厅派到这里，带着专家一次又一次到现场办公，却一无所获。他向厅长汇报时，厅长也是这样拉长了脸，一次次冲他拍桌子。他只能低着头，见厅长消了点气，偶尔抬起头小声辩解几句。厅长不听他辩解，要的是结果。马组长没有结果，他只能看各级领导的脸色。每次汇报工作，案情没有一丝一毫的进展，厅长就很不耐烦的样子，冲他挥挥手，赶一只苍蝇似的。

小桃的事件发生后，他又一次从省里带着人马赶到县里，一走进会议室，便冲金局长和卢国正不耐烦地说：怎么又是你们这里出事！金局长和所有陪同人员一起低下头，案子发生在他们管辖的地面上，迟迟不破，他们脸上无光，说什么话都不硬气。

马组长把公文包摔在会议桌上，接下来就开始听取各方面的汇报。当听到小桃的案子竟然没有查到任何证据时，马组长拍了桌子。茶杯里的水都震落了些许，溅在桌子上。

金局长站起身开始检讨，不论怎么检讨自己的队伍，案子不破就是渎职，换句话说，就是无能。

当方晓明向马组长汇报证人证据时，马组长的脸瞬间就开朗了起来，他站起身来，背着手踱了两步道：你们想过没有，这个证人潘小年，他有重大作案嫌疑。

众人一惊，都把目光集中在马组长的脸上。

马组长把手拿到身前，双手搭在桌子上：我以前办过的案子中，证人就是罪犯的案子有许多。这个潘小年，有作案时间，也有作案动机。工地上的年轻人，去饭店吃饭，又喝了酒，对饭店年轻服务员动了心思，利用外出买酒的机会，对服务员下手。

在罪犯没落网前，每种推测都有可能。这是警察办案的宗旨。

马组长又说：买酒什么时间去不可以，为什么偏偏赶上服务员去厕所期间去买酒，你们想想，这期间发生了什么？

马组长的分析不无道理，于是潘小年被方晓明从工地带回到了公安局，他被列为小桃案件的疑犯。

他一被带到公安局，双手便被戴上了手铐，一个警察出示了拘留证，告诉他：你现在是强奸杀人的怀疑对象，你被拘留了。被戴上手铐的潘小年被关进了拘留所一间小黑屋里。

那天一起喝酒吃饭的几个工友又陆续地被叫到了公安局。

杨一山被带到公安局问询室时，他还没想到问题有多严重，能成为小桃案件的证人，走进公安局的大门，他还觉得很骄傲和自豪。如果那天晚上不吃饭，自己还没机会走进公安局，在这之前，他对公安局办案充满了好奇。

当警察开始问询他时，他意识到了问题的严重，所有问题都指向了潘小年，那天潘小年说什么了，做什么了，他对服务员小桃的眼神又是怎样，明显地，公安局的人开始怀疑潘小年了。警察刨根问底地一路问下来，他也觉得潘小年是说不清楚的。从时间上推算，他和小桃出门的时间应该是前后脚，他买一瓶酒的时间，正常情况下也就五分钟，可潘小年回来时，已经过去好一会儿了。他们酒早就喝完了。当时他还开玩笑说：潘小年是不是怕结账跑了。他不是潘小年，他无法证明潘小年到底在买酒的过程中做了些什么。

他把自己经历的经过，仔仔细细地说给了警察听，又在自己的询问笔录上签了字，按了手印。印泥沾在手指上，有些油腻，他在裤子上蹭了蹭。他回到工地上时，见到了那晚吃饭的几个工友，他们也从公安局刚回来，几个人的情绪不高，神色严峻。

工头也一脸严峻地找到了他们几个人，工头说：公安局的人说了，你们都是那晚强奸杀人案的证人，没事不要乱跑，随时等候公安局传唤。

这话警察已经对他们说过了，他们此时觉得自己不是证人，仿佛是嫌疑对象。他们的心情一下子都沉重起来。

好在他们又回到了建筑工地，只有潘小年没回来。夜晚，他们躺在各自的铺位上，望着空下来的床铺。

一个工友说：没想到潘小年会是这种人。

大家都沉默起来，想象着潘小年，也想着自己。长年累月在工地上做工，大家都是青春旺盛的年龄，偶尔在大街上见到一些有些姿色的女人，都在暗地里冲动过，甚至有过犯罪感。夜晚，在梦里醒来，浑身憋闷得难受，想到最多的也是女人，那些陌生的、留在记忆里的女人，便成了他们意淫的对象。有许多人的床头，都贴着影视歌手的画报，名曰喜欢自己的偶像，只有他们自己知道，其实这些形形色色的女明星，早已成了他们意淫的对象。他们看不见摸不到，想象中犯回罪，也不算是罪过。

那阵子，关于潘小年的各种猜测就成为他们的话题。他们不理解，平时阳光、涉世不深的潘小年怎么就成了杀人强奸犯？

潘小年待在小黑屋里，自己也想不明白，明明自己是证人，第一目击证人，当晚那个姓方的警察就是这么说的。转眼间，自己变成了嫌疑犯。他越想越糊涂，他急于见到警察，再从头至尾原原本本地把自己看到的再说上一遍。可警察似乎并不急于见他。他不知在黑屋里待了多久，也不知外面是白天还是晚上，他又渴又饿，他开始后悔那天晚上过的生日了。如果不过生日，他就不会出来吃饭，不吃饭就不会认识小桃，自然就不会有后面发生的事情了。他现在只能后悔了。

不知过了多久，小黑屋的门被打开了。他被带到了审讯室，手上的铐子仍然戴着。这次他又见到了那晚问询他的那个姓方的警察，当时方警察对他很友好，让他别着急，慢慢说。那会儿他有些语无伦次，方警察还递给他一支烟，把车窗摇开一道缝，让他吸烟，自己也吸。方警察算是熟人了，他想冲方警察笑一笑，可方警察眼神都不和他交流，坐在一旁，面前摆着纸笔。审问他的人中，方警察变成了小人物，几位大人物坐在中间，都一脸严肃，一副公事公办的样子。

警察的问话，无外乎还是那晚发生的事，时间，地点，怎么外出，外出做了什么，又是怎么回到的饭店。他一五一十地又把过程说了一遍。他实在想不起来还有什么可说的了，他说不下去了。

审问他的领导就拍了桌子，说他不老实，让他交代没有交代的。可他真的没有可交代的了，他就坐在那儿，又渴又饿，他觉得自己连说话的力气都没有了。他提出要喝口水。

警察说：你说了，什么都给你。

他真的说不出来了，只能和警察面面相觑地坐着。他想到了工地上那只大水桶，工地上所有人渴了都去那个水桶里舀水喝。水是做饭的师傅烧开的，用水桶担到工地，倒在大水桶里，水桶上飘着一只瓢，需要喝水的人，就站在水桶边用瓢去喝水。此时潘小年觉得自己能喝掉一大桶水，也许一大桶都不够。他开始怀念工地了。在工地上有说有笑，重要的是有自由，按点吃饭，想喝水就能喝到。潘小年又想到了南方，南方在他的想象里是温润潮湿的。他一想到南方就有种想哭的感觉。

审讯他的警察，走了一拨，又来了一批，每次都问相同的话题。他不想说了，他真的什么也没有可说的了。他想睡觉，他觉得只要一闭上眼睛就能睡死过去，但警察不让他睡，有几次，他从坐着的凳子上摔到地面上。天亮了，又黑了，有一次，他瞌睡着了，摔在地上也没醒，仍然睡着。一桶水兜头浇在他头上，他醒了，趴在地上拼命地去吸吮地上的积水，马上就有警察把他提起来，他只好又坐在凳子上。有两只灯烤着他，明晃晃的，他又想到了那天晚上警车的灯，也是这么明晃晃地照耀在案发现场。恍惚地，他觉得自己又回到了那间饭店，他们吃着喝着，叙说着南方，想象着南方。他出现了幻觉。

他身子一晃，又晕了过去。一桶水又浇在他的头上，水带着冰碴，可他并不觉得凉，他脑子是木的，已经失去了知觉。他来公安局前，工头对他们说：再过几天工地就要放假了。他一直盼着放假，工地一放假，春节就不远了，过完春节，他就要去南方了。南方一直在他的梦里，小桃似乎在冲他笑，露出米粒般的牙齿。他当时真有把小桃带走的愿望，他甚至想好了，把小桃约出来，单独和她谈谈，只要她愿意，他就带她去南方，只要是南方，任何地方都可以。他带着她，他们一起打工，也许他们还会生孩子，然后抱着孩子一起回到老家和平镇。那是怎样的生活呀。

他躺在地上起不来了，也不想起来。后来他发现有两个穿白大褂的人，握住他的手臂找他的血管在给他打针。他最怕打针了，小时候发烧打过针，长大后，他身体很好，没得过大病。他没打过针，但看见别人打针他就怕得不行，总要背过脸去，似乎那针是扎在自己身上。

不知道穿白大褂的人往他身体里注射了什么，渐渐地他又有了力气，重新坐回到凳子上，灯仍明晃晃刺眼地烤着他。对面仍然坐着警察，警察一会儿离他近，一会儿又远。别人说的话也忽近忽远的。一切似乎都在梦里发生的。一时间，他自己竟不知身在何处。

审问他的人说：你说吧，说完就让你睡觉。

他太想睡觉了，他现在也不知自己是睡着还是醒着。

他知道警察让他说什么，他就说了。过程还是那个过程，只不过他添加了小桃是他弄死的，他听警察说小桃是窒息而死的，然后就说自己先是捂住了小桃的鼻子和嘴，小桃挣扎他就用了力气，然后用另一只手去脱小桃的裤子，把她的裤子一直褪到小腿处。后来他听到有人进了男厕所，他就跑出来，假装去报警，后来就没有后来了。

他又把自己看到的细节说了，说小桃如何趴在厕所的隔墙上，两只腿的姿势，等等，所有的细节和警察现场看到的证据并无二致。虽然没有留下其他证据，仅凭这些证据，对警察来说已经足够了。

小桃的案件有了重大突破，警察们又想到了色魔的强奸杀人系列大案，话题开始往那几宗案子上引。潘小年想把那几宗案子说圆乎了，可他怎么也说不圆，他太想睡上一觉了，也太想喝水了，他以为把这些案子都揽下来，然后自己就去睡觉喝水。那些案子他都是听别人说的，版本不同，他不知哪个版本更准确，于是他就按着不同版本去说，颠三倒四的，弄得问话的警察很不满意。其间他又从凳子上摔下过几次，都是警察用凉水把他浇醒，他又再次坐回到凳子上，像只落汤鸡。

在他的叙述里，只有小桃的案子最接近现实。

潘小年梦呓似的口供，已经证实了潘小年的犯罪事实。既然有了口供，对案件本身，已取得了重大突破。

马组长召集办案人员，开了一次动员大会，他们要乘胜追击，从潘小年的突破口中打开更大的缺口，把强奸系列杀人案进行到底。马组长指挥刑侦大队的办案民警，分成三个审讯小组，三班倒对潘小年又进行了突击审查。

几盏昼夜亮着的大灯炙烤着潘小年，潘小年和进来时已经判若两人了，他眼神涣散，脸色苍白，头发凌乱。他自己也不知是活着还是死去。

被审问的潘小年已经崩溃了，恍惚中自己不知身在何处，是人是鬼，他只有一个愿望，让身体躺下来，把眼睛闭上，睡上一觉。饥饿干渴已经离开了他的肉体，唯一的感觉，就是他还在活着，精神和肉体想找一个安歇的地方。他梦呓地按照警察的思路，编织着一次又一次强奸杀人的场景，他沉浸在罪犯的角色里，完成着一次又一次的犯罪。每说完一起案件，他都会在材料上按上手印，确切地说，是警察按着他的手，完成了按手印的程序。他的手按在纸张上，一点感觉也没有。潘小年觉得整个身体都已经不是自己的了，只有残存的灵魂指引着他，让他歇一歇，把身体放在一个角落里。

审讯工作进行得异乎寻常的顺利，潘小年的犯罪材料一级级报了上去。

潘小年在不被审讯的时间里，他的神志又开始一点点地复苏了。他躺在单人小号里，望着只有巴掌大的小铁窗，继续地回想着审问的过程，他的汗流了下来，自己已经是杀人色魔了。关于杀人色魔的故事，他听说过许多版本，怎么转来转去，自己却成了又一个版本，他被自己吓着了，脑子开始清醒起来。他在小号里大声地喊叫，用头撞门，用脚踢门。看守警察来了，他大声地呼喊：我不是强奸犯，我没杀人，我说的都是假的！

他又一次被带离小号，又一次坐在办案人员面前，几盏灯又一次燃亮。新的一轮审讯又开始了。最初清醒时，他推翻了以前所有的招供。一切又从零开始，警察似乎很有耐心，依旧是三班倒地审讯，他又一次陷入梦呓之中，又一次招供，依据已编织想象的过程又复述了一遍，再次按手印。

卢国正看着潘小年的审问卷宗，除了小桃案件之外，其他几宗杀人强奸案似乎都很牵强。潘小年被捕，社会上也在议论纷纷，人们甚至奔走相告——杀人色魔落网了。起初，卢国正也觉得一身轻松，这么多年压在他们头上的悬案终于真相大白了。不仅他轻松，所有公安干警都在兴奋着。有几次，他面对面地审问潘小年，眼前的潘小年还是个孩子，他透过潘小年的眼神，似乎看到了潘小年的内心，恐惧、惊吓、委屈、无奈。

整个案件是在马组长督导下进行审问的，审问思路和方向也是马组长制定的，案件审理到现在这个样子，似乎正在朝着预想的方向发展。卢国正理解办案人员的压力，包括自己，何尝不想一夜之间把真正的杀人色魔抓到呢。这些年来，有许多次做梦，他都梦见抓到了杀人色魔，但醒来之后，只是一场梦而已。作为从警三十多年的老刑警，他不能让假象欺骗自己。

首先，潘小年和杀人色魔现场遗留下来的证据，只有血型是一致的，同为 B 型血。包括脚印专家判定的年龄和身高，还有证人提供、画像专家留下的画像，和潘小年比较起来大相径庭。从事刑警这三十多年来，卢国正每办一起案件，他追求的原则就是证据。显然，潘小年的口供不能支撑起整个证据链。

卢国正找到马组长，把潘小年的卷宗推到马组长面前，只说了一句：潘小年作为杀人色魔嫌犯不成立。这是他的疑虑，也是申辩。

马组长并没看那份卷宗，两手托着腮隔着桌子望着卢国正问：卢队长，他不是嫌犯，你说谁是？这是他招的。

卢国正在心里叹了口气，此时从省里到县里，人们都把希望寄托在潘小年身上，只要把潘小年的案子定了，压在他们头上的阴霾也就随之消散了。

卢国正无力地说：案子要这么判，将是起冤案。

马组长把两只手放下来，把一只手放到潘小年卷宗上，他似乎想发火，最后还是把火气压下去了。他说：老卢，为这个案子，我已经第五次来到你们县里，我现在是有家不能回，案子不破，我无法回去复命。潘小年已经招了，那些脚印、画像只是旁证，不能作为直接证据。

卢国正想到了证人于小苹，几组警察分头去了南方。让卢国正没有料到的是，寻找于小苹变成了大海捞针。

于小苹走了，没有和家里有过任何联系，传说中有人在某南方省份的歌厅里见过于小苹，可南方的歌厅多得像天上的星星。十几天后，寻找于小苹的警察陆续地回来了，自然是毫无结果。

潘小年的案子一级级报上去，上级的答复也非常迅速——判处死刑，立即执行。因为几年时间里，盘绕在县城里的色魔阴影，无时无刻不在威胁着人民的安全。对这种罪大恶极之人，只能采取从严从快处理。

潘小年在马组长宣读判决书的过程中，他觉得自己已经死了，二十出头的他，在短短的审讯办案的时间里，他的头发已经开始变白了。从他招供那一刻起，他就预料到了自己的命运，但没想到死刑会来得这么快。在生不如死的审讯过程中，他宁愿选择死，可在他清醒时，他又有了求生的愿望。办案人员宣读判决书时，他尿了，身体里流出的液体先是湿了裤子，后来就汪在他的脚下。当宣读完判决书时，他一下子就跪在了法官面前，人瘫倒在地上，他无力地哀叫一声：我是被冤枉的。

他的声音是那么小，小得连自己都很难听见。命运已经无法改变。

潘小年接到审判的同一时刻，一纸判决书也送到了潘小年的家里，判决书盖着大红印章，神圣不可动摇。父亲从送达人员手中接过判决书，还没有看到一半，急火攻心，脑溢血犯了，他一头栽倒在地上。从那以后，父亲就永远躺在了床上，变得口齿不清，嘴歪眼斜，睁着一双不甘心的眼睛看着这个世界。

枪决执行前，潘小年的母亲秦玉凤见了潘小年最后一面。潘小年戴着手铐脚镣，完全是一副重犯要犯的打扮，他麻木地移动着脚步，来到了会见室，隔着铁栏杆见到了母亲。他有千言万语要对母亲说，此时，他却一句话也说不出来。他只低低喊了一声：妈。以前做孩子时，母亲是他的神，不论自己犯了多大的错、受了多大的委屈，只要一见到母亲，他的心里就会安静下来，抱着母亲哭一场，或被责骂一番，然后什么就都没什么了。可现在，在他心里无比强大、神一样的母亲再也不能救他了。

秦玉凤见到儿子，傻在那里。短短时间没见，她都不敢认自己的儿子了。儿子头发蓬乱，满脸浮肿，只有眼神里还透露着一丝熟悉的影子。

他隔着栏杆跪在了母亲的面前，把一只手伸出去。母亲抓住了他一只手，满眼是泪地问：小年，你真的是那个杀人恶魔？潘小年早已泣不成声，低语着：妈，我是被冤枉的，你相信我，儿子干不出那些事。

母亲握着他的手，一下子就镇静下来，望着潘小年的眼神坚定起来。在来之前，她是矛盾的、犹豫的：儿子要真是那个杀人恶魔，枪毙他十次，她也不会眨一下眼睛。从她看到儿子那一刻开始，她就打消了自己的想法。儿子是她生的，是她养的，她相信自己的儿子，她握着儿子那只冰冷的手，望着儿子的眼睛。她也有千言万语要对儿子说，她只来得及说一句：小年，妈要替你喊冤，妈信你。

诀别的时间到了，母子这一别只能是最后一面了。他被警察带走的瞬间，他挣扎着回过头大喊了一声：妈……

母亲瘫在栏杆那一侧，已经泣不成声，在母亲眼里，自己的儿子一步步被带到了另外一个世界。

潘小年被执行死刑的前一天晚上，他提出了唯一的要求，他要吃顿饺子。他的最后愿望得到了满足。方晓明在北方饺子城为潘小年买了一份饺子，他亲自送到潘小年的面前，不仅买了饺子，还带来了醋和蒜泥。他站在铁窗外看着潘小年吃饺子。

潘小年刚开始细嚼慢咽地吃饺子，他想到了母亲包的饺子，小时候的记忆里，只有过年过节，家里才吃饺子，每次吃饺子都是重大日子，不仅吃着日子，还有母亲的味道。可惜北方饺子城里的饺子，没有母亲的味道。后来他大口地吃起来，一口一个，狼吞虎咽，一会儿就把那份饺子吃完了。他抬起头，看到那个姓方的警察仍然站在门口。那天晚上报案后，他见到的第一个警察就是这个姓方的。后来这个警察也审问过他，许多警察都审问过他，他只记得他们的面孔，却叫不出他们的名字。在这些警察中，方警察算是态度最好的人了，他现在不恨任何人，他也无从恨起。

方警察说：吃好了吗？

他打了一个嗝，冲方警察点点头。

方警察点了支烟，隔着小窗递给他，他伸手接过来，狠吸了一口。他不会吸烟，以前在工地上学着别人的样子抽过烟，呛得他鼻涕眼泪的。从那时起，他就没碰过烟。警察审讯他时，给过他烟，他吸了，不是为了吸烟，他是为了缓口气。他现在吸烟的样子老到一些了，让烟的热量和味道进入体内，他缓缓地把烟雾从嘴里吐出来。他想冲方警察笑一笑，再抬头时，方警察已经不在了，那扇小窗已经关上了。

又一天到来，太阳升起之后，他被押到了囚车上。说是囚车，其实是一辆卡车。他的脖子上戴着一个牌子，牌子上写着“强奸杀人犯潘小年”的字样，他的名字上还重重地打了一个红叉。

他脑子里一片空白，仿佛置身在囚车上的人不是他，而是另外一个人，他站在街上望着这个人。车下人山人海，县城里的许多人都站在街上一睹杀人色魔的样子。潘小年成了杀人色魔，他的形象和人们想象的杀人色魔显然有出入，人们吃惊之后，不免有些失望。他单薄的身躯被脖子下的牌子遮去了大半，显得异常的渺小和弱不禁风。

招摇过市之后，在警车护送下，直接去了法场——县城郊区外一片荒地。那里早有人警戒好了，车一停，潘小年就被押下囚车。他的身体早已不是自己的了，被两个警察拖拽着向法场指定地点走去。潘小年灵魂已经出窍，他看着自己的身体像一条癞皮狗似的被人拖拽着，他看到自己的样子有些泄气。

他在此时，又想到了南方，还有小桃，小桃正咬着嘴唇冲自己微笑着。他最后想，自己一定要去南方，那里有温润的气候，那里绿树常在。

耳边一声巨响之后，潘小年觉得自己彻底飞翔了起来，轻飘飘的。他看到了白雪，看到了自己曾经待过的工地，工地已经放假了，那里空空荡荡的。他看到了被白雪整个笼罩的县城。他向南方飘去，向着绿色和温润潮湿之地，他越飞越高，穿越山山岭岭，一路向南方飞去。

他没了忧伤也没了喜悦，他要一路向南。

## 卢国正（二）

随着一声枪响，潘小年伏法了。

盘绕多年的阴魂似乎被一阵风吹走了，从省里到县里，整个公安系统都因这一声枪响变得轻松愉悦起来。

卢国正又被另一种沉重压迫着了，他看到欢欣鼓舞的人们准备庆功时，真想大喊大叫几声，以纾解心头的压抑。

他把自己关在办公室里，一支接一支地吸烟，烟雾把他整个人笼罩了。作为一个老刑警，这么匆忙草率地把潘小年的案子结了，他感到悲哀，别人信不信潘小年就是那个强奸杀人恶魔他不知道，反正他凭直觉不相信潘小年就是。他想说服别人，首先也是要证据，除非他把真正的恶魔找出来，然而恶魔又在何方？

从那以后，卢国正一直觉得在暗处有一双眼睛在窥探着他。那双眼睛和那张犯罪分子的画像一会儿重叠一会儿分开，不论分合，那目光一会儿讥讽，一会儿轻蔑，他浑身上下的汗毛倒立起来。

办案这么多年，卢国正觉得这个案件让他窝囊，说不清道不明，在证据面前，他自己都无法说服自己。

门被敲了一下，方晓明推门进来，被他制造的烟雾呛得咳了一下。方晓明立在他的面前道：刚才全局的人都送别马组长了。

卢国正指了下沙发，方晓明坐在沙发上。

卢国正麻木着神情道：这里没外人，你跟我说句实话。

方晓明严肃地望着卢国正。

卢国正又道：你相信这个恶魔就是潘小年？

方晓明没有说话，低下头望着自己的脚尖，最后他把双腿收起来，放到沙发下，久久才抬起头道：爸，我们就是普通警察，许多案子不是我们想怎样就怎样的。

说到这又补充了一句：咱们局的人，许多人心里都明白。

卢国正不说话了，他又拿出支烟，叼在嘴上，想了想又放下，把烟扔到桌子上。他冲方晓明说：在我心里，那件案子没有完。只要我在这个岗位上工作一天，我还会寻找证据。

方晓明站起身，低下头，小声地说：爸，我心里有数。

方晓明挺身走出去，开门关门时，一缕新鲜空气迎面进来。

卢国正觉得自己并不孤单，无论这宗悬案何时了结，还有一个人了解他，陪着他。他心里突生一种感动。

# 第八章 A

## 日　子

姜虎因在和平镇的工作成绩，荣升为副县长。离开了和平镇，又回到了县政府去上班。

姜虎突然离去，在起初的那段日子里，宋春梅的心里空了，像失恋的少女一样，无着无落的。虽然和平镇距离县城并不远，就是几十分钟的车程，但姜虎在和平镇，即便不能天天相见，从心理上说，她也感觉姜虎就在她身边，她是踏实的，她已经习惯了这样的日子。

姜虎被调走之前，他们又约了一次会，仍在属于他们的房间里。姜虎那晚喝了些酒，是镇机关的人为他举行送别宴喝的酒。喝了酒的姜虎，心情很好。她为他沏了茶，姜虎一边喝茶一边吸烟，红着脸说：我他妈的终于熬出头了。宋春梅望着姜虎，姜虎平时很少说粗话，总是文质彬彬的样子。因为喝了酒又即将离开的姜虎一边说着粗话，一边表达着自己的心情。

姜虎又说：我在和平镇这个破地方，忍气吞声了好几年，这回终于他妈解放了。

对姜虎的调离荣升，宋春梅是高兴的，她了解姜虎，姜虎是心里装着大志向的男人。以前姜虎也一直跟她说，自己来和平镇是过渡，要是升不上去，他再辞职，做更大的生意去。那会儿姜虎说这些话，宋春梅就了解姜虎的志向。她爱他的全部，包括他的志向。她真心希望姜虎有出息，她喜欢有出息的男人。为了姜虎早日提拔，她从来不给他添麻烦。镇里有许多人知道她和姜虎的这层关系，为了办事，转弯抹角地找到她，希望她能在姜虎面前求求情，自然少不了好处。每每遇到这种情景时，她总是冷下脸来道：镇里的事我一个妇道人家怎么说得上话，你们找错人了。她这么说，就明显是把人回绝了。求她的人只能讪讪地走了。包括自己家那些穷亲戚，想在镇里捞到一些好处，也来求她。那些七姑八姨来求她，她不好驳亲人的面子，就采用拖延战术。她压根也不会把亲人的事和姜虎说，拖了一阵之后就冲求她的亲人说：姜虎说了，这事他办不了。想了想又补充道：别看姜虎是镇长，他也有难处。

她像对待丈夫一样保护着姜虎，她不希望这些破事烂事影响到姜虎的远大前程。

姜虎有时也会把一些在外面收到的礼物送给她，比如一条金项链、一个玉手镯，或者一些商店的礼品卡。她每次拿着姜虎送给她的礼物都会说：要这些东西好吗，别影响你的工作。姜虎每次见她这么说都笑一笑，把她揽过来，爱抚地摸着她说：春梅，你这人好，不贪。

她扭着身子说：谁都爱财，我是担心你出事，影响了你的前程。

姜虎轻描淡写地说：现在社会上都这样，收多了不好，不收也不好。你放心，我有分寸。

在宋春梅眼里，姜虎是有分寸的人。她不想任何人拖了姜虎的后腿，在她心里，他是她的男人，自己孩子的父亲，她不希望姜虎有任何闪失。

因为她时时刻刻想着姜虎，姜虎和她交往就很轻松，也很幸福，他们一直幸福到了现在。

那天晚上，他们又相聚在一起，她忧郁地望着说粗话的姜虎，担心地说：以后，你当上了副县长，不会不要我了吧？

姜虎把烟按在烟缸里，腾出一只手掐着她的脸蛋道：怎么会，你是我孩子的妈，怎么会不管你。

她听了这话，心里稍安了一些，坐在姜虎的腿上，仍然担忧地说：你调走了，我们以后见面恐怕就难了。

姜虎抱住她，打了一个酒嗝，安抚地说：不会的，到时候，我可以来看你，你也可以去县城看我，这点距离，一脚油的事。

姜虎自己开车，在镇里他不用司机，每次出门办事都是自己开车。她听了姜虎的话，心慢慢地宽了起来。

那次姜虎破天荒地留在她身边过了夜。天不亮，姜虎就出发回县城报到了。

当上副县长之后的姜虎果然和以前不一样了，偶尔会来看她，大部分时间都是深夜，一脚油就把车开到楼下。姜虎在这之前打过电话通知了她，她早就在等他了，沏好了茶，摆上了烟，电视也打开了。她每次都努力营造一种温馨的氛围，家一样的感觉。她知道，姜虎平时工作很累，应酬也很多，她要让他一走进门，就有回到家的感觉。

姜虎果然来了，有时待上一两个小时再走，偶尔也会过夜，总是很早就走，他还要回到政府去上班。

姜虎以前说过让她去县城看他的话却一直没有兑现。

有时一连十几天，姜虎也没来看她，她就拨通了姜虎的电话。姜虎已经有手机了，平时就揣在上衣口袋里。姜虎总是很快地接听她的电话，如果遇到环境很嘈杂，她知道姜虎一定很忙，要么开会，要么检查工作。遇到这种情况时，她总是说：那你先忙，我没啥事。然后他就挂断电话。如果周围环境很安静，她就会问：方便吗？他说：没事，你说。她在电话这头默了会儿说：我想你了。他会在电话那头笑笑道：好，这几天我抽时间去看你。她只能“嗯”一声，仍没放下电话的意思。遇到姜虎心情好了，会和她说上几句别的，大部分时间都会说：一会儿还要开会，我现在正准备手头材料，过几天见面说。他就挂掉她的电话。

自从姜虎调离之后，她去县城的次数明显多了起来。超市的供应商都在县城，都是些老主顾了，价钱都不用谈，超市缺什么了，只要打个电话，货品就会送到门上，她懒得往县城跑。现在为了见上姜虎一面，她不断地去县城，跑这样那样的业务，有时什么事也没有，她就是漫无目的地在县城的商场超市里转一转。中午吃饭时，她会试探着给姜虎打个电话，她并不说自己在哪，每次她都问：忙吗？姜虎有时说忙，有时说不忙。遇到姜虎说不忙时，她就说：我在县里，离政府不远，能出来吃个饭吗？

姜虎有时能出来，有时出不来。姜虎应约出来时，仍是自己开车，找一个不起眼的小店和她坐一坐，说上几句话。姜虎坐下后，唯恐别人认出他，不时地东张西望，有时为了遮掩自己的面部，还戴上一顶帽子或墨镜什么的。副县长姜虎在县里显然是公众人物，不论走到哪里，总会遇到一些熟人。就是选择不起眼的小饭店，仍然有人认出他来，隔着几张桌子过来，要敬姜虎酒。姜虎不喝酒，端起茶杯意思一下，然后冲认出他的人介绍宋春梅道：这是和平镇的一个朋友，来说点事。熟人也不会多说什么，冲宋春梅礼貌地点点头，然后说：你们聊。

匆匆地吃了，匆匆地说了几句，然后姜虎就一脚油走了。

宋春梅对这一切都理解，她理解姜虎的不易，他只能这样，因为姜虎心里装着远方。她喜欢有志向的男人。

虽然见不上姜虎，但她仍然不断地往县城跑，站在县城的大街上，感觉和姜虎呼吸的是同一口空气，她离他很近，她就是幸福的了。

她像一个妻子一样，在默默地支持着丈夫的事业。

在和平镇他们又相聚时，姜虎就说：我们县长快调走了，在县长候选人中，我排名第二，还是很有希望的。

她冲他点着头，为他高兴，心里也无限地满足。自己能和一个当县长的男人有这样的情爱，她感到深深的幸福。

姜虎调离和平镇之后，周百顺回到和平镇家中的次数就多了一些。“五一”、“十一”、春节、元旦，这样重大的节日都要回来。担任工地组长的周百顺，因少了风吹日晒，人就滋润了许多，皮肤也白皙起来，穿着也比往日光鲜了不少。

周百顺每次回来，都要在街上走一走，熟悉的人就立住脚和他打招呼，称呼他一声：周组长。周百顺就从兜里掏出卷烟敬给打招呼的人，烟的品牌也数得上来。人前人后地他也会把烟盒拿出来，很稳重地在烟盒里抽出一支，慢慢地放到嘴边，再慢慢地把烟盒装到上衣口袋里，然后点燃，慢条斯理地吸烟，他的做派完全是一个组长应该有的样子了。

烟大都是工友们送的，为了能得到一些轻省和挣得多一些的活路，工友们还是很巴结他的，每逢放假或者过个节什么的，总会有人给他送些烟酒，牌子自然都是不错的，能拿得出手。每次回家，周百顺就会把这些烟酒带回来，一部分放在家里，再分出一部分送给父亲和堂哥。父亲年纪大了，应该孝顺；堂哥一直对他不错，为他操心费力，应该感谢。

宋春梅对周百顺的态度仍是水波不兴的样子，对他回家，既不热情，也说不上冷淡，他走了就走了，回来就回来，似乎一切已经适应了。这对周百顺来说，挺知足。在家的日子里，宋春梅做了饭，他为自己烫上一壶酒，慢慢地喝，电视是开着的，正在播送《新闻联播》。在工地上，他们组长以上的干部，经常组织在一起收看电视新闻，这是种特权，也是身份的象征，不管喜欢不喜欢看，都要看一看的。周百顺就养成了收看新闻的习惯，像自己的下酒菜一样。

吃过饭，宋春梅又督促两个孩子写作业，女儿周雪已经上中学了，完全是少女模样了。他走到女儿身边，怜爱地摸摸女儿的头，满心的慈爱，又走到周奋强的身后，姐弟俩并排坐在一起，比赛似的在写作业，他伸出手想在周奋强头上拍一拍、摸一摸，手伸到一半就停住了。周奋强发现他到来，扭过头讨好地叫一声：爸。他犹豫一下，手还是落下去了，摸在周奋强头上。他对周奋强总是不冷不热的，周奋强作为孩子是有察觉的，他每次回来，周奋强都极力讨好他，冲他笑，殷勤地叫着“爸”。周百顺是个心肠极软的人，有时望着周奋强就想：这孩子也不容易，自己的父亲也不能认，给别人做儿子。周奋强毕竟是女儿同母异父的弟弟，这么论还是和自己有关系的。从那以后，他每次回来，不仅给女儿买礼物，同时顺带着也给周奋强买。一人一份，虽说轻重略有不同，但也算是心意到了。

每次回来的夜晚，他都要顺理成章地和宋春梅住在一起。宋春梅是个谜一样的女人，浑身上下散发着一种诱人的气味，他说不清这到底是什么样的气味，但却对他有着强烈的吸引力。宋春梅对他来说，简直就是个神话，三十多岁快四十的人了，仍然那么年轻，皮肤像姑娘一样娇嫩，似乎随时会流出水来。和结婚那会儿相比，只胖了一些，其他的部位似乎仍像二十多岁一样。每次看见宋春梅，他还像当年小伙子时一样冲动，每次都欲罢不能。宋春梅谈不上热情，对他的冲动似乎也不反感，她承受着他。每次他都会想起姜虎，一想起姜虎，他就更多了些冲动。

现在姜虎不在了，他的心从没这么平静过。在他心里，当了副县长的姜虎是不缺女人的，这就等于断了宋春梅的念想，却给他带来了无限的希望。他享受着这种生活，安定踏实，健康向上。

有时他会陪父母吃顿饭，这几年父母老得很快，当年积极劝他离婚的念头早就不在了。看到周百顺目前的状态，似乎已经心满意足了。聊着家长里短，父亲一喝酒话就多。父亲说得最多的就是色魔的传说，现在已经不是传说了，一个叫潘小年的色魔落网了、伏法了，果然这一带再也没有发生过强奸杀人案。父亲说这些时，周百顺都要学着电视腔调说：现在是法治社会，任何人都要遵纪守法。父亲蒙眬着眼睛看着他，很钦佩的样子。他就掏出烟，恭敬地递一支给父亲。父子俩一边喝酒一边吸烟，一副和谐安详的样子。

每次回来，他也会见一下堂哥。堂哥依旧在镇食堂里做师傅，明显地发福了，肚子隆起，红光满面的样子，但酒量大不如前了，喝了几杯酒之后，舌头就大了。然后就说姜虎的好处：姜镇长这人真不错，他在镇上各方面搞得都有规矩，从不乱来，过年过节的，还去食堂和我们一起包饺子、炒菜。每次过节，都要到后厨给我们敬酒。现在这个镇长，不行。

堂哥一说到现在的镇长就一言难尽的样子，一边摇头一边说：他乱搞女人，百顺，他在镇上搞的女人就有这些。堂哥伸出个巴掌，然后又道：搞女人也就搞了，现在镇上都乱套了，他不干工作，就知道自己贪，明里暗里管企业和个体老板要钱要物，不给，他就给人设套。堂哥感叹着：和平镇落到这个姓刘的手里算是倒了霉了。

新镇长姓刘，上中学就和周百顺在一个学校，比周百顺高一届，高考时，考了个中专，毕业后就在镇政府上班，几年过去，摇身一变当上了镇长。周百顺和他没有交集，以前在镇上见了面，也就是互相点头的关系。

周百顺不想操刘镇长的心，拍拍堂哥的肩膀，劝道：哥，不说那些了，咱喝酒。哥俩就喝酒。

堂哥抬起头又说：百顺，你也行了，宋春梅对你这样，也挺好，日子就这么过吧。

周百顺笑笑，喝口酒。

堂哥就又说：当年我还劝你离婚，你没离，看来是对的。

堂哥喝多了，趴在桌上，头一点一点的。

周百顺从堂哥家出来，冷风吹来，他裹紧大衣，踩着地上的积雪，咯吱咯吱地向家里走去。他心里哼起了一首歌：又是九月九，重阳夜，难聚首……在姜虎调离之后，周百顺很幸福也很踏实。他满意眼下的日子。

# 第八章 B

色魔落网，系列强奸杀人案画上了句号。

在执行色魔死刑的枪声响过之后，省公安厅督察组马组长带着一行人回省厅复命去了。盘绕在县城上空几年的阴云终于散去了。公安局对有功人员进行了表彰，刑侦大队大队长卢国正、警员方晓明等人分别立功受奖。县公安局荣立集体二等功一次。这是省公安厅给县公安局的最高荣誉奖励。

不久，马组长荣升为省公安厅的副厅长，在系列强奸杀人大案中，马组长功不可没。公安厅的通报上说：在马组长亲自督办下，强奸杀人系列大案有了突破性进展。在审讯期间，马组长亲自坐镇，并制定审讯手法，一举突破犯罪分子心理防线……马组长成为这宗系列大案的最大受益者。

县公安局金局长退休了，其实他一年前就到了退休年龄，只因大案没破，他又是县公安局的第一负责人，虽然到了退休年龄，但他的责任却不能退休。

大案终于尘埃落定，他终于退休了。刑侦大队长卢国正被破格提升为县公安局长，方晓明晋升为刑侦大队大队长。

任命是马副厅长亲自到县公安局宣读的。马副厅长今非昔比，气宇轩昂地宣读了一系列任命，然后微笑着依次和众人握手。招一招手，打开车门，回了省城。

金局长和卢国正的交接工作是在局长办公室完成的。其实也没什么可交接的，那些文件材料就放在柜子里，早有内勤人员整理归类了，所谓的交接就是金局长从局长办公室离开，卢国正来到办公室办公。

两人各泡了一杯绿茶，茶叶在玻璃杯里上下浮动着，两人坐在沙发上。卢国正敬一支烟给金局长，两人吸烟，烟雾忽浓忽淡地在两人面前飘散着。

金局长终于开口说话了：国正，我老金终于到站了。

卢国正望着老局长想笑一笑，咧开嘴，笑得却很勉强。

金局长又淡淡地说：其实我做好了被免职的准备，大案不破，总得有个人担责任。

卢国正把头低下去，看着自己的脚尖，半晌道：老局长，你退了，我觉得自己脑袋上悬了一颗炸弹。

卢国正还要说下去，金局长伸手拍了一下卢国正的肩膀打断了他的话。

金局长欠起身把烟灭掉：结案是上面定的，不多说了。以后你是公安局局长了，在这一亩三分地，你说了算。

金局长站起来，走到门口，又回过头，意味深长地望眼卢国正道：老弟，你现在是局长了，以后的工作是全局的得失，不是一件案子。金局长走了，卢国正合计着金局长的话。他似乎明白，又似乎什么都不明白。此时，他觉得背后又有一双眼睛冷嘲热讽地望着自己，他突然回过身去，却什么都没有，只有身后的一排书柜。

金局长走了，卢国正目送金局长的车离开公安局大院。他心里一点也不轻松，像有一块大石头一样，沉甸甸地坠着。

卢国正回到办公室，便打电话叫来了方晓明。方晓明站在他的桌前。卢国正望着方晓明，方晓明在他眼里，既是儿子，又是女婿，也是下属，他对方晓明的情感异常特殊。

卢国正说：那个案子不能这么放下。

方晓明不明就里地说：可“927”大案侦破组已经解散了。

卢国正认真起来：侦破组可以解散，但任务不能就这么完了。

方晓明明白了卢国正的用意，他双脚并拢冲卢国正道：局长，我明白你的心思了。

此时，卢国正没有把方晓明当成亲人，而是当作一个完全信得过的下属。他站起来，用手指着方晓明的胸口说：案子了结了，是上级的事，在你我的心里，这起案子不能这么了结，要永远装在心里，直到真正破案的那一天。

方晓明用力点了点头。两个男人的目光交织在一起，他们此时明白对方的心里装着的任务和责任。

色魔杀人犯潘小年被执行枪决后，徐玉珠执意让卢国正陪着她去了一趟卢文文的墓地。这是一片公墓，在一个半山坡上，墓地前有碑，上面写着文文的名字。在这之前，徐玉珠经常独自一个人偷偷地到墓地前坐一会儿，陪女儿聊聊家常。徐玉珠说：文文，你妹妹娇娇和晓明结婚了，她是替你结的婚。徐玉珠还说：文文，天冷了，记得在那面多穿衣服。你不用惦记我们，我们都挺好的。徐玉珠再说：文文，快过年了，记得在那面要穿新衣裳，我们全家人都想你……母亲像对待生前的女儿一样，唠叨着，挂记着。每次，母亲徐玉珠都会给女儿带来一些好吃的，摆放在女儿的墓前。母亲说：文文，给你带来了水果，还有点心，都是你爱吃的，你多吃，别舍不得，过两天妈再来看你。

做这一切时，徐玉珠都是偷偷进行的，她怕丈夫卢国正不同意。卢国正是个刚强的男人，最看不上她哭哭啼啼，她不敢当着卢国正的面哭，她就背着丈夫哭。在女儿的墓地上哭完了，躺在家里的被子里哭，一直哭到自己睡去。过年过节的，一家人团聚了，她总会留个位置给女儿，放上碗筷，不停地给空碗里夹菜，一顿饭吃完，空碗就满了。一家人都不说话，望着那盛满食物的碗，然后方晓明就说：爸，咱喝酒。卢国正一仰脖就把酒喝光了，方晓明再次倒酒。两个男人沉默地喝酒。

徐玉珠和娇娇坐在一旁陪着。娇娇就说：妈，我又买了件新衣服，你看看，好看不？

娇娇把衣服从手提袋里提出来，展示给母亲看。母亲看了，便说：好看，真好看。

娇娇是名警察，平时大都穿着制服上下班，为了让母亲高兴，每次出现在母亲面前，她都会穿上便装，是母亲喜欢的那种类型。以前文文不论买什么衣服都会尊重母亲的意见，只有母亲说好看，文文才会穿出去。娇娇努力让自己饰演两个角色，一个是姐姐，另一个才是自己。

卢国正陪徐玉珠来到了文文的墓前，徐玉珠一屁股坐在了文文的墓前，终于忍不住哭了起来。她从怀里拿出一张告示，是法院统一印制，张贴在大街小巷里的那种告示，告示上列着杀人色魔的罪状，还有执行死刑的决定。徐玉珠向女儿文文展示着告示，白纸黑字，还有大红印章。徐玉珠说：文文，害你的坏蛋抓住了，已经枪决了。文文，政府终于给你报仇了。

徐玉珠唠叨着，把那张告示点燃，然后伏在墓碑前，抱住碑，就像抱着女儿，她号啕着大哭。

卢国正背过身去，点燃一支烟，坐在山坡上去吸。他口苦得要命，但还是大口地吸着。

徐玉珠哭了一气，又哭了一气，气喘着又说：文文，你在那面过得还好吗，妈妈想你呀。

卢国正把烟头扔在地上，用脚踩住。

徐玉珠还说：文文哪，想妈了就给妈托个梦，咱们在梦里说说话。

卢国正站起来，他望着远处，远处的县城被一层薄雾笼罩了，灰蒙蒙的。

徐玉珠还说：文文，你一个人在那面，连个陪你的人都没有。遇到合适的，你就恋爱、结婚，只要你愿意，妈不拦着……

宣泄后的徐玉珠似乎比以前平静了许多。文文死后，她就提前退休了，她当时说，要好好陪陪文文。在这之前，她没好好陪过文文。之前，文文一直上学，她上班，早出晚归的。后来文文大了，工作了，一家人都早出晚归，只有到了晚上下班，一家人才能聚在一起。文文干的是护士工作，有时值夜班，她下班回来，正赶上母亲出门，等母亲下班回来，文文又去上班了。文文死后，徐玉珠一直愧疚，陪文文的时间太少了。她退休之后，整日里待在文文生前住过的房间，房间还是原来的样子，她每天都要打扫，桌子上放着文文的照片，她坐在女儿的桌前，和女儿的照片对视着。女儿羞涩地望着前方，望着母亲。她有时和女儿说话，历数女儿小时候的种种，这一切仿佛就发生在昨天，那会儿的日子过得真快，女儿变戏法似的在她眼前长大，转眼就是大姑娘了。那会儿她没心思体味女儿这一切，现在她要把时间留住。徐玉珠一遍遍温习着过往，仿佛自己又回到了青年时代，孕育着女儿，呵护着女儿。

有一天，在家里，娇娇找到了卢国正，对他说：爸，我想换一份工作。

卢国正吃惊地望着娇娇。

卢娇娇低下头，咬着嘴唇说：爸，我的任务完成了，杀害姐姐的凶手伏法了。

卢国正无法把自己的真实想法说给女儿，他不想增加女儿娇娇的压力，当初娇娇选择当一名警察，他感到心里是慰藉的，但他真心不希望文文的事件让娇娇背上更多的负担。他望着娇娇说：你喜欢干什么，你就去干，爸批准你。

卢娇娇说：我想去幼儿园当老师。

娇娇辞去了警察的工作，很快便成为一名幼儿园的老师。娇娇似乎变了一个人，变得有说有笑起来。她喜欢孩子，喜欢幼儿园的工作氛围和状态。

卢国正看着娇娇换工作之后的变化，他心里是宽慰的。文文的事件过去几年了，他希望飘散在他们家头上的阴云尽快散去。

## 秦玉凤

秦玉凤一直忘不掉儿子潘小年临别时望着她的眼神，无助、留恋又无辜。她坚信潘小年是被冤枉的，凭母亲的直觉，她知道儿子不是强奸杀人犯。知子莫如母，儿子是什么样的人，当妈的心里有数。

潘小年从小就善良，连杀只鸡都不敢看。上小学时，家里养了只狗，那只狗成了潘小年的玩伴，每天放学，一放下书包便去玩狗，狗和孩子在院子里成为一道风景。潘小年因为爱狗，总是把自己的好吃的留下来偷偷喂狗，每天上学，秦玉凤总会给潘小年煮一只鸡蛋，那是他带到学校的午饭，潘小年舍不得吃那只鸡蛋，偷偷带回来给狗吃，被秦玉凤发现了，打了儿子，并扬言要把狗送人。潘小年晚饭也没吃，一直待在院子里搂着狗脖子不停地流泪。后来还是秦玉凤做出让步，答应他不再把狗送走，潘小年才破涕为笑。从那以后，他仍然拿好吃的去喂狗，秦玉凤只能睁只眼闭只眼。

过了两年，那只狗丢了，潘小年的魂也丢了，全家人找遍了镇子，也没能找到那只狗。每天放学，潘小年就站在门口，等那只狗，他一直幻想狗会突然跑回来，像以前一样，扑在他怀里撒欢摇尾巴。许多日子过去了，那只狗再也没有出现过。那阵子，不仅他们家狗丢了，其他人家的狗也开始陆续丢了。后来派出所的人抓到了一伙盗狗贼，这些人把在乡下偷来的狗卖到城里的饭店。

在潘小年等狗的日子里，狗已经成了别人餐桌上的肉了。潘小年彻底失望了，他大病了一场，病好后，人也变了样子，变得不爱说话了，经常发呆。秦玉凤刚开始以为就是一条狗，丢了也就丢了，过几天再给儿子买一只就算了。没想到，潘小年为一只狗这么走心，竟然病倒了，还变得郁郁寡欢。秦玉凤为了让孩子变得快乐一点，又让丈夫去市场买来了一只狗，可潘小年却连看都不看，他冲母亲说，他只想要他丢的那只大黄。大黄是潘小年给狗起的名字。丈夫只好又把那只狗送回了市场。从那以后，家里再也没有养过狗。

从这件事情上，秦玉凤就知道儿子内心脆弱，容易受伤。秦玉凤一直担心，儿子将来在找对象这件事情上会受到伤害。高中毕业后，潘小年就去镇建筑队打工去了，偶尔回家，秦玉凤总要关心地询问他的私事。每次潘小年都摇头说：妈，我先不找对象，不急。

别人家和潘小年差不多大的孩子，陆续有了女朋友，天天成双入对的，唯有潘小年没有。秦玉凤开始为儿子着急，动员身边的亲戚朋友为儿子张罗女朋友，每介绍一个她都要先过目，太机灵和太漂亮的她就会回绝人家；见到老实憨厚的，等潘小年从工地上回来，她带着潘小年去见人家姑娘，有时在一起吃顿饭，有时陪人家看场电影，然后就没了下文。秦玉凤就去追问，潘小年就说：妈，我还小呢，不着急。

半年前，潘小年跟她说想去南方打工，镇子里有许多年轻人都去南方打工了，一年到头只有春节时才回一趟家。家里就这么一个儿子，她舍不得，希望儿子一直在身边，便劝儿子。她起初认为儿子不喜欢建筑工地上的工作，就开始四处求人给儿子找工作。秦玉凤找过宋春梅，希望儿子能去超市工作，宋春梅答应了。潘小年却拒绝了，只说自己在工地挺好的。每次回家，潘小年都软磨硬泡地求母亲，让他去南方。丈夫对儿子在哪工作不置可否，甚至支持儿子去南方闯一闯也好。是她不同意，一直拖着儿子的后腿。经不住儿子的软磨硬泡，最后她还是同意了。潘小年就计划着过完春节就去南方打工。

潘小年那会儿买了一本全国地图，随身带在身上，有事没事就研究那本地图，几个南方省份的地图册页，都被他摸黄了、看旧了。

潘小年从小到大还没走出过和平镇，去县里工地上班，是他走得最远的地方。他把去南方打工，看成了自己的一次远足，像旅游那么兴奋。

儿子出了这事，秦玉凤开始后悔，她经常暗自责备自己，要是早同意儿子去南方，儿子就不会被冤枉。母亲坚信儿子被冤枉，可街坊四邻的人却不这么认为，在全镇人的眼里，儿子就是强奸杀人犯。

在儿子被执行死刑的最初那一阵子，街上显眼的位置上都张贴着潘小年被执行死刑的告示。起初，她不敢抬眼去看那些告示，告示上印着儿子的照片，儿子的名字还被打上了醒目的红叉，一张张告示，像一把把匕首插在母亲的胸上。

街坊邻居看她的眼神都和以前不一样了，以前每次和她见面，都会热情地打招呼，现在熟人见了她都像躲瘟神似的避之不及。她走在街上，不时地有人在背后指点议论着她。她回过头看这些人时，人们又佯装若无其事的样子。她站在街上，终于开口了，她说：我儿子是被冤枉的，他不是强奸杀人犯。人们一脸漠然，熟悉的人冲她笑一笑点点头。最初她说这话时声音很小，似乎只有自己能听到，后来她开始大声地说，似乎在喊。她气愤别人看她的眼神，只要别人认出她是潘小年的母亲，她都会大声地理直气壮地说：我儿子不是强奸杀人犯，他是被冤枉的。她喊叫的样子有些歇斯底里。众人见她这样便低着头散去。

有一阵子，她每天都会上街，把贴在各种显眼位置上的告示一张张撕下去，撕这些告示成了她每天要完成的工作。后来，整个镇子里大街小巷已经没有一张告示了，她像完成了一个任务似的松了口气。

接下来，只要她上街，见到认识不认识的人都一遍遍地说：我儿子潘小年不是杀人强奸犯，他是被冤枉的。她像祥林嫂一样，见人就说，不厌其烦。

有一天，她站在一个律师事务所的门口冲人说，里面走出一个中年律师，那人说：大姐，你可以上诉申冤。她怔怔地望着这个律师，律师的话让她警醒过来，她喃喃道：你是律师懂法，我儿子这事能申冤？

律师肯定地点点头，把她带进律师事务所，找出一本法律书指给她看，书上印着申诉的程序。律师又说：大姐，我观察你好多天了，你天天在街上说没用，要申冤就得找相关部门，你要准备申诉的材料。如果需要，我可以帮你写诉状。

她知道，律师替人打官司是要收钱的，便说：律师，打官司我没钱。

律师笑了笑道：大姐，我不收你钱，就是想帮你。

那天她记住了这个律师，律师姓罗。她认识了罗律师之后，似乎一下子就看到了希望。那天她回到家里，冲躺在床上的丈夫兴冲冲地说：我要为咱儿子打官司。

丈夫五官变形，流着口水，口歪眼斜地望着她。她就又把刚才的话说了一遍。丈夫这回听清了，艰难地点了点头。

罗律师帮她写好了诉状，她把这些诉状打印了许多份，先是去县城，找到法院、公安局把这些诉状递上去。她找的都是信访部门，负责接待她的人把诉状收了，答应她会把她的诉状转交给有关部门。她不知道有关部门是什么样的部门。然后她就开始等，却没有音信。她又去找人家，人家又告诉她，已经转交了，有关部门怎么处理还不知道，让她等消息。她再等仍然没消息。

罗律师又告诉她，去上级部门再找，她又到了市里，后来又去了省里，批准儿子死刑的是省高级法院，县里市里不行，她只能找省里。回复她话的人千篇一律，就是让她等。一个月过去了，两三个月过去了，她投出的诉状石沉大海，一点音信也没有。

罗律师和她一样着急，后来又给她出主意，让她去北京最高人民法院，也许那里会解决她儿子的问题。她带上材料，坐汽车，又坐火车，来到了北京。这是她第一次去北京，走出火车站，看着陌生的一切，她心里一点底也没有。县里市里和省里都不把她的诉状当回事，她只能相信北京了。她途经天安门时，看到了熟悉的天安门广场，看到了城门楼上的毛主席挂像，她终于忍不住，眼泪流了出来。她终于找到了最高人民法院，终于又一次把自己的诉状递交了上去。她怀着最后的希望回到了家里。她见到了丈夫，丈夫仍然躺在床上，她握住丈夫的手又一次流泪了，一边流泪一边说：我去了北京了，还见到毛主席像了，北京不能不管我们，北京一定会替咱们儿子说句公道话。

果然不久，市里法院给她打来一个电话，诉状上的电话留的是胡同口食杂店的公用电话，有人喊她去接电话，她接到之后，才知道是市法院打给她的。法院的人告诉她，北京的高院把她的诉状转过来了，让她等消息。她放下电话，以为是做梦，掐了一次大腿，生疼。她张着手跑回家，握住丈夫的手道：北京回话了，我说过，北京不能不管咱们儿子。

从那天开始，她日日夜夜地盼着为儿子平反昭雪的那一天。让她没想到的是，一等又没了消息。

她又去市里省里去找，又是千篇一律的答复，让她等。一晃半年过去了，所有的消息又一次石沉大海。

她又一次开始递诉状，从县里一直到北京，然后就是新一轮的等待。

她替儿子翻案的事全镇人都知道了，最初人们好奇，见了她总会问：小年的事有消息了吗？她每次都答：快了，上面人说让我等消息。

问话的人就点点头。

一晃又一晃，时间过得很快，似乎别人都忘了她为儿子平反昭雪的事了，她再见到熟人就说：我又去省法院了，过几天没消息，我再去北京。他们不管，北京不能不管。她这么一说，人们似乎又想起了潘小年的事，便劝她道：别折腾了，小年都不在几年了，没人会管的。她望着劝她的人说：别人不管我信，当妈的不能不管，小年是我儿子，我不管他，再也不会有人管他了。

有几次她在梦里梦见了小年，每次小年都不说话，只是一个劲儿地流泪。她醒了，在现实的夜晚哭了起来。小年在她的梦里告诉她自己委屈，她就冲着黑夜说：小年，你放心，只要妈还有一口气，就一定为你申冤。

秦玉凤开始了漫漫的上访路，她用一颗母亲的心丈量着儿子的冤屈。

# 第九章 A

守灵人周百顺那天夜里又做了一个梦。走进他梦里的是一个女子，女子还很年轻，她说她叫芳芳。芳芳站在他面前，含着泪，很委屈的样子。芳芳望着他说：大叔，我死得冤枉。

他望着她，芳芳的眉眼之间有一股哀气，她的年龄比周雪大不了多少，看到眼前的芳芳，他就想起了女儿周雪。周雪已经大学毕业了，在县里一个中学当老师，周雪是他的全部念想。一个女孩子，在他面前哭哭啼啼，他受不了这个，想替芳芳把眼角的泪擦去。他伸出手，想一想还是收了回来，软下声音说：孩子，不哭，你有啥冤，大叔听着呢。

芳芳就跪在了他的面前，他伸手去扶，扶不起来，芳芳抱住他的腿道：大叔，你帮我，现在只有你能帮我。

他扶着芳芳的头忙说：大叔帮你，你快起来。

芳芳就慢慢站起来，眼里仍然挂着泪。芳芳冲他说：大叔，我不是自杀的，是刘大庆害了我。

他不知道刘大庆是谁，望着芳芳一脸不解。

她说：刘大庆是我们局的副局长。

芳芳说出了那个局的名字，周百顺听过这个局，掌握着很大的权力。

芳芳就说：是刘大庆害了我，是他在我酒里放了毒药。我死在家里，他走了，给人造成自杀的假象。

那他为啥害你？他抖着声音。从一开始他就相信了芳芳的话。芳芳不会骗他，也没有必要骗他。

芳芳一脸哀叹的神情：我爱他，虽然他有老婆孩子，他说过，他要和我结婚，为了他，我离开了前男友。我整整跟他好了三年，为他打过两次胎，他说，他当上局长就娶我。

周百顺呼吸急促起来，他想到了姜虎，姜虎已经是县长了。

芳芳又说：为了能当上局长，他让我陪市领导去睡觉。

芳芳哆嗦着身体，像秋风中的一片树叶，她声泪俱下地说：大叔，我怕呀，我糊涂，为了刘大庆能当上局长，为了他能娶我，我陪那个领导睡了，还录了像。我感谢刘大庆，是他招我进了局里上班。平时对我也不错，送给我许多礼品，也给过我钱花。他比我大二十岁，他的孩子都上大学了，但我还是喜欢他，能为他做的我都做了。他还让我替他给领导送礼，他送的是现金，用密码箱装好，送我到领导家门前，他让我上楼，自己在外面等我。他为了当局长，给领导又送钱，又送人。

周百顺看着芳芳，心里难受得一塌糊涂，这孩子还这么年轻，应该不到三十岁，一个年轻女孩，为了自己的爱情，为另外一个男人什么都做了。他鼻子发酸，两眼潮湿起来。

芳芳不去擦眼泪，任泪水在一张小脸上流着，她的头发有些乱，像刚睡醒的样子。芳芳又说：刘大庆终于当上局长了，就是上周接到的任命。刚开始他冲我说，他娶不了我了，说刚当上局长，离婚结婚影响不好。他说自己还年轻，以后还有升的可能，他要给我买个房子，然后把我调走，单位都联系好了，是他一个铁哥们的单位。我不同意，他说好的当了局长就娶我，他现在当上局长了，就想一脚把我踢开，我不同意，我为他啥都做了，他这么对我太无情无义了。我不要他的房，也不要工作，我为他都这样了，以后谁还能娶我。我不干，他就劝我，我又哭又闹，威胁他说不娶我，我就要去告他。我手里有证据，就存在我的电脑里。他就对我下手了，到我的住处找我，让我陪他喝酒。我去洗手间，他就在我酒里下了药。公安局的人说我是自杀。大叔，我冤枉，你要帮我，现在只有你能帮我了。

周百顺不认识叫刘大庆的什么局长，但芳芳的经历让他气愤。刘大庆太不是个东西了，千不该万不该，不该害死芳芳。她还这么年轻，她没有别的奢求，就是想和这个男人结婚，结果让一个“情”字害死了自己。

周百顺说：姑娘，大叔帮你，可我怎么才能帮你?

芳芳说出了一个男人的名字，然后又补充道：他是我的前男友，他对我很好，他还一直在等我，你找到他，他一定会帮我。

周百顺记住了这个男人的名字，也记住了一串电话号码。

芳芳就说：大叔，你拿张纸，再找支笔。你记住我电脑的密码。

他照做了。做完这些，芳芳舒了口气，眼泪止住了。芳芳说：刘大庆我看清他了，他根本不爱我，只让我当他的工具。我要报复他，不让他有好日子，做鬼也不放过他。

芳芳望着他，可怜巴巴地说：大叔，我跟你说的都记下了?

他点点头。

芳芳又说：大叔，你真的能帮我，没骗我吧?

他说：大叔不会骗你，一定帮你，我可以发誓。

芳芳又一次跪在他面前，说：大叔，我给你磕头，你是个好人。

芳芳认真地给他磕了头，他忙把芳芳扶起来，芳芳的身体冰一样冷。

芳芳一副舒心的样子，说了声：大叔，那我就走了。

芳芳说完一转身从门缝里挤出去，消失了。

他在梦里就醒来了，刚才发生的真真的。他在床头看见了梦里出现过的纸和笔。纸是太平间登记本上的，笔是他每天都用的圆珠笔。纸上面写着名字，还有一串数字。看到这一切，他一个激灵坐起来，窗外已经泛白了，天就要亮了。他想起来，昨天白天，太平间里送来了一个女孩，女孩很年轻，名字那一栏写的就是芳芳。当时她的脸被白布盖着，他只看到了她的头发和耳朵。想到这，他有些吃惊，抖颤着站到地上，他开始穿衣服，打开门，拿过钥匙，向太平间走去。他打开太平间的门，向放着芳芳的格子间走去，三十一号，没错，这就是存放芳芳的格子间。他拉开门，一点点把芳芳移出来。天已经亮了，却照不进太平间，光源是电灯。灯白惨惨地亮着，电流在头顶上发出吱吱的响声。他掀开芳芳脸上的白床单，露出芳芳的脸，和他在梦里见过的芳芳别无二致。他掀着床单的手僵在那里。芳芳的脸并不舒展，一脸哀气，她的眼睛痛苦地合着。他伸出手碰了一下芳芳的脸，也是冰样的凉。他把白床单认真地又盖在芳芳的脸上，站在她的头前，小声地说：大叔帮你，大叔答应过你。他把格子间慢慢合上。又默立一会儿，他缓缓走出太平间，他手里提着的钥匙叮当作响。

他拨通那个男人的电话是在中午时分，他在医院食堂吃过饭，就打通了留在纸上的电话。一上午的时间，他梳理了昨晚的那个梦，真真的。他一遍遍研究着那一组数字，想着昨夜的那个梦，一上午虚虚实实的梦境和现实让他挣扎困惑。中午走进医院食堂，纷乱的人群让他回到了现实。他对自己说：你答应过芳芳。

他接通了电话，果然名字也对上了，他说出了芳芳电脑的密码。

那个男人听了，半晌没有说话，周百顺把芳芳交代的说了。男人突然问：你是谁，在哪里？周百顺说出了自己的名字和地址。

他听到电话那端那个男人倒吸了一口气，突然电话就断了。他举着电话，半晌才放下。他又拿过那张纸，看着纸上记着的人名以及一串数字，他不知自己是在现实还是在梦里。

大约一个多小时之后，一个小伙子出现在了他面前。他当时仍在值班室里发着怔，他觉得自己很冷，打摆子似的哆嗦着。他给自己加了一件衣服，还是冷，不停地抖。

小伙子的年龄和芳芳相仿，他一来就通报了自己的姓名，周百顺把记着他名字和电话、密码的纸递给小伙子。小伙子看了眼纸，又看眼他，自言自语地说：这密码是她的生日。

他就把昨晚做的梦冲小伙子说了。他刚开始叙说时，小伙子一脸的审视，不信任地望着他，后来就怕冷地哆嗦着身体。等他把梦说完了，小伙子哭了，很伤心的样子。

他想劝劝小伙子，小伙子伤心的样子让他难过，可他又不知说什么好。他抽出支烟，递给小伙子，小伙子没接，他自己点上。他抽完一支烟时，小伙子不哭了，狠狠地抹了一把眼泪说：大叔，让我看看她行吗？

周百顺望着小伙子，心里叹了口气，默默地拿过那串钥匙，他在前面走，小伙子跟在后面。

那个三十一号格子间又被他拉开了，他小心地替小伙子掀开了白床单，芳芳那张年轻带着哀愁的脸露了出来。他转过身，向外走去。走出太平间，把门带上。他站在阳光下，身上暖烘烘的。他歪着头看眼西斜的太阳。初春的太阳有些刺眼，他眯上了眼睛。

不知何时，小伙子立在了他的身后，小伙子哭过了，脸上带着泪痕。小伙子硬着声音说：大叔，谢谢你，芳芳显灵了。

他没说话，侧过身望着小伙子。

小伙子：芳芳死得冤，我一直等她醒悟，现在她终于醒悟了，可太晚了。

他伸出一只手在小伙子肩膀上拍了两下，提着钥匙欲离开。

小伙子居然在他身后叫住了他：大叔。

他停下脚步。

小伙子说：大叔，以后芳芳再给你托梦，别忘了给我打电话。

小伙子把那张记着自己电话的纸又递给他。他接过来。

小伙子：大叔，我和小芳都信任你，因为你是好人。

他叹口气，提醒小伙子道：她明天就要走了，怕是不会托梦给我了。

小伙子的嘴又瘪了下去，又想哭的样子。

他再说：芳芳说，你一定能办好她托付的事。

小伙子咬住嘴唇点了点头。

那件事过去了许久，春天过去了，夏天到了，他差不多快把芳芳的事忘记了。太平间每天都有许多人进来，又有许多人从这里离开，男男女女，有年长的，也有年轻的，他们就像在这里住店，来了登记，走的也登记。他们都去一个共同的地方。

那个夏天的傍晚，他穿过医院的走廊，再走过大厅，白天热闹非凡的医院就诊大厅此时已经冷清下来，只有急诊窗前有几个人在候诊。他要出去买包烟，于是走出医院大门，和看门的保安打了个招呼，保安们只和他打招呼，并不多说什么，他的工作不会让人亲近，人们都远远地躲着他。他也不凑热闹，就是打个招呼。他买完烟，路过一个报刊亭，每次买烟都会路过这个报刊亭，摊位上堆满了花花绿绿的报纸和杂志，他扫了一眼，便被一张报纸上的一个标题吸引了。一个似曾相识的名字吸引了他：刘大庆。他走过去，拿起那张晚报，看到一行醒目的标题：《某某局原局长刘大庆被批捕查办》。

他买下了那张晚报，有些迫不及待地走回值班室。刘大庆被捕了，报纸上罗列了刘大庆的罪行，不仅买官卖官，还进行权色交易，利用单位基建贪污公款和吃拿回扣上千万……

那条消息他一连看了好几遍。他又想到了芳芳还有那个小伙子。他想了想，走出门去，拿着那张报纸，他把报纸点燃了，报纸烧了起来，通红一片，很快就化成了灰烬。他看着那堆灰烬说：姑娘，看报纸吧，刘大庆落网了，你的心愿达成了。做完这一切，他似乎才终于完成了一件事。

那天晚上，他又做了一个梦，芳芳又飘到他的跟前。芳芳说：大叔，谢谢你。刘大庆这个坏人终于有报应了。

芳芳一脸轻松，哀怨不见了。

他说：姑娘，你好好的。

芳芳说：大叔，再求你最后一件事，帮我打个电话，告诉我前男友，我爱他，对不起他。我在这边等他，如果他愿意，等他到了这边，我再干干净净地嫁给他。

芳芳说完这话就走了。

他醒来时，已经满脸是泪。

天亮之后，他拨通了小伙子的电话，把昨夜的梦告诉了小伙子。他在电话里听到的是小伙子的哭声。

## 周　雪

在周百顺眼里，周雪是他唯一的念想和亲人。

周雪上大学，又当老师，周百顺很满足。自己当年没能考上大学，打了一辈子工。他们那拨同学，考上大学的，从毕业后不仅有稳定的工作，混到现在都是有头有脸的人了。即便没当官，没做生意，日子过得也滋润，老婆孩子齐聚一堂，脸色红润，身体硬朗。自从自己走上打工这条路之后，他和那些考上大学的同学就注定是两个世界的人了。不打工，就不会从脚手架上摔下来，腰就不会受伤，更不用驼着背当一个守灵人。

从年轻那会儿，他最大的心愿就是希望女儿周雪学习好，将来能上成大学。每年他大部分时间都在工地，只有很少的时间和女儿在一起，每次回家前，他都要去城里的书店转一转，买几本书，沉甸甸地背给女儿周雪。每次把这些书放到女儿面前时，他都观察女儿的反应，女儿有时喜欢，有时不喜欢。不管女儿喜不喜欢，他每次回家，都要买上一摞书送给女儿。他发现那些书有时周雪连碰都没碰过，看着那些书就有些伤心，拿过书抚摸着，一遍遍地说：闺女，你咋不读这些书？这可是爸用血汗钱换来的。

女儿仰起脸告诉他：爸，你看你买的是什么书，这是建筑学，还有这本，这是经济学，我怎么能看懂。

他明白了，原来女儿不是不看，是他买的书不对路子。他再给女儿买书时，就精挑细选，专拣女儿爱看又能看懂的书。

功夫不负有心人，女儿终于考上了师范学院，从那时开始，他就把女儿挂在了嘴上。不论任何场合，别人说到家人，他就会说到女儿，女儿现在是名大学生了，是师范学院的。女儿成了他的骄傲。

女儿上学就在市里，他差不多每个周末都要挤出时间去看女儿，走在女儿的校园里腰杆是笔直的，他换上了每次回家才穿的衣服，衣服和裤子都用热茶杯熨烫了，皮鞋也擦过了，一尘不染的样子。他咔嚓咔嚓地走在校园里，看着和女儿同龄的孩子阳光自由地走在校园里，他感觉生活是那么的美好。见到女儿，他是空前幸福的。

每次见女儿，都要给女儿带些水果，送到女儿手上。女儿不忙时，他会带她出门吃顿饭，每次点菜时，都把菜单递到女儿手上，吃什么都由女儿说了算，不管自己爱不爱吃，只要女儿爱吃他就是幸福的。

看着女儿，他的目光如水一样温存，女儿已经是大学生了，长成了大姑娘的模样，举手投足完全是成年人的做派了。他欣慰着，也焦虑着，每次见女儿，他都婉转地问女儿有没有交男朋友。女儿先是红了脸，不好意思的神情，羞涩着低下头又摇摇头，他放下的心又担忧起来。他听别人说，凡是上大学的孩子十有八九都会恋爱，即便谈不成也当成社会实践了。他担心女儿被人骗，吃了亏，又担心女儿不会谈恋爱，长大了没人娶。周百顺为女儿开始纠结了。

女儿临近毕业那一年，带了一个男孩子来见他，女儿介绍小伙子姓卫，是女儿的同学。周百顺一见这小伙子就明白了，这小伙子和女儿谈恋爱了。他热情有加，找了一家像样的饭馆请女儿和小伙子吃了顿饭，席间问了小伙子许多话，仿佛明天女儿就和小伙子结婚了。小伙子留有余地地回答了他的问话。在吃饭时，只要他一说话，女儿就不停地在桌子底下碰他的脚，他明白，这是女儿嫌他话多了，但他还是忍不住问这问那的，似乎只有了解小伙子更多的情况，他才放心。

可惜，这个小伙子他就见了一面。女儿毕业后，在县城里联系了一所学校当了老师。他在县城里见到女儿时问起了那个卫姓小伙子，女儿这会儿似乎已经从失恋中平静了下来，告诉他，和那个小伙子早就吹了，原因是自己没能在市里联系到工作。卫姓小伙子是市里人，自然不会跟她到县里工作。

听了女儿的叙述，他心里就有些替女儿悲哀，就是工作地点影响了女儿的爱情。爱情是现实的，也是入世的，他责备自己没让女儿生活在一个更好的家庭，心里沉甸甸的，觉得亏欠了女儿。

女儿工作了，他从脚手架上一脚踏空掉了下来，人生就改变了模样。

当上施工组组长之后的他不用每天上脚手架了，只是偶尔检查施工进度和质量才会到脚手架上去。那天他就是去检查工作，按要求是要系安全带的，他嫌系安全带费事，他可以要求别人那样做，而他是检查工作的组长，没人要求他，结果就出事了。他先是蹲在脚手架上查看施工的质量，也许是蹲得久了一点，他起身时，眼前一黑，身子向后仰去，他扶了一下，没扶住，人就从脚手架上掉了下去。好在受伤的只是腰，做了手术，又养了一阵，他出院了，腰却再也挺不直了，人似乎一下子老了十几岁。他已经不是以前的周百顺了。工地他不适合再干了，他先是回到家里，住了一阵子，那会儿女儿已经工作了。周奋强从小到大学习都不好，上高中时只读了个职业高中，高中一毕业就急不可耐地去超市当了宋春梅的助手，进货上货，经营着超市。所有的超市都不如以前那么好经营了，但毕竟是个营生。宋春梅和周奋强把超市当着营生经营着，日子过得比上不足，比下有余。

有时他看着周奋强这孩子就想：起了个名字叫奋强，却一点也不要强。周奋强已经长成个大小伙子了，威武地站在他面前，个子比他高一头，每次周奋强出现在他面前，都会有种压迫感。他的眉眼越来越像姜虎了，每次都生硬地叫他爸，他也应，却觉得和周奋强有着十万八千里的距离，因为他和周奋强天然地隔着一层。长大后的周奋强和他距离自然也是远的。周奋强很少着家，忙完了超市的活儿，就跑出去要么唱歌要么去网吧，总之，没有消停的时候。周奋强无论怎样，他都不操心，他犯不着去操那个心。他和宋春梅都心知肚明，但他一直吃不准周奋强心里有没有数。他又不能问，就把这个悬案一直在肚子里装着。

宋春梅一如既往地对他，把他视为空气。在他眼里，宋春梅虽然和他一样也老了，但姿色犹在，每天都穿着光鲜地去经营超市，有时准时回来，有时很晚才回来，然后干自己的事，仿佛家里没他这个人。周雪小的时候，他经常陪着女儿觉得还是份寄托，觉得这里还是个家；女儿现在工作了，很少能够回来一趟，家也不像以前那个家了，他觉得自己成了一个多余的人。

来到太平间工作，还是工地上一个工友帮他介绍的。当时他没有犹豫，他只有一个目的，那就是离开这个家，只要有住处，有能吃能住的地方，他就心满意足，不是为了工作，是为了离开这个家。

太平间成了他的家，此时的周百顺已经是个彻头彻尾的守灵人了。他现在唯一惦念的就是女儿周雪。他隔三岔五地会把电话打给女儿，和女儿唠上几句。他最关心的就是女儿的男朋友，只要女儿有了男朋友，就会结婚，有个家。他甚至幻想过，只要女儿有了家，他就不再回和平镇那个家了。他要去找女儿，女儿是他生是他养的，如今自己老了，女儿就是他的家了。一想到这，他心里就很温暖。他就更加急迫地希望女儿早日成家。女儿知道他的担心。

有一次是个周末，女儿来到了市里，到市里后给他打了个电话，说在医院门外呢。他急三火四地出去了，不仅见到了女儿，还见到了女儿身边的一个男人。女儿介绍说：这是大刚。

女儿和一个小伙子同时出现在他面前，不用问他也明白女儿和小伙子的关系。周雪也的确在和大刚谈恋爱，两人在周末到市里来玩，顺便让他见了一面。他又张罗着找饭店，女儿说要请客，他只能随着他们。三个人坐下来时，他才知道大刚和女儿是同事，是语文老师，很老实本分的样子。他吸取了上次的教训，女儿和大刚不说，他也不多问，不停地为大刚老师夹菜劝酒。他年纪大了，已经不胜酒力了，只给自己点了一瓶啤酒，倒在杯子里，一半是酒一半是沫子地放在眼前，就是做个热络的姿态。女儿就向大刚介绍父亲：我爸是搞建筑的，年轻时在南方工作，后来回到了市里，我爸还是建筑工地组长呢。后来我爸检查工作伤了腰就不在工地上干了，现在在市医院工作。

女儿把他的工作说得无限美好，打工不叫打工叫工作，女儿一直强调他当过组长的职务，甚至在太平间守灵也变成了在医院工作。

大刚就问：叔，你在医院做什么工作？

他看了眼女儿，犹豫着如何表述自己的工作，他希望用女儿的语言把自己的工作说得委婉一些。

周雪却抢过他的话头说：我爸在医院值班登记。

大刚就噢噢地点头，似乎明白了。

周雪又补充道：我爸和医院各科室的人都打交道，以后要是有朋友生病看病，找我爸就行。

大刚再看周百顺时，眼神里就多了份敬重。女儿就打着哈哈说：我爸没受伤时，长得可帅了，人也年轻。

听了女儿的话，周百顺的眼眶就热了。

后来趁大刚去结账，他小声地问女儿：你妈见过这个大刚吗？

女儿说：我带大刚回过两次家了，我妈和我弟都很满意。

他冲女儿点着头，心里就冷了一些。全家人他是最后一个见到大刚的。

大刚回到饭桌上又坐了一会儿，女儿说：我爸受伤后，我妈不希望我爸工作，可我爸闲不住，非得要出来工作。

大刚就点头道：阿姨的超市我去过，生意很好。

他只能点头，嘴里支吾着。

女儿带着大刚就走了，挎着大刚的胳膊回过身冲他招手。他努力让自己的腰挺直些，也冲女儿和大刚招手，一直到他们的身影在自己眼前消失。

回到太平间值班时，他躺在床上大哭了一场，为自己，为女儿。女儿在男朋友面前粉饰着他。她内心是多么希望自己的父亲有本事呀，可他什么本事也没有，只能靠女儿去粉饰。他为了自己的这一生一事无成伤心难过，哀哀地哭着。女儿从小到大，他什么忙也没帮上。那些有权有势的爹，要么把孩子送到国外，即便不送国外也会把孩子送到大城市去。

女儿当初和他通电话时告诉他，她能在县城工作，是母亲在县里找了人。女儿没说找的是什么人，但他知道一定是姜虎帮了忙。姜虎已经是县长了。当时他听了女儿的话，心里也阴晴雨雪地不是个滋味。

以前，他只觉得在宋春梅面前是个无用的人，现在，在女儿面前他也是个无用的爹了。他彻底悲哀了。

渐渐地，他给女儿打电话的次数少了，他怕连累女儿。

女儿不久就要结婚了，打电话把结婚的日期告诉了他。他在电话里冲女儿说：你结婚爸就不去了，爸这里离不开人。

周雪没说什么，只是说：行，我和大刚解释一下。反正现场有我妈我弟呢。

女儿的轻松态度让他越加失落。

女儿结婚那天，他在外面站了许久，遥望着县城方向，看着时间，想象着女儿婚礼的进程。他在心里一遍遍为女儿的婚礼祝福着。

第二天，女儿给他打了一个电话，告诉他婚礼如期举行了，一切都好，不用他惦念。还说大刚给他寄了两条烟，还有喜糖，让他注意查收。他一边接女儿的电话一边流泪，哽着声音冲女儿说：爸爸都好，你也不用惦念。你们要过好日子。

女儿在电话里一一地应了。

他放下女儿电话，祈求着女儿的日子。他希望女儿和女婿的日子风调雨顺。

从那以后，他心里就少了一份念想。女儿大了，成家了，不需要他操心了。他劝自己，不要去想，可他还是忍不住去想。以前有女儿在，是女儿维系着他和那个家的关系。女儿成家了，他没了家。

# 第九章 B

## 遗憾与期待

潘小年被处决，系列强奸杀人案被画上了句号。

许多知道案件的县城百姓谈论一阵子就换了新话题，当年让全县人民震惊的系列强奸杀人案渐渐淡出了人们的视线。

徐玉珠似乎也平静下来，每次吃饭时，也不在桌前摆放一只空碗了。她只把女儿文文的一些小物件收起来，偶尔在没人的时候拿出来看一看，缅怀一下过去的时光中和女儿的点滴温馨。

周末的时候会做上一桌好菜，提前打电话约来女儿女婿一家人。

娇娇已经成为一名幼儿园老师了，自从当上幼儿园老师，娇娇的性格又恢复到了本来面目，爱说爱笑，乐观向上。方晓明和娇娇的儿子已经上学了，他们儿子的名字叫南南。和美的一家三口人，每次出现在徐玉珠面前时，都是一幅温馨美好的画面。日子就不紧不慢地这样过着。

许多年过去了，卢国正仍隐隐地期待着。潘小年的案子结得仓促草率，他知道，很多人希望结案。他明知道潘小年的案子漏洞百出，经不起推敲，可案子还是结了。他一直有预感，那个杀人色魔还会作案，他隐隐地期待着，只有色魔作案，才能证实他的预感。可自从潘小年被枪决之后，杀人色魔就像人间蒸发了，此类的案子再也没有发生过。当年和他一样怀着质疑的许多人，似乎也对潘小年的案子默认了。

卢国正没有放下潘小年的案子，确切地说他对杀人色魔没有放下，他一直觉得那个真正的犯罪分子就在暗处躲藏着。在以后的工作中，他又经历过许许多多的大案要案，他办这些案子时，都会和杀人色魔的案子联系起来，希望发现蛛丝马迹，但这样的迹象从来没有出现过。卢国正在心里就一次次失望。作为公安局长，他自然不希望有那种大案要案再次发生，但他说服不了自己让真正的强奸杀人犯逍遥法外。真正的犯罪分子一天不落网，他就一天不得安宁。他担心案件又一次发生，又期盼案件发生，他矛盾着，困惑着。

一晃又一晃，卢国正到了退休的年龄。县委组织部一纸退休命令，他要告别干了大半辈子的公安局了。

交接工作前，他拿了档案室的钥匙，来到了档案室，找到了潘小年的卷宗，关于这个案件所有的卷宗和证据都在这里了。他一页一页地翻过，当年办案的情景一幕幕地又呈现在他的面前。三十多年的时间，办过上千上万个案子，没有一起案子让他这么牵肠挂肚，心存遗憾。他以后不会有机会接触案子了，他要把潘小年的案子牢记在心。

他用了一上午的时间，把关于潘小年所有卷宗又翻了一遍，当年模糊的记忆又在脑子里印证了一遍，他这么做似乎是为了更清楚地记着它。

他在交接工作前，在信访办公室里，又接待了一次秦玉凤——潘小年的母亲。

秦玉凤为儿子的案件已经成了上访的专业户了，隔三岔五地她就会往公安局、法院跑一趟。之前，他也接待过秦玉凤，女人又哭又闹，跪在他面前，一遍遍地喊冤。后来工作人员就不让他见这个女人了，因为再见已经没有什么新意了，反反复复就是那几句话。从那以后，秦玉凤仍然来，在信访办公室里哭诉着要说法，后来不哭不闹了，就在信访办坐着，就像一个编外职工似的。

这次见到秦玉凤时，他发现这个女人也老了，但精神头还在，似乎比以前平静了许多，沧桑早已写在了脸上。

秦玉凤见到他，自然认识他，眼睛潮湿了一些道：卢局长，你都老了，可我儿子的案子还没申诉下来。

卢国正冲秦玉凤就说：我已经退休了，咱们最后一次唠唠，有啥话你就说吧。

秦玉凤：你退了，我也会来。你不当局长了，总有人当局长。只要我儿子的事一天不平反，我就还会来。

卢国正望着秦玉凤，他有些佩服眼前这个女人了，不，应该说是位母亲。

卢国正就软着声音说：潘小年的案子我们查了几遍了，上面也下来人查，除非有人能找出不是你儿子作案的证据。他说这话时是无奈的，公事公办的样子，他不这么说又能说什么呢？

秦玉凤靠在椅背上，这种话她已经听过无数遍了，从省里到市里又到县里，所有人都这么说。她坚信，儿子的案子总有一天会水落石出的。她看着卢国正，目光中就多了一些同病相怜的味道，她说：卢局长，你女儿被害了，我替你难过，可这账不能记在我儿子头上，他是冤枉的。

卢国正站起来，在秦玉凤面前踱了两步，又停下。他掩饰着内心的焦灼，冲秦玉凤道：你是当妈的，我是当父亲的，你做的一切我拦不住，我只能说佩服你的精神，你的事我会交接给下一任局长。

卢国正说完就走了，背后是秦玉凤坚硬如铁的目光，一下下戳在他的背上。

卢国正走了，新任局长像他当年送金局长时一样，恭敬肃立地把他送到楼下，送到车里。这辆车是局长专车，送完他这一次，这辆专车就属于新任局长了。

他坐在车里，看着车缓缓驶出公安局的大门，路过的警察在车外向他敬礼，他点了头示以同样的问候。

车驶到马路上，他回过一次头，看见门口公安局的牌子，又看一眼曾经办公的办公室窗口，他的眼睛有点潮。他马上转过头，发现司机小王在后视镜里正在观察他。他笑了笑，冲小王说：放支曲子吧。

以前办事累了，他坐在车里，经常让小王放各种音乐。时间久了，小王知道他爱听什么样的音乐。小王把一张光盘插到播放器里，很快那首著名的萨克斯演奏的曲子《回家》在车内响了起来。

回家，回家，他想到了家。

## 方晓明和卢娇娇

在方晓明的眼里，卢国正就是父亲的化身。卢国正也一直担当着父亲这个角色。他先是顺理成章地和卢文文恋爱，那是他的初恋。卢文文护校毕业，她的性格也像护士一样，软软的像水，说话总是轻声细语，一双小手也是软的，她经常把她的手放在他手里，任他拉着。她总是对他体贴入微，冷了热了，总是及时提醒他添衣或减衣。更多的时候，文文更像他的母亲。他喜欢这样的感觉。他和文文认识的时间并不长，到刑警队报到后，他才认识护校即将毕业的文文。文文当时还是小姑娘，一说话就脸红。那会儿他经常去卢国正家做客，也许是卢国正的精心安排，他每次来，文文都在家。每次吃完饭他离开时，卢国正都要安排文文相送。最初文文只是礼节性地把他送到门口，说两句客气的话，他告辞，文文就说：晓明哥再见。他比文文大三岁。

后来，她会陪他走一段，他说警校，也说刑警队的事，她说护校和未来的工作。年轻人总有许多共同语言，他们对生活充满了憧憬。

文文从护校毕业后，便进入县医院当上了一名真正的白衣天使。两人的恋爱从那时才真正开始。一切都水到渠成，顺理成章。文文工作一年之后，卢国正和徐玉珠正式地把他约到了家里，席间卢国正说：你们准备结婚吧。徐玉珠也说：就是，早晚的事。

然后他们就开始筹备结婚。两个年轻人对生活充满了期待，一个警察，一个护士，在任何人眼里都是那么门当户对，认识的朋友都给予他们美好的祝福。

在婚礼三天前，他和文文最后一次告别是在他们的新房里，文文有许多婚前的事要准备，窗帘还没做好，新被还要缝制，他一直陪着文文在忙这些。那天忙到深夜，文文说不回家了，她要在新房里住一夜，反正第二天还是要忙。他也想留下陪她，文文却说：这样不好，你还是走吧。

他没强迫她，反正三天后，她就是他的新娘了，他没必要这么急迫。他走了，她送他到门口，她在后面抱住了他，伏在他耳边说：晓明哥，三天后我就是你的人了。她呼出的热气吹在他的耳畔，暖暖的，痒痒的。他在她的怀里点点头。他们就告别了，他还替她关好院内的门，恋恋地挥了一次手。他一直看着她走进房间，熄了灯，他才离去。

他走在“十一”前秋天的晚上，北方的天已经有些凉意，但空气清澈，头顶上的天空繁星点点，他仰头望着天空，对未来对婚姻充满了美好的向往。

一切对美好的憧憬就停留在了那一刻的记忆中。

文文遇害后，在最初的日子里，他的一切都是混乱的，他甚至觉得这一切都不是真的，只是一场梦，梦醒了现实还要继续。然而这样的梦却一直没有醒来。他眼里的一切全变了。卢国正、徐玉珠，包括娇娇都和以前不一样了。他知道，他们比他还要难过，在失去亲人的时刻，用难过来形容是不确切的，而是一种说不出的疼，身上的每根神经都是疼的。

一直到他和娇娇两人结婚，那些日子，他和娇娇几乎每天都陪卢国正看电视，先是卢国正看《新闻联播》，然后是徐玉珠看电视剧。不论电视里演什么，他和娇娇都看得津津有味，他们不是为了看电视，是为了营造一种正常家庭的氛围。

有许多次，卢国正和徐玉珠对他们说：你们出去散散步吧。他俩不动，说还是家里好。周末或放假时，他们又说：你们出门转转，看看电影爬爬山。他们说：没意思。两人陪两个老人一起做饭，一起看电视。

卢国正退休后，方晓明担任了副局长，主管大案要案。在公安局，他已经是一名老资格警员了。

县城不大，自从发生色魔系列杀人案之后，似乎再也没有出现过特别重大的案件，所有的案件都在他们的掌控中，短则几天，长的一年半年也会破获。

潘小年被执行了死刑，县城的生活早就回归到以前的宁静。

有时他在办公室里看各式各样的案件卷宗，偶尔会想起“927”系列强奸杀人案，似乎不曾存在过。

起初他和卢国正一样，对把潘小年定为系列强奸杀人大案的元凶，他也怀疑过。潘小年的案子，他是主审刑警之一，许多证据和逻辑经不起推敲，潘小年一次次招供，又一次次翻供。但上级要尽快要说法，审讯的办案民警只能按照上级的意图去执行。潘小年便在劫难逃了。

强奸杀人系列大案结案后，他也担心过会再发生和以前手法相同的强奸杀人案，结果却什么也没有发生。他开始怀疑自己的判断。后来又有许多案件发生了，他脑子里便被新案件占满了，潘小年的案子就一点点地被挤走了。

现在偶尔他会想起潘小年的案子，只是一闪而已，毫无头绪的案子让他无从下手去梳理和甄别，只能压在他的心底。

# 第十章 A

## 艾滋病死者

守灵人周百顺在登记新来的一个死者，死者的死因让他停下了手中的笔。死者卡片上，死因一栏里写着：艾滋病。艾滋病这种有着洋气名字的病，他无数次地听过，但没见过。在他做守灵人的这段时间里，因各种病而死的人他都见过，唯独没见过艾滋病患者。他停下了手，把死者又从格子间拉出来，一床白布盖在死者的身上，他掀开白布，露出了一张中年女人的脸。脸灰白着，瘦得出奇，差不多皮包骨那一种，头发是稀疏的。他忙把床单盖过去，慌张地把格子间复位。

太平间里的死者，什么惨状的都见过，但这位艾滋病患者的容颜还是让他心生恐惧。他留意了一下，死者的名字叫张蓉。

太平间里多了一个艾滋病死者，对周百顺来说只是个小插曲，只不过让他多留意了一眼而已。他登完记，走回值班室时，洗了手，给自己沏了杯茶，然后点了支烟。他想静下心来想想女儿周雪。周雪已经十几天没给他打过电话了，他思念女儿，惦记着。女儿的新家他还没去过，新婚后的女儿生活又该是个什么样子呢？他开始牵肠挂肚思念女儿了。

可自从艾滋病死者出现，不知为何，他却静不下心来思念女儿了，心思总是被那个死者牵去。稀疏的头发，面黄肌瘦的一张脸，在死亡的人群中，这是一张普通得再不能普通的脸，然而就是这一张脸却始终在他眼前浮现，一次又一次，很顽强的样子。他后悔掀开了那床白布。后来他想，也许是她得了艾滋病的缘故吧。什么样的女人会得艾滋病呢？她的病因让他不停地去想。

晚饭时，他走出医院，穿过马路，买了一份晚报，想了想又到食杂店买了一瓶酒，这才向医院食堂走去。从食堂里把饭菜打回到值班室，坐下来，他慢慢吃，慢慢喝，手里翻着晚报。这一阵子不知怎么了，他总是失眠，失眠的时候就会想起各种事。有时想小时候，活蹦乱跳的年纪，很鲜活地在他眼前呈现。又想到了自己读书的年代，读书的日子对他来说，不好也不坏，他那会儿的理想是当一名大学生，可高考的成绩让他汗颜。悲哀的不是他一个人，是同龄人中的大多数，这么多人落榜流落到社会上，都是一群抢饭的人。他的父母都是老实巴交的人，一辈子没权没势，堂哥那会儿已经在镇食堂当师傅了。

那会儿的堂哥在他们眼里算是最有出息的人了。堂哥每日尽量穿着光鲜，骑着自行车去镇机关上班，红光满面的。

南方的经历让他很快成长为一名男人，风吹雨淋的工地生活让他成长。如果没有南方打工的经历，也许连个老婆都难找。如果没有宋春梅的出现，他的生活就是另一番模样了。

五十出头的周百顺，盘点着自己的阅历，有苦有甜。年轻那会儿，他总希望自己的命中会有奇迹出现，比如买张彩票中大奖，或者出门捡一个狗头金，抑或某某领导赏识他了，他能来个鲤鱼跃龙门啥的，结果在他的生命经历中，一样也没有出现。

周百顺回想起几十年的人生经历是焦虑的，五十多岁的人了，不可能再出现奇迹了，守灵人的工作是他人生最后一站了，他心不甘也没用了，他有的只是眼前的现实生活。他对现实是接受的，可女儿并不这么想，向外人介绍他时，说他是名医院职工，从来不说是守灵人。因为他的身份，女儿都渐渐疏远他了，有时十天半月的也不打一个电话。女儿的疏远让他有了悲凉感。

焦虑的周百顺开始失眠了，在失眠的日子里，他养成了看晚报的习惯。每天他都会买一张晚报，从头到尾把晚报上的字读了，还是睡不着，脑子里杂七杂八地想着和自己有关没关的事。

他已经许久没有回过家了，人们都知道，他现在是守灵人。他回过一次家，左邻右舍的人都躲着他走路，就是打个招呼，人们也是远远地说上两句，仿佛他是从太平间里钻出来的一具僵尸。

宋春梅对他的态度更不用说了，他刚进家门，沙发套和床套就都被换了，换成了一片片白布，严严实实地把家裹了。他在家住的一夜，宋春梅连家门都没进。人们躲避瘟神一样躲避着他。既然每个人都不把他当人，那次离开家之后，他就彻底打消了再回家的想法。一切和他都没关系了，太平间值班室就是他的家了。他甚至想过，如果有一天死在值班室里，那将是他最好的归宿了。

周百顺胡乱想着自己糟糕的一生，他的思绪也就越发混乱。一会儿想这，又一会儿想那，日复一日，单调的生活让他的想象空前活跃。

那一夜又是个失眠的夜晚，他似睡非睡间，一个女人的身影就站在了他的床旁。他看着女人，自从当上了守灵人，他对鬼神已经不怕了。他看着女人。

女人就说：大哥，我是张蓉，得艾滋病死的。你别怕，我想求你件事。

他说不出话，内心却是平静的，这辈子没人求过他，只有鬼来求他了。

张蓉说：三天后没人会为我收骨灰，我就求你件事，把我骨灰收了，放哪都行。

张蓉低下头，她在流泪，他吃惊地看着她，他想不出女鬼还会流泪。

张蓉一边流泪一边说：大哥，你别把我想象成坏人，其实我是个好人。我得这个病也不是自愿的。其实我不叫张蓉，我的真名叫于小苹，自从我离家出走，去了南方，我就给自己改了这个名字。

女人说出“于小苹”这个名字，周百顺的记忆复活了。他在堂哥嘴里听到过这个女人的名字，当初全家人劝他离婚，给他介绍的女人就叫于小苹，被人强奸过，被丈夫逼着离婚的女人。

于小苹抬起头，泪水涟涟地说：大哥，你还记得树林的强奸案吗？我就是那个于小苹，丈夫和我离了婚，连孩子都不让我看一眼，我只能躲到娘家去了。我想嫁人，什么人都行，就是那个强奸我的人如果说娶我，我也会嫁给他。当时我只有一个愿望，就是不想离开县城，我放心不下我那个刚出生的孩子。结果没人肯要我，就因为我被人强奸过。我想过死，我想跳河或者走到铁路边让火车撞死。可我又没有死的勇气。我只能离家出走，既然没勇气死，那就活着。我要等我的孩子长大，我舍不得孩子。我去了南方，我想找份工作，找了许多家，我没有技术，没有特长，人家不要我。我稀里糊涂地去了歌厅，就在那开始了工作，陪人唱歌喝酒，也陪人睡觉。我想多挣点钱，将来留给孩子上学。我没权利养孩子，我要换一种办法去帮我的孩子。那会儿，我想开了，我是被强奸过的女人，男人不要的女人，我还留给谁，替谁守贞节？在歌厅里有人要我了，我就陪男人睡觉，只要给我钱。反正在南方没人知道我，他们只知道我叫张蓉，那只是我的一个代号而已。于小苹已经死了，死在老家的县城里；张蓉还活着，活在南方的歌厅里，还有男人的床上。以前我爱看书，爱读诗，自从到了南方，我连一张印有文字的纸片也不去碰了。以前的于小苹已经死了，活着的是醉生梦死的张蓉。

大哥，我跟你说的是实话，都到了这时候了，我没必要骗你。当时仗着我自己还年轻，也算有些姿色，还有男人愿意花钱和我睡觉，睡就睡吧，我为了钱。我开始挣了点钱，都存在银行里，想给孩子寄回去，又怕暴露我的身份。那会儿我一门心思想挣钱，让孩子以后过上好日子，也是当妈的在赎罪，赎自己欠孩子的养育之情。

我在南方换了好多城市，换了好多家歌厅，和我睡觉的男人我都数不清了。后来年纪大了，歌厅做不下去了，我就去洗浴中心。有一阵子扫黄扫得特别厉害，洗浴中心被查封了，做不成了，我就去按摩房和足疗店。再后来那里也不安全了，总有政府的人来查，只要被政府的人抓住，我们这些人就会被遣返。我怕被人抓住，要是让人遣返送回老家，那我肯定活不成了。为了安全，我就在自己租住的房间里做那事，自己上街拉客人，自己经营自己，怕被政府的人盯上，我不停地换地方，从这个城市换到另外一个城市。

有一次还是被便衣警察抓住了，被关进了收容所，接下来就是被遣返了。我没脸回来，我一直不说自己家里的地址，不论警察怎么逼我，我就是不肯说出自己的真实地址。后来收容所里又来了好多人，已经装不下了，在转移时，我借着上厕所跳窗子跑了。

从那以后，我不敢再当妓女了，我怕被政府再次抓到，我怕被遣送回来。我被强奸过，在老家人眼里我已经是个脏女人了，当了妓女的事让老家人知道，我肯定活不成了。我没脸活了。其实，被强奸后，丈夫和我离婚，我就想过死，也许死了就一了百了了，可最不放心的就是刚出生的孩子，他刚来到这个世界上，我不能让他成为没妈的孩子，我要活着，等我的孩子长大。

我当妓女，就是想多挣点钱，留给我的孩子，就是有一天我孩子不认我，我也为他努力付出过，只要孩子好，我就死而无憾了。为了孩子，我也要活着。当妓女那会儿，我怕让人认出来，每次换工作的城市，都是往南走，因为越往南走离家越远，碰到老家熟人的机会就越少。可还是碰到过熟人，我当然不能承认，认识我的人都知道我叫张蓉，我已经不是以前的于小苹了。但我毕竟不是张蓉，我还是怕，怕把我的名声传出去，孩子长大了再也不认我了。

我在歌厅、洗浴中心、足疗店干了几年，有了些积蓄，我不敢随便乱花钱，为的就是留给我的孩子。

警察抓我们很紧，三天两头来查这种店，我年纪也一天天大了，做这行真做不动了。我想换一个工作，堂堂正正地做人。许多做这行的姐妹，挣了钱都改行了，有的开店，有的结婚生孩子去了。我羡慕她们，因为她们在家乡人面前是干净的。可我不行，老家暂时还回不去，我只能在外面漂着。

经以前歌厅一起做事的姐妹介绍，我去一家饭店工作，人家也同意收留我，但入职前必须要体检。体检我不怕，我还不到三十岁，身体没大毛病，就是这几年天天上夜班，身体熬得有些虚了，脸色也不好，要是不化妆，都不敢去见人。我知道，就是缺少正常人的生活才造成现在这样，一旦有个正常工作，不用半年，我又会活蹦乱跳。

体检过程中出了问题，先是抽了一次血，过几天又通知我去抽血，最后用人的饭店就告诉我不用我了。我问原因，人家也不说，就是说身体检查不合格，我管他们要检查报告也不给我。

后来在饭店工作的那个姐妹似乎听到了什么，找到我让我自己花钱再抽一次血，我不知道自己得了什么病，就又一次抽血化验。几天之后我去取结果，那儿的医生告诉我，我得了艾滋病。我当时整个人都蒙了，以前姐妹提醒过我，不管遇到什么客人，一定让他们用工具，我也这么做了。可客人和客人不一样，有的客人不喜欢戴那玩意，说没感觉，我逼着客人用了，可一转脸客人又摘下去了。当时就是侥幸，谁知自己却中了这么大一个奖。人们都说，出来混总是要还的，我就还呗。

工作找不成了，我只能先给自己治病，跑了南方城市的各大医院，人家劝我回老家找政府，政府对得这种病的人是有照顾政策的，会发放免费药物。我回不了老家，只能打游击似的到各大医院开药治病。

我治了几家医院，自己不挣钱，每天花钱，看到存折里的钱越来越少，我开始害怕了。我身体没什么反应，跟好人一样，我就有了侥幸心理，认为吃了药病已经好了。我又开始找工作，找那种不需要体检就能工作的地方。

后来我到了家政公司，人家也要体检报告，但有人告诉我，体检报告可以作假，我花了五十元钱买了一张假体检报告，就到家政公司上班了。

在那工作就是小时工，替人家打扫个卫生做个饭什么的，按小时算钱。只要自己能养活自己，我就心满意足了。

我遇到了一个好人，一个离异的四十多岁的中年男人，带着一个老父亲，老父亲差不多有八十岁了，得过脑中风，行动不方便。我在他家做工，他要求我住在他家里，这样工作才方便。节省了租房子钱，我是很高兴的。人家对我不错，管吃管住，工资一分钱不少我的，平时打扫个卫生，做个饭，然后就照顾老人。老人很懂事，从不给我添麻烦，就是上厕所一定要我扶着他去洗手间。老人也不是完全不能动，就是行动不方便。说真心话，我满意这样的工作，人家信任我，我就要对得起人家。每次做饭，接触老人，我都要洗手，干干净净地做事。

这个老人我也很喜欢，我一见到他就想起了自己的父亲。我父亲没他岁数大，但都是老人了，将心比心，我悉心地照顾老人，总给他做一些合口的饭菜，有时还会扶着老人到外面去晒晒太阳。

老人当过军人，他喜欢看战争电视剧，还喜欢看新闻。我就专门找这样的片子陪老人看。我对老人好，人家儿子心里是有数的，给我工资时，有时就会多上一百二百的。从老人的嘴里，知道老人儿子离过婚，有个孩子，孩子被女方带走了。这两年老人病在床上，儿子没心思谈对象，把心思都用在了老人身上。老人说起儿子一脸歉意和愧疚。老人心疼儿子，却帮不上忙，只能暗自着急上火。

时间久了，我和男人熟悉了起来，我们经常聊天，知道男人开了一家小工厂，专门做毛绒玩具，有一次，还带回来几个毛绒玩具送给我。我很喜欢，放在床边。我对男人说，自己也离婚了，跑到南方来打工。我说了一半的实话，关于工作我却撒了谎，我没法说实话。一来二去地，我发现男人对我越来越好，看我的眼神也和以前不一样了。有一次晚饭后，男人约我去外面散步，我走在男人身边，吹着南方的晚风，浑身上下很是舒畅，看到大街上来来往往的人群，我好久没有这样的心情了，觉得这才是正常人的生活，心里就感叹，生活真好。

男人抓住了我的一只手，我明白他的心思，想抽回来，却抽不动。男人立住脚，面对着我，我的身后是一棵树。男人就说：张蓉，你嫁给我吧。

男人的想法让我吃惊，但我觉得配不上人家。

他又说：自从你来我家，我的家才像个家，我爸也喜欢你，我也离不开你了。只要你同意，咱们就结婚，变成一家人。

自从被丈夫赶出家门，我天天想有一个家，可我已经不是以前的于小苹了，我看着他，流出了眼泪。冷静之后，我推开他的手小声地说：让我想想。

男人很有涵养，没有逼我，我们又走了走，男人在这期间还到路边的店里给我买了冰激凌来吃。在这之前，从没有一个男人这么对过我。

那天晚上，我失眠了，我觉得自己很幸福，又觉得自己配不上这个好心男人。我又想到了自己的病，我决定自己再检查一次身体，要是身体好了，我就同意嫁给他，用自己的后半生报答眼前这个好人。

可检查结果让我大失所望，我还是艾滋病毒携带者。我的天塌了。

我不想连累好心的男人，只能选择逃离。哭过了，悔过了，最后留下一封信，离开这个男人的家，虽然我那么舍不得。

我又流落到另外一个城市，仍然做家政服务，打游击似的，这家做几天，那家又做几天。偶尔空闲下来，我还会想到那个做毛绒玩具的男人，还有躺在床上的老人。我一遍遍地在心里说：你们是好人。这样的好人错过了，就不会再碰到了，但我不能害人家。

从那会儿开始，我信命了，自己的命不好，作了孽理该如此。我断了其他所有念想，唯一留下的念想就是对孩子的思念。我经常看见街上走着的孩子，就想，自己的孩子该上小学了，和眼前的孩子差不多大小。一想起自己的孩子，我这心里一点缝也没有了。

我被丈夫赶出家门时，孩子才刚满百天，户口刚上，孩子的名字叫沈大力。名字是丈夫给起的，我也希望自己的儿子浑身是劲，是个真正的男子汉。看到和自己孩子年龄相仿的孩子，有时我会尾随着跟上人家走上几条街，看也看不够。还引起过误会，人家以为我是人贩子，甚至报警，当警察出现在我面前时，我才清醒过来。从那以后，我不敢尾随人家的孩子了，只远远地看着，脖子都探酸了。我想老家，想儿子。有许多次，我想回家，找回之前真正的于小苹，有几次我都买好回家的车票了，后来还是清醒了，我已经没有家了。

这样的日子又过了几年，我的身体开始出现了反应，刚开始经常感冒，伴着低烧。医生以前和我讲过，艾滋病发病的征兆就是免疫力低下，病毒已经开始破坏我的免疫力了。我经常卧床不起，浑身无力，头晕眼花。我不敢去求医，怕医院再也不让我走，还有就是，我不能再花钱了，辛辛苦苦挣的那些钱都存在了卡上。卡从来不带在身上，被我缝在枕头里。

钱是留给孩子的，从儿子百天之后，我就再也没有尽过一个母亲的责任。百天的孩子就断了奶水，离开了母亲的怀抱，孩子一路是怎么长大的呀，我一想起来就自责难过。欠儿子的太多了，这些年辛辛苦苦，自己不忍心花钱，唯一的信念就是多给孩子挣点。

艾滋病毒在身体扩散后，我似乎觉得自己的生命走到了尽头，愈加地开始思念家乡了，因为那里有儿子。

后来我还是下定决心回家，我怕自己死在异乡，所有的努力都将付之东流。我买了车票，终于和南方告别，踏上了回乡的列车。列车启动那一瞬，我再次流泪了。

再次回到家乡时，已经人近中年了。离开家时，我才二十出头，风华正茂。如今，我面容枯黄，鬓边已多了几缕白发。走在街上，没有人能认出我，我也不认识别人，街上早已物是人非。

当年父母居住的那条小胡同已经不见了，变成了高楼。我还是辗转着找到了父母的家，远远地站在一个小区门口，等待着父母的出现。等了许久果然看到了父母，两个人出门去买菜，母亲走在前面，父亲在后面跟着。虽然近二十年的时间过去了，我还是一眼认出了自己的父母。他们老了，走路的脚步已经不稳了。

从南方回来之前，我就已经下好决心，不论遇到什么事，我都不会再以于小苹的形象出现了，我不能打乱他们的生活，他们早已经适应了没有我的生活，也许在他们的生命中，我早已经不在了。我的出现，对他们来说于事无补，只能是破坏。

儿子沈大力，我是在中学的操场上见到的，儿子已经是个中学生了，长得和他的名字一样，人高马大的。儿子正在操场上和一帮同学们在踢足球，不停地有同伴叫儿子的名字。我也是几乎一眼就认出了儿子，在梦里千百次出现的儿子，我是那么熟悉又那么陌生。儿子长得轮廓和体形像他爸，眉眼之间又像我。这就是血缘关系吧，在那么多孩子中，我还是一眼认出了他。

我像个外来客一样，以张蓉的身份在老家县城租了一间地下室。我不知自己的生命还有多久，我只希望把自己最后的时光留给儿子和父母，我要和他们相伴。每日出门看父母看儿子成为我生命最后阶段唯一的内容。回到了家乡，父母儿子就在自己身边，我觉得幸福又踏实。虽然近在咫尺却不能相认，我一遍遍告诫自己，于小苹已经死了，我现在是张蓉。每次出门，我都把自己张蓉那张假身份证揣在身上。

在我生命的最后一程，最大的苦恼是不知用什么方式把那张卡送给儿子。把这些钱寄给儿子，不明不白的钱，儿子不会要；要是找儿子的父亲等于又暴露了自己，儿子将知道他有一位患艾滋病的母亲。不能，绝不能让儿子知道自己的现在。也许儿子只知道自己的母亲被人强奸，又被父亲休了，也许儿子对我还有个念想。

后来，我晕倒了，晕倒在了去看儿子的路上。我被人送到了医院，便再也没有出来。我的病情确定之后，便被隔离了，无论医生护士怎么问我的家庭亲人信息，我只是摇头以对。

我被送到医院之后，已经没有了生的欲望了。人没了欲望，离死亡就很近了。生不如死，我想尽快了结自己，我用腰带把自己吊死在病房里。

## 后　事

三天后，于小苹被火化了。

随着一缕青烟，那个叫于小苹的女子在人世间，只剩下一堆灰烬。

于小苹在梦里没求他为自己料理后事，但他还是跟着殡仪馆的车来了，于小苹被从太平间里拉出来，没有一个人相送。是红十字会的人在料理她的后事，按规定，没亲人认领骨灰的死者，会被集体掩埋。

当殡仪馆的工作人员喊张蓉家属的时候，他走上前去，骨灰盒是他提前买好的。于小苹带着温热被装到骨灰盒里。他捧着带着温度的骨灰盒，又回到了太平间的值班室，她的骨灰就摆放在面前。自从到太平间工作，天天和人的尸体打交道，他不曾有过恐惧，习惯了，就像在工地上和那些砖瓦打交道。

骨灰盒是深棕色的，镶嵌照片的地方是空的，他只能依据梦里的样子想象着于小苹，想着她生前的样子。如果活着也就四十出头，她该做母亲，做妻子。中年女人是丰富的，可她却无法做母亲也无法做妻子，只变成了一把热灰静静地躺在他面前。

周百顺望着她，心里竟难言无尽地惆怅，他眼睛湿了，一摸是泪。于小苹的经历让他难过，他心软，见不得人这样。他要为她做点什么，他在梦里答应过她。她这一生过得比自己还要委屈，他伏在桌子上，双手触着骨灰盒哀哀地哭了起来，不知是为自己还是为这个叫于小苹的苦命女人。

他伏在她的面前，不知是睡着还是醒着。她又出现在他的面前，她说：大哥，我要走了，我已经把后面的事托付给你了，你得答应我。

他哽咽着声音说：妹子，我答应你。

她冲他一笑，尽显女人的姣好。她说：大哥，你是个好人。在我离开人间这几天，你陪我说了那么多话，我把该说的话都说了，我心里不憋屈了，人世间还有一个人知道我的故事，我该走了。

他哀哀地望着她，她的样貌已经不是病人的样子了，就是个活生生的女人。她的身材纤弱，眉眼之间的苦楚已经不见了，平平静静的样子。

他说：妹子，你放心走吧，我留也留不住你，到了那面你啥都不要惦记，该咋就咋吧。你在这面太委屈，太不容易了，到了那面别再这么活了。

她笑了，又软软地叫了一声：大哥，谢谢你了。

转过身，像一缕风，又似一缕烟，在他眼前消失了。

他呆呆地坐在那里，他觉得苦了一辈子的于小苹，是该有个好去处了。他冲着空气，目送着于小苹一点点走远，仿佛她的归路是天的尽头。太平间值班室窗外，是一片天空，天有些阴，灰蒙蒙的，她融在那里就不见了。

此时的周百顺似乎在和一位亲人告别，心里竟多了牵肠挂肚。他想起这个孤苦的女人，就想哭。他想到了宋春梅，要是宋春梅有丁点于小苹对自己的信任，他都会感到幸福。他知道于小苹最放心不下的就是自己的儿子。

从市里到县里，他先找到了于小苹前夫的家，在梦里于小苹告诉过他，又找到了于小苹儿子的学校，最后他找了一个空旷之地，是一个街心公园。那里有座小山，不高，站在街心公园的山上可以远远地看到她儿子的家，也能隐约看见他的学校，这是她儿子每天上学放学的必经之地。一切考察完毕，他带上于小苹的骨灰，用一件棉衣罩上，他再次出发了。

他在那座公园的山上找到了一棵树，树下的土是松软的，他用木棍和石头去掘那片地，很快就挖出一个坑来。见四下无人，他快速地把于小苹的骨灰盒安放进去，又把地面复原，他用脚踩了踩，这才踏实下来。他又在那坐了会儿，替于小苹张望了一番，果然，视线很好，向左看就是儿子的家，再向右看就是儿子的学校了，山脚下是条不宽的路，那是儿子经常会走的路。

他点了支烟，完成一宗大事般踏实下来。他静静地坐在那里，小声地冲她说：妹子，地脚是我替你选的，满不满意，你在梦里告诉我一声，不合适我再替你换。一支烟吸完，他起身向山下走去，似乎有一双眼睛一直在他背后望着，他回了一次头，似乎看到了于小苹那如水的目光。自此，他完成了一桩心愿，似乎把自己的一部分也埋在了这个地方。

这些天，他一直后悔自己当初没有听堂哥的话，留下来见于小苹一面，也许自己见她一面，他们的人生都将改变。要是当年自己娶了于小苹，他们的日子又会是什么样子呢？他无法想象，只能带着遗憾和落寞一步步走去。

他的手里多了一张银行卡，他依据于小苹梦里的指点，在于小苹租住的地下室里找到的。那是一个很小的房间，只能整日开灯，他进入地下室时，在门口的一只鞋里找到了进门的钥匙，一切都和于小苹梦里交代的一样。开门进去，是一间只有十平方米左右的房间，一床一桌一椅，这就是于小苹留在人世间最后的住处了。床上有被，叠得很整齐，从这一点上可以看出，于小苹是个爱整洁的女人。被子下就是于小苹交代的那只枕头。他拆开枕头，掏出枕芯，摸到了一张硬硬的东西，再伸手去掏时，就发现了那张卡。于小苹交代过，这张卡里有十万零三千元钱，原本卡里有十二万，少的那些都被她看病花掉了。为此，于小苹心疼不已。这是怎样的钱，想起来，周百顺就替这个女人心疼。

他在她的床上坐了一会儿，把银行卡揣在自己的怀里，他现在已经不再怀疑她告诉他的银行卡密码了。她说那是她的生日。六月十八日，后面再加三个零。“618”是多么吉利的数字呀。他最后坐在床边，嗅着她留下的气味，一下子觉得他和于小苹亲近起来，他心里软了。

最后他还是离开了，把床铺又像原来的样子整理好了，他替她退了房。

于小苹交代，这张银行卡一定要交到儿子的手里，这是于小苹最后的念想了。他一定要替她完成，这是一个母亲用命换来的。

从山上的公园回来，他就开始写信，信是写给于小苹儿子的。信纸是新买来的，光洁如新地摆在他面前。他不是在给于小苹的儿子写，是替于小苹在写，写一封母亲写给儿子的遗书。为了让儿子能相信和接受母亲留给他的银行卡，故事只能从头说起。

周百顺这封信写得如此艰难和漫长，一连写了三天，写了厚厚的一沓，句句字字都是一个母亲对孩子的不舍和爱。

信是通过邮局用挂号方式寄出的，连同那张银行卡。他没有留地址，他也无法留地址，信是替于小苹写的，就算是一位母亲从天堂里捎来的信。信寄出后，他完成了她最后的遗愿。

在周百顺的心里，不知为什么，于小苹成了他内心的依恋。有事没事，他都要到街心公园的山上坐一坐，倚着那棵树，身旁就是于小苹，他似乎能感受到她的气味和温度，自从她走了，便再也没在他梦里出现过。他坐在树下，视线良好，他望着于小苹儿子家的方向，那是一片新建不久的居民区，一排整洁的楼房，从楼房里延伸出一条路，绕过街心公园向远方伸去，那里有她儿子的学校。有时碰到学生放学，一群群中学生，说笑着从街心公园走过去。他不知道哪个男孩子是于小苹的儿子，但她的儿子一定不知道，母亲就在他的身边，正睁着一双眼睛望着他。

他倚在树上，小声地说：你儿子放学了，看见了吗？我把银行卡寄给他了，密码也告诉他了，是你的生日呢。

他点了支烟，烟雾浓浓淡淡地在眼前飘散着。

他又说：可怜天下父母心呢。

说到这时，他又想起了自己的女儿周雪，他许久没有和女儿联系了。他经常等女儿的电话，从早晨到睡觉，太平间值班室的电话，大部分时间都在那静静地躺着。各科室的人，有尸体要送过来，电话才会响起，然后他会到太平间门口迎接。办理完交接手续，科室的人就走了，他就会在太平间里将这些尸体归位。他更像个旅店的管理员，分发床位，进行登记，迎来一拨，又送走一批。

没事的时候他就在等女儿的电话，也只有女儿会给他打电话。女儿没结婚前，偶尔会有电话打来，三言两语说上几句。有时他也会把电话打给女儿，他似乎有许多话要对女儿说，女儿每次接电话都是很忙的样子，让他把想说的话又咽回到肚子里。

女儿结婚了，电话反而少了起来，有几次他主动把电话打过去，就是想听听女儿的声音。女儿匆匆忙忙的，没讲几句就把电话挂掉了。他想女儿，却不忍心影响她，有几次把电话拿在手里，最后又放下了。

于小苹的出现，让他感到了一丝温暖，一个陌生女人把他当成了朋友，和自己说了那么多事。这些事只有他和于小苹知道，无形中他觉得和她亲近了一层。

他现在经常会想起她，那个纤弱的女人，一想起她所经历的一切，他的心就软了，他替她心疼，隐隐地有个什么东西堵在心里，像压了一块大石头。

鬼使神差地，他总要从市里坐上几十分钟的车，来到县里的街心公园的那棵树下坐一坐，说上几句。每日里去看她似乎成了他的一项任务，其实每次也说不出什么。

一个雨天，他又想到了在工地上的那些日子。雨天是他们这些建筑工人的节日，有的工友在工棚里玩扑克或者睡觉，精力更充沛的年轻人会蹲在路边看过往的女人。

在这个雨天里，他打了把伞走出来，鬼使神差地坐上开往县里的车，又来到了街心公园。公园里没人，只有淅沥的雨声，他站在树下，就立在于小苹的身旁。雨淋在伞上发出清晰的声响，他把伞举过去一些，为她遮雨。

他说：下雨了呢。

雨让这个世界变得灰蒙蒙的，他的心情又回到了年轻那会儿，他站在雨天的街上，看着年轻女孩在雨中走过。她们的背影是那么的姣好，还有留在雨中空气中的气味，让他们心旋神摇。她们的话语声以及笑声在遥远的记忆里回绕。在雨天里，他梦想过自己未来的爱人，他千百次地想过，总是不具体。后来，他遇到了宋春梅，生活就变成这个样子了。

他觉得这一切都是命，每个人有每个人的命，他只能认命。

雨小了，只有淅沥的几滴了。他收起伞，又说：雨停了呢。他看见她身旁汪了一层水，他折了几枝蒿草，把积水扫开，让她的身边干爽起来，然后向山下走去。他又感受到了她的目光，带着温度射在他的后背上。他就感到很踏实很幸福的样子。

那晚，他又做了个梦，梦见于小苹站在他面前，她冲他说自己冷。她抱着肩膀，灰白着脸，身子越发地显得单薄，望着他的眼神是那么无助，让他心生了许多怜爱。

第二天，他为她买了一件衣服，样子很好看，来到公园的山上，偷偷地烧了，又在她的身上盖了一层新土。做这一切时，他觉得那么理所当然。他似乎和她有了某种默契，像亲人一样。

周百顺自从有了于小苹梦里的邂逅，他的日子充实起来，似乎有了盼头。

# 第十章 B

## 儿　子

来了两个警察，把周百顺带到了县公安局。

方晓明亲自出马，约见了守灵人周百顺。

他们公安局接到了一个中学生的报案，一封信，还有那张银行卡。他们并没费太大的事，就找到了周百顺，他们找周百顺就是为了于小苹而来。

方晓明面对着这位守灵人，也并没有费太多的事，便了解了事情的经过。守灵人给他讲了那个梦，他在听守灵人叙述这个梦时，似信非信，但事实确实如此。市医院他们调查过，他们的确收治了一位叫张蓉的艾滋病患者，在这之前，医院没有义务搞清楚张蓉和于小苹的关系。

于小苹作为系列强奸杀人案的证人，公安局几次三番地寻找过，在潘小年被枪决前，他们多么希望这个证人出现呀。但依据各种线索，去南方寻找于小苹的各路警察都无功而返，那会儿的于小苹就像一只断了线的风筝。

如今于小苹又出现了，却是在守灵人的梦里。

方晓明听着守灵人叙述的梦，自己仿佛也做了一场梦。

依据守灵人的交代，他们果然找到了于小苹的墓地。那个街心公园的山上，在那棵树下他们果然起获了于小苹或者张蓉的骨灰，在没认证死者的真实身份前，他们只能把死者当成张蓉。

所幸医院还留有“张蓉”接受治疗时留下的样本，DNA 的化验结果很快就出来了，死者即是于小苹，从另外一个侧面印证了守灵人的梦。如何处理于小苹的骨灰，方晓明遇到了前所未有的难题。

他先是找到了于小苹的父母，她的父母已经七十多岁了，听完了方晓明的来意后，他们是木然的。

女儿在他们生活中已经消失快二十年了，他们早就习惯了没有于小苹的生活。起初他们还惦记过这个女儿，盼着她到了南方之后，会有个只言片语的信息。

他们这些年早就把最坏的结果想到了，那就是于小苹死了。向父母告别离开家门时，于小苹说过，她宁可死在外面，再也不回来了。

几年之后，公安局为了潘小年的案子来过他们家，为了寻找于小苹。后来他们也听说过，公安局的人为了寻找于小苹去了南方，结果一无所获。他们相信公安局，连公安局的人都没能找到女儿，他们只能相信于小苹已经不在了。

他们躲在家里，为了女儿的命运哭泣过，但他们认命了。当初于小苹离婚之后，回到家里时，他们就已经认命了。女儿离家出走，对他们全家人来说都是一种解脱。

相信女儿已经不在人世了，逢年过节，他们会相互搀扶着来到十字路口为女儿烧上一沓纸，看着冥纸在火光中化成灰烬，他们相信女儿在另外一个世界里会过上无忧无虑的生活。这是父母对女儿最好的祝愿。在他们的晚年里，已经默认了没有于小苹的生活。于小苹又突然间出现了，虽然只是骨灰盒里装着的骨灰，但他们还是承受不住这样的现实。

他们陌生地看着骨灰盒，不相信，也不愿相信，这就是女儿。他们没有哭泣，也没有愤怒。他们宁可相信于小苹此时还是个孤魂野鬼，也不相信眼前的骨灰就是自己的女儿。

他们没说要，也没说拒绝，两个老人默然地坐在床上，望着方晓明，于小苹的骨灰就抱在方晓明的怀里。因为两个老人没有明确的态度，他只能把骨灰又一次带回到了公安局，只能又找到报案的那个中学生。

那个叫沈大力的中学生，最初他来报案时，是父亲陪着他，他交出了那封信，又拿出了银行卡。信他们读过了，银行卡他们也去了银行查询过，的确有十万零三千元钱。

沈大力的父亲和于小苹离婚之后，又娶了一个女人，又给沈大力生了一个妹妹。他们的生活如初，甚至在沈大力上中学前，父亲一直对他隐瞒了他的身世。于小苹是在儿子满百天之后离开这个家的。对沈大力来说，对母亲于小苹没有任何记忆，父亲再婚前，早已把家里关于于小苹的一切清理得不见一丝踪影了。在沈大力长到三岁时，他们搬过一次家，从城西搬到了城东，完全陌生的环境，让一家人的生活又重新开始了。

关于流传于县城的强奸杀人案，在沈大力又大了一些时，也听说过，这些案件，他只是当个故事来听。后来，他也知道那个强奸杀人犯被抓到了，执行了枪决。县里许多人都去现场看了，他那会儿还是名小学生，色魔杀人狂对他来说只是个传说。

他上了中学之后，父亲有一次在喝完酒之后，把他叫出了家门，那是个晚上。父亲让他陪着去散步。他陪着父亲走在街上，后来父亲就在街心公园的长椅上坐了下来，他坐在父亲身边。

父亲看着他，他不明白父亲为什么用这种眼神看着他。

父亲说：儿子，告诉你一件事。

他望着父亲，以为父亲会说学习上的事，以前，父亲经常对他说一些学习上的事。

他说：爸，我现在学习挺好的，我现在是语文课代表了。

父亲把一只手搭在他的肩上，呼出一口长气，带着酒味。父亲说：这件事必须告诉你，否则，你长大了知道了，你会恨爸爸的。

他紧张起来，不知父亲要说什么大事。

那天晚上，他在父亲嘴里知道了母亲叫于小苹，知道了自己的母亲是强奸杀人案的受害者。那会儿潘小年已经被执行死刑了，这个案子在县城里已经风平浪静了。

最初他没反应过来，以为父亲说的是酒话，他震惊疑惑，宁可相信父亲说的是酒话。父亲和他说过之后，再也没有提过一句关于他母亲于小苹的话。他几乎相信了自己的验证，父亲说的就是酒话。以前父亲也说过谎话，那时他小，父亲是在游戏中说的谎话，他也把父亲的话当成了游戏的一部分。这一次，他也把父亲的话当成了一场游戏。

有一次，他把父亲的酒话对自己的爷爷奶奶说了。两个老人听了他的话，没说话，甚至躲开了他的眼神，忙岔到了另外一个话题上。爷爷奶奶的态度，让他警醒，他心里一下子沉重起来。

他已经是名中学生了，他开始学会了思考，用自己的思考判别事物。

又一次和父亲散步时，他引领父亲又来到了那个街心公园，两人又坐到了那张长椅上。父亲知道他有话要说，就等着他说，目光望着远处。

他终于问：我妈现在在哪儿？

父亲摇了摇头。

他望着父亲，父亲面无表情。

许久，父亲又说：忘掉她吧，公安局的人都没有找到她，也许她早就不在了。

父亲说这话时，脸上的表情是痛苦的。

在他的记忆里，父亲很少说话，不论是在家里还是在外面，父亲似乎有很多心事。这就是父亲从小到大留给他的印象，他不知道父亲这一切是不是和母亲有关。

那天晚上，父亲说完这句话之后，一直沉默着。走到家门口时，父亲又立住脚，看着他的眼睛认真地说：忘掉她，答应我。

他望着父亲的目光，在那里面读出了痛苦。

父亲又说：现在这个家才是你的家，你忘不掉她，只会痛苦，爸不希望你难受。

在他的记忆里，这是父亲对他说得最多的一次话。

他冲父亲点了点头。

他从小到大没有见过于小苹，于小苹的名字对他来说也是完全陌生的。没有任何一丝感情牵挂，有的只是一个概念，关于亲生母亲的概念。

他记住了父亲的话，他试图忘记自己的母亲。现实的生活没有任何变化，有的只是他心里的波澜。现在，他有一个完整的家，还有一个可爱的妹妹。继母对他也很好，在父亲没说出真相之前，他一直把这个母亲当成是亲生的母亲，甚至在他眼里，继母对他比对自己的妹妹还要好。继母在他做错事时都没有责备过他，只有父亲站出来斥责他。他从小到大就是个懂事的孩子，从来也没有做过出格的事。

当他收到那封陌生的来信以及银行卡时，他的生活被彻底打乱了。母亲于小苹以前对他来说是个抽象的概念，现在一下子又具体起来。他读了那封陌生人的来信，他是放学后在街心公园的长椅上读完的，他一边读信一边控制不住地流泪。那封陌生人的来信写了许多母亲的具体事例，以及母亲的经历，这种经历让他痛心难过。他起初怀疑这封信的真伪，当他去银行里查询那张银行卡时，他才觉得事态已经不是自己能掌控的了。

他把那封信和银行卡交给了父亲，父亲也读了那封信，沈大力在父亲的目光中读出了更多的痛苦。

第二天，父亲把信和银行卡又交给他，带着他来到了公安局。父亲说：把这些交给公安局吧，警察会帮你查出事情的真相。

真相果然查到了。

当公安局的车再次把他带到公安局之后，他看见了那个叫于小苹的女人的骨灰。

于小苹与沈大力亲子关系，是通过沈大力一根头发丝的 DNA 做出的认定，他对于小苹是陌生的，然而他相信科学。中学生沈大力知道 DNA 的科学性。

他别无选择，只能把骨灰带了回来。他到公安局是父亲陪他来的。他从公安局出来，抱着母亲的骨灰，望着父亲一脸无措的样子。母亲于小苹离他如此之近，又如此之远。儿子沈大力的脑子是空白的。

父亲先是盯着他怀抱里的骨灰，眼神有些闪烁，最后落在儿子沈大力的脸上。儿子望着父亲，仍然是无措的样子。

父亲说：公安局的人说你妈在哪儿找到的？

沈大力：说是街心公园的山上。

父亲没再说什么，转过身向街心公园走去，儿子随在后面，抱着骨灰盒的身子僵硬着。母亲在儿子的怀里，那么重，又那么轻。

父子俩终于找到了街心公园山上那棵树，树下有一片被挖出的新土，虽被雨淋过了，仍然很新鲜的样子。

儿子有些气喘，望着新土说：应该是这儿了。

父亲左右张望，找了半截树枝，在原来的土坑里又挖了几下，让坑更大些。差不多了，他拍拍手上的灰，从儿子手里接过骨灰，放到土坑里，用手去埋土。儿子跪在坑边，帮着父亲，土坑又恢复了原样。父亲站起来，嘘口长气，从兜里掏出支烟，背过身去吸。

儿子仍跪在原地，望着如新的土，想着埋在土里的母亲。他突然流出眼泪，他想：这就是母亲。心一下热起来。

父亲踩灭烟头，从地上把儿子拉起来，两人望着山下。

父亲说：这地方不错，是谁把你妈放在这儿的？

儿子望着父亲：说是守灵人。

父亲左眼皮跳了一下：他是个有心人，你想知道你妈的事，可以去找他。父亲停了停又补充道：无亲无故的，也算是感谢吧。

父亲向山下走去，儿子望了眼树下的新土，他在心里轻叫了一声：妈。他向父亲追过去。来到山下的岔路口，父亲下意识地又回望一眼山上，说：你妈这个位置真不错，她一直能看着咱们呢。

儿子回望了一眼山上，他似乎看到了母亲从山上投下来的目光，虽然母亲在他的生活中只是个概念，但自从母亲的骨灰出现，这个叫于小苹的女人就像个影子似的出现在了他的生活中。

父亲立了一会儿冲他说：别怪我，你妈的事你也知道些，不用我多说。你妈就先放到这吧，等你考上大学，成人了，你妈的后事随你怎么处置。

他望着山上那棵树，此时那棵树就像母亲的影子。

父亲拍拍他的肩膀：你现在的任务就是考上大学，全家人都希望你有出息。

父亲走了，他又默立一会儿，转身向学校方向走去。从此，沈大力多了个心事，每天放学路过街心公园时，都会向山头张望，看到那棵树，就想到了叫于小苹的母亲。他的后背有了重量，那是母亲的目光。

一个周末，他出现在市医院太平间的值班室，他站在门口朝里望，外面的阳光很好，太平间却一半明一半暗。这是他有生以来，第一次来到叫太平间的地方。太平间是放死人的，可他眼里现实的太平间和自己想象的一点也不一样。

他站在太平间值班室门口，小心地向里面望着。一个驼背人走到阳光处打量着他，在他眼里，守灵人真的有些老了，他怔在那儿，不知该叫爷爷还是伯伯。

守灵人望着他，表情淡然。

他终于开口，声音很小：我是于小苹的儿子，我叫沈大力。

守灵人点了下头，从身后拿过一串钥匙，走过他身边时，小声地说：跟我来。

他不知守灵人要干什么，只好随在后面，一直到守灵人打开太平间的门，一股冷气扑面而来，他下意识地倒退了一步。守灵人把里面的门开大一些，自己一半门里一半门外地站在那，头也不回，却又不容置疑地说：你来。

他鼓起勇气，硬着头皮向前走去，目光不敢看四周，只盯着守灵人的后背。

守灵人走到一个空格子处停下来，抖着手里的钥匙，发出金属轻微的撞击声。他说：你母亲最后一程，就待在这里。

守灵人指着放过于小苹尸体的空格子说。

他望着那个格子间，身子哆嗦了一下。

守灵人又说：你妈走后，这里一直空着，我没安排过别人，就是为了让你看一眼。

守灵人说完，把空格子拉出来，又关上。

两人回到值班室时，守灵人望着他，他的眼里已蓄了泪。

守灵人说：你妈留给你的那张银行卡呢？

他说：警察给我了，就在我手上。我爸让我自己处理这些钱。

守灵人点燃支烟，手抖抖的：那是你妈用命换来的，我在信里都给你说了。

他的眼泪终于落下来，砸在衣服的前襟上。

守灵人说：子不嫌母丑，狗不嫌家贫。你妈要不是因为有你，她走不上这条路，别瞧不起你妈。

守灵人在信里已经说过这样的话了，沈大力知道了母亲生前在南方所从事的职业。最初他是恨母亲的，但从见到守灵人那一瞬，不知为什么，对母亲的恨一下子就消失了，反而平静下来。

守灵人说：我一直等着你来，我知道你一定会来的。

他终于忍不住问：你怎么知道我妈的事，是不是你编的？

守灵人拉着他，让他坐到床沿处，守灵人把自己喝水的缸子递给他，他摇了摇头。

守灵人说：说了你也不信，你妈给我托的梦，梦里就这么讲的，在信上我都说了。你信就信，不信就当我没说。那张银行卡里的钱是真的吧？

沈大力只能点点头。

守灵人：这就够了，你在心里把你妈想成啥样的人都行，有一点你不能忘，那是你妈。

沈大力低下头，似乎在想着守灵人的话。不知过了多久，守灵人又说：你妈从小到大没养过你，但当妈的感情一天都没离开过你。

他突然跪在了守灵人面前。守灵人一惊，忙把他拉起来，替他拍了拍裤子上的灰。

他哽着声音说：老伯，谢谢你。

他终于想好了对守灵人的称谓。

后来，他走了。守灵人的话仍在他身后响起：你妈安放在哪儿了？

他扭过头说：还在原来的地方，等我想好她的去处，我再给她搬家。

守灵人点点头。

守灵人又有了去处，隔三岔五地从市里出发，坐几十分钟的车，来到县城的街心公园那座小山上坐一坐。有时守灵人会在这里看见于小苹的儿子，两人都不说什么，对望一眼，在那棵树下或站或坐一会儿。

守灵人起身，拍拍屁股上的土说：我该走了。

守灵人向山下走去，驼着背，行动迟缓，很艰难的样子。

沈大力说：老伯你走好。

守灵人不再回头，叹息一声。

守灵人的叹息，让沈大力的心更沉重了一些。

## 方晓明

方晓明这一阵子经常会想起潘小年的案子，是于小苹的出现，让他不断地回想起潘小年。当年于小苹作为唯一的证人，他们寻找过她，公安局派出几拨人马，分几批去南方的省份，依据各种消息去寻找于小苹。依据于小苹的记忆，从省里请来的画像专家为犯罪嫌疑人画过像，可那张画像和潘小年却无相似之处，单从年龄上来说就对不上。这一点成为案件中的硬伤。

后来他们又去省里拜会了画像的专家，专家也给出了解释，一切原因就是当事人在事发之后，心理上有了应激反应，这种应激反应让当事人的记忆出现了错位。换句话说，受害人张冠李戴了。这在画像专家的经历中出现过。画像专家的理论，让他们最后放弃了画像的证据。

从他们接到沈大力报案开始，他就觉得这些事件勾连在一起有些不可思议，有人在编故事。即便于小苹的DNA和沈大力的DNA吻合，还有那张银行卡，他也不太敢相信这件事是真实的。可他们公安局的办案人员几次三番去到医院核实此事，现实却让他哑口无言。从那天开始，他对守灵人便开始感兴趣了。

方晓明之前经常有朋友亲人会说起托梦这些事，有时真的挺灵验。他尝试着用科学的角度去分析去解释，有时又说不通。

一个失踪近二十年的女人会托梦给一个守灵人，这件事听起来太不可思议了，但他又无从解释。

有一次方晓明去市局办事，办完事途经市医院时，他又想起了那个守灵人。他让司机停好车，自己走到了太平间的值班室。

守灵人在扫那条小路，昨夜下过了一场雪，守灵人要把通往医院后门的小路清扫出来，让人方便进出。

方晓明没穿警服，他背着手，一脚门里一脚门外地打量着守灵人的值班室。

守灵人在他身后说：警察同志你来了。

方晓明回过身去时，看见守灵人驼着背就立在自己的身后，守灵人低着头。

方晓明惊讶守灵人的记忆力，在处理沈大力这个案子时，他和守灵人只有一面之交，那会儿他穿着警服。

他望着守灵人：我能到里面坐会儿吗？

守灵人伸出一只手，做出了请的姿势。

方晓明走进去，又仔细打量了一下简单的值班室，一床一桌一椅，这基本就是值班室的全部摆设了。他坐在唯一那把椅子上。

守灵人跟进来，立在床沿处，想了一下掏出支烟来，欲递给方晓明，方晓明摆手制止了。守灵人自己也没吸，又把烟装了回去。

方晓明说：周百顺，你是和平镇的人？

守灵人点了下头。

其实在他见守灵人第一面时，就知道了守灵人的详细情况。系列强奸杀人案在本县范围内，人人都成了嫌疑对象，所有人都录过指纹和血型。当年采集到的这些人的信息，还在公安局的档案室里。系列强奸杀人案了结了，这些没用的档案和资料也就封存了。

他在太平间值班室里坐了一会儿，这才又问：最近没做梦吧？

周百顺摇摇头。

方晓明站起来：下次有人给你托梦，再讲给我听听。

守灵人没有点头，目送着方晓明离开。

方晓明坐在车上回县里，他脑子突然活跃起来，想到了十几年前那个系列强奸杀人案。警察的习惯和职业，让他脑子里停不下来了。一进公安局的办公大楼，他立马来到了档案室，一头钻了进去。

他找到所有强奸杀人系列大案的卷宗和资料，最后把潘小年的证据拿在手里，他想了想又放回原处，脑子里有了一个念头。他转身走出档案室，直接走出了公安局。他要见卢国正，把心里的念头告诉他。

# 第十一章 A

## 失　　意

人到中年的宋春梅日子是寂寞的。

自从姜虎当了县长之后，姜虎在宋春梅的眼里似乎就不是以前的姜虎了。姜虎一下子就远了。

姜虎每次出门，都有司机秘书相随，人在很短的时间里就有些发福，肚子凸显出来，脸上的肉也开始向横里长。以前那个清瘦、带有文艺气质的姜虎不见了，他更像一个县长了。

姜虎当上县长之后，有次带着县里一个班子来和平镇检查工作，酒足饭饱之后，见过一次宋春梅。他嘴里喷着酒气，打着鸡鸭鱼肉味道的嗝，在宋春梅为他们两个人营造的小巢里见了一面。

那会儿姜虎刚当县长不久，他满怀雄心和壮志，拍着胸脯冲她说：我现在是全省最年轻的县长，只要我努力，以后说不定能当上副省长，当省长也是可能的。

宋春梅把一盆不冷不热的洗脚水端到他面前，替他脱了袜子，挽起裤脚，把两只发福的脚放到水盆里。

姜虎打了个嗝：那啥，我的意思呀，咱们以后来往要谨慎，许多男人呢，最后败下阵来，都是因为女人。

她一边为姜虎洗脚，一边敬仰地望着姜虎。

姜虎挥了下手，县长一样地又说：那啥，春梅呀，你以后可不能给我上眼药，没事别去找我，我方便呢就会来看你。有啥事，你就给我打电话。最好往我手机上打，不要发信息，我一开会，手机就放在秘书手里。

这是姜虎给宋春梅的指示，为了姜虎的前程伟业，她只能遵从他的意见。她爱他，她希望姜虎有更大的出息。

那晚，姜虎没在她这里过夜，匆匆地走了。她把他送到楼道门洞，他回身做了一个禁止的手势，她就立住了。姜虎见左右无人，才走进暗夜里，还竖起了衣领，像地下工作者似的消失在茫茫的夜色之中。

宋春梅一直牢记着姜虎的话，在县里出版的报纸上，她经常会看到姜虎的消息，有时还配有照片，一群人围着他，他挥舞着县长的手臂给全县的人民指点江山。有时，姜虎也会上省里的报纸，虽然位置并不显眼，但也是有字有图。她为姜虎感到骄傲和自豪，自己深爱的男人活成这样，她一想起来就有干劲。她恪守着对姜虎的承诺，没有事不去打扰他，即便有事，她也尽量不去打扰他。

周奋强后来参加高考，连个专科的学校都没考上，她给姜虎打了电话，情绪不高地把周奋强的事说了。姜虎在电话里沉默了一会儿才说：那啥，要不就让他帮你在超市里干吧，也算给你搭把手。这小子我从小看他也不是学习的料，考不上大学也没啥，条条大路通罗马。

姜虎后来把话讲得就很有诗意了，完全是励志的语言。

宋春梅放下电话，果然惆怅的心情就舒缓了许多，她就让周奋强跟着自己干。

周奋强别看年纪小，也是很有雄心壮志的青年，他根本没把小小的超市当成自己创业的疆场。他的想法很多，一会儿要学习动漫，一会儿又要学习修车，每次他提出自己的想法，宋春梅都尽量满足儿子的要求。见不到姜虎，周奋强便成了姜虎的影子。周奋强已经是个大小伙子了，举手投足越来越像年轻时的姜虎了。折腾一圈下来，周奋强似乎也没找到自己的立足点，他又喜欢上了游戏，从那以后，没日没夜地泡在网吧里。

宋春梅操心的日子开始了，人们经常看见宋春梅手里提着一根棍子出现在镇里的各种网吧门口，她在找自己的儿子。只要发现周奋强，她就会提着棍子把周奋强从网吧里拽出来。周奋强走在前面，她提着棍子随在后面，一边走一边说：你能不能让人省点心，你都二十多岁了，还能不能干点正事。

周奋强梗着脖子，双手插在衣袋内，像一个战斗青年一样，不服不忿，对宋春梅的话这耳朵听那耳朵冒了。

周奋强的状态让她不仅操心，更觉得辜负了姜虎的希望。周奋强毕竟是姜虎的儿子，姜虎把儿子托付给她，一定希望儿子有出息，可儿子现在这个样子，她又怎么和姜虎交代。她只能找姜虎了。她又一次把电话打给了姜虎，姜虎在电话里哼哼哈哈的，似乎在一个饭局上，不太方便说话的样子。姜虎最后总结似的说：我知道了。

她打完这个电话，心似乎就踏实了一些，她觉得姜虎对儿子一定有办法。可一连过去了许多日子，姜虎也没动静。周奋强仍在各种网吧游走着，周奋强已经走出和平镇，去县城的网吧操练自己的人生了。县城比和平镇大多了，人也多，地方也大，网吧星罗棋布地遍布在县城的各个角落，宋春梅想找，都无从下手。周奋强有时几天都不回家，一副天高任鸟飞的样子。

宋春梅这次又拨通了姜虎的电话，她提出要见见姜虎。姜虎嘬着牙花子，好半晌才说：周奋强的事我记着呢，你问问他，他到底要干什么？

有了姜虎的指示，她找到了周奋强。周奋强离家出走几日，已经回到家里，蒙着被子在补觉。她掀开被子，提着耳朵把周奋强叫醒问他喜欢什么样的工作。周奋强似乎还没睡醒，蒙眬着眼睛道：我要当影视明星，你能帮我呀？

儿子一句话把宋春梅顶到南墙上，她气都喘不匀了。

从那以后，儿子果然变了，把各种影视明星的照片挂满了整个房间，自己的穿着打扮也弄成了明星的样子，头发染成各种颜色，黄绿搭配地飘在儿子的脑袋上。

看到儿子这样，她的心就碎了。

她去了一趟县城，站在县政府门口给姜虎打了一个电话。

她说：我就在县政府门口，今天我一定要见到你。

姜虎小声地说：我在开会，你稍等。

两个小时后，姜虎从县政府大门里走出来，她迫不及待地迎过去。姜虎像不认识她似的从她身边走过去，小声地说：跟在我后面。

她只能不远不近地跟在姜虎后面。

姜虎把她领到一条小街的茶馆里，轻车熟路地掩身走进茶馆。老板似乎跟姜虎很熟，刚想问一句什么，姜虎一摆手，老板就退下去了。姜虎把她领到一个包间内，关上门，坐在她面前严厉地说：你怎么找到这来了，不是和你说过了吗？

宋春梅觉得很委屈，要哭出来的样子，她已经许久没见过姜虎了。姜虎的样子让她有些陌生。

陌生起来的姜虎就说：快说，我只有十分钟的时间。

十分钟对宋春梅来说，似乎无从说起，她带着哭腔道：救救咱们儿子吧。

姜虎瞪大眼睛，压低声音说：你小点声。

她就小声地说：周奋强这孩子毁了。你要是不出手，他这辈子可能就报废了。

那天，姜虎耐着性子听完了宋春梅对周奋强的描述，她一口气足足说了十五分钟。姜虎不停地看表，她还要说，他挥手打断了她。

姜虎总结道：在县里，他要干工作，我可以帮他；他要当电影明星，我办不到。

姜虎说完匆匆地就走了，没再回一次头。

她回到家后，又一次找到周奋强，把姜虎的话说了。

周奋强顶着一头黄绿相间的头发说：我就要当电影明星，谁也别拦我，我要去横店，那里是明星的天堂。

周奋强梗着脖子说完，果然，几天之后就消失了。给她留下一封信，说自己去横店寻找明星之路去了。

她不知横店是个什么店，就去问周雪。周雪想了想告诉她：可能是个影视基地，专门拍电影电视的地方。

周雪后来又查了百度告诉她，横店在浙江一个叫金华的地方。

这就是宋春梅对横店的了解。

周奋强走了，一去不回头的样子。儿子走后一个月，她发了一条短信把这一消息告诉了姜虎。她吸取了上次的教训，不再敢给他打电话了，作为一县之长很忙，也很不方便。她管不了许多，她只能发短信。

第二天，她才收到姜虎回的短信，短信中说：就让他去吧，他是个材料在哪儿都会是个料，不是也没有办法。

这就是姜虎对周奋强的态度，和她对周奋强的态度大相径庭。虽然周奋强是他们两个人的，这一点上来说，姜虎从来都没否认过，但周奋强的成长和教育，姜虎从来都没操心过。小时候，他给周奋强买过礼物，自从周奋强上了中学后，他基本没和周奋强打过照面。现在，他对周奋强的态度，似乎周奋强就是个累赘，有些不耐烦，甚至有些厌恶。

宋春梅只能在心里想，谁让儿子没出息呢，要是儿子上了清华北大，也许又是另外一个样子了。她开始检讨对周奋强从小到大的教育，没让儿子缺过吃少过穿，应该说只要儿子提出来的条件她都会努力去满足。因为儿子的特殊身份，周百顺从没把他当过儿子，姜虎这个若即若离的父亲又不能尽到一个真正的父亲的责任，她只能又当爹又当妈，没想到最后的结果竟然是这样。

隔三岔五地她去银行给周奋强的银行卡里打钱，剩下的时间，她就等姜虎的信息。姜虎没有任何信息，宋春梅的心就一点点冷下来。

## 官　　场

姜虎和许多男人一样，年轻少壮的时候，是有一番雄心壮志的。

他下海之路并不算成功，后来又当上了机关干部，从镇长到副县长又到县长，他的雄心就像是一个气泡，越吹越大。在当镇长时，他的理想是成为县级领导。当上了县长，他的目光便锁定在省级领导的层面上了。从镇长到副县长一路顺风顺水，他把心思都扑在了工作上，人情世故自然也不会少。

在和平镇他是说一不二的镇长，因为说一不二，自然就有了许多好处。为了让自己的雄心有个更坚固的基石，他并没有贪恋这些眼前的好处，他源源不断地把这些好处转送给县里的领导，甚至省里的一些主管他命运前途的人物，他终于当上了副县长。虽然是副县长，眼界是镇长不能比拟的，他谨慎做人，努力平衡各种关系，终于成了县长。

姜虎当县长那会儿，刚刚四十出头，在全省县长这个位置上，他还算是最年轻的干部，许多认识他的人都说：姜虎日后还会有出息，会有大出息。姜虎也是这么想的，四十岁对一个男人来说，刚进入壮年，他的理想也与日茁壮着。

让姜虎没有想到的是，当年最年轻的县长，现在差不多是最老的县长了，一晃在县长的职位上挣扎奋斗了十余年，眼睁睁地看着各种升迁的机会在眼皮底下溜走了。不是姜虎工作能力不够，在别人眼里，姜虎就差那么一点机会。其实姜虎知道，这差一点的机会，是自己的根基不够深厚。

在官场上挣扎沉浮大半生的姜虎自然明白根基的道理，人生在世就像一棵树，只有根深，树叶才会繁茂。他试图建立自己的根基，可是还不够，他的天然条件达不到，盘根错节的官场是需要传承的，他没有任何传承，就是一个穷小子打江山，赤手空拳，打到哪算哪。他的社会圈子里，那些七姑八姨的，不是农民就是普通工人，没有人能帮他奠定根基，他能走到县长这个位置上已经耗尽了他所有的能量。

这些道理是他过了五十岁之后才明白的，姜虎知天命了。

五十出头的姜虎仍然是县长，绷在他内心的那根弦突然断了，人就松懈下来。这届县长任满，他该退居二线了，去人大或者政协谋个职位，再干个一届，他就彻底退休了。自己的未来，不用他盘算，已经摆在他面前了。放松下来的姜虎，就是另外一个样子了。

他开始收受一些下属的好处，刚开始是暗里，后来就半明半暗。在官场上混了这么多年，对这一切早就烂熟于心，之前是因为绷紧的那根弦，现在弦断了，一切都无所谓了。

有时到企业去检查工作，企业自然热情招待，吃喝之后，总要安排业余活动，比如去唱个歌，然后再去洗个澡，再安排个按摩什么的。按摩时，企业的领导总会给他安排单独的房间，小姐也是经过领导精挑细选的，送到他的房间，才退去。小姐见到客人自然很卖力地推销自己，接下来的事就尽在不言中了。

酒醒了，也玩过了，他躺在宾馆的床上，有时会想起老婆和宋春梅。在这之前，他只有这两个女人。老婆从不多事，他当多大官似乎都和她没关系，一心扑在自己的教育事业上，桃李满天下才是她追求的目标。老婆和宋春梅正好是互补，宋春梅把老婆不曾满足他的都满足给他了，这也是他这么多年和宋春梅没断的原因。在当副县长期间，他曾想和宋春梅有个了断，离开了和平镇，还有他身份的变化，他不想再招惹这样的是非。他没狠心断掉的原因还有一条就是周奋强，这孩子虽然不姓他的姓，但他从来没有怀疑过是自己的儿子。姜虎是个心软且算善良的男人，一想到自己的儿子寄人篱下，心里就是千般滋味了。

宋春梅对他的千般温存万般抚爱也是他没有彻底下决心离开的原因。虽然不像当镇长那会儿见宋春梅那么频繁了，但他偶尔地想起宋春梅，也会找个工作上的借口去和平镇转一转，抽空会下宋春梅，享受一番一个多情女人对自己全身心的呵护。就像一个开跑者，累了，在一个驿站歇歇脚，喘口气，又浑身是劲地奔跑下去了。从副县长到县长，他对宋春梅一直是这种若即若离的状态。宋春梅虽有抱怨和不满，但还算是理解他的，也没给他添什么麻烦，虽然他和宋春梅的关系在小范围内也有些风言风语，但也没影响他什么。在官场上，哪位官员又没有风言风语呢，他只有一个宋春梅事件露出一些把柄，别人有若干个把柄都露在身外，仕途官运照样亨通。自己干到县长位置止步和宋春梅没有关系，这一点他心知肚明。对于宋春梅，除年轻那会儿之外，他一直把控得很好。他离不开这个女人，但也不想让这个女人把自己拴住，这是他作为男人的最后底线。

五十之后的姜虎彻底知天命了。他开始高调地出席各种企业的邀请，吃喝之后就是玩乐一番，似乎这时的姜虎才明白作为一个男人真正的活法。身边的女人开始渐渐多了起来，县里有许多做企业的女老板，有些女老板还很年轻，正是人生的好时候，接触多了，这些女老板不仅送礼送物，还主动地把自己奉献出来。有几次之后，姜虎的胆子也大了起来。在他的人生阅历中，真正经历的就是老婆和宋春梅，那些玩乐的小姐就是露水夫妻，天一亮，什么都没什么了。自从和这些女老板接触之后，他又领略到了女人的另外一种风景，或婉约，或火热。这些女企业家和他的关系不是露水式的，她们放的是长线，约他这次还有下次，一次比一次深入，也缠绵也风情，他领略着种种风景。有时候为这些女人，自己也很累，就像一种游戏，他总得付出才能得到。权力是组织给的，最后他还要还回去。他周旋在权力和女人之间，累是累了一些，但他沉迷于这种游戏。

渐渐地他开始疏远宋春梅了，这种疏远既是心理上的，也是生理上的。老婆是他无法割舍掉的女人，宋春梅却不是，虽然她相伴了自己二十余年。对一个跟了自己二十多年的女人，更多的是种情愫了。

宋春梅不停地打电话发短信约见他，他能推就推，实在推不过了，匆匆忙忙地见上一面，见宋春梅成了他的一项任务。他竟然发现和宋春梅在一起时，经常出现不举的情况，不论宋春梅使出什么招数，他就是无法成为一个男人。宋春梅一脸狐疑和绝望地望着他。他不敢正视宋春梅，低下头，吸支烟，唉声叹气的。宋春梅倚在他的臂弯里问：你怎么了？最近是不是有什么心事？他摇摇头，叹口气道：老了，不中用了。

宋春梅：怎么会，你才五十出头，应该正当年呢。

他故意叹口气，脑子走神了，想起缠绕在他身边的那些香艳的女企业家们。他叹口气，又叹口气，摁灭烟头，开始穿衣服，一边穿衣服一边说：那啥，我最近很忙，可能一时半会儿不能见你，有事打电话吧。

宋春梅默默地把他送到门口，他挥挥手就一溜烟地走了。

他又回到了香艳女人的身边，他又是一条汉子了。偶尔静下心来，他就想到了老婆，也想到了宋春梅，心里就有了些愧疚，很快这种愧疚就烟消云散了。

五十出头的姜虎要和自己的生命赛跑，为了自己的进步，他活得太压抑了，五十岁之前他对自己的人生定位是做个清廉、自律、有底线的好人。他经历了太多的繁华而不入，看到身边的人一脑袋扎进熙来攘往的世界，他要做到洁身自好。可没有任何用处，那些个在繁华世界里浸泡的人反而高升了。而自己，自认为清廉自律之人，反而官运到头了，他只能在心里把自己嘲笑了一番。他无法改变这个世界，他只能改变自己了。

有一次，他到县里的经济开发区去视察工作，最近他频繁出入经济开发区，招商引资是他的幌子，其实他到这里来最想见到的是一位叫乔苗苗的女企业家。乔苗苗不是本地人，是他引进来的一位外地企业家。乔苗苗三十出头，读过研究生，据说丈夫是位富二代，在省里有企业，乔苗苗不甘于夫唱妇随，自己出来闯荡，落户在经济开发区。乔苗苗知书达理，满脑子经济意识，和姜虎你来我往之后就有了情愫。

乔苗苗让他领略了另一处风景。乔苗苗很懂风情，和他约会时从不提自己的要求，只是尽自己一个女人的风情陪伴着他。过了许久，在不经意间把自己的愿望和想法说出来，每次提想法时，总会补上一句：领导千万别为难，如果顺水推舟你就帮一把，有困难我再另想办法。

姜虎很受用，每次帮乔苗苗拿项目时，都是逆水行舟，困难重重，但他也乐此不疲。乔苗苗让他欲罢不能，五十出头的姜虎似乎又重新做了一回人。

自从与乔苗苗有了情愫之后，他就不再和其他的女企业家有染了，他是专心地对乔苗苗一个人，就像对待自己的初恋。

世上没有不透风的墙，他和乔苗苗的关系很快在县里传开了，只是他没听到而已。即便他听到了也不会把这些风言风语当回事了，他已经看到了自己的未来，他要在自己人生的最后一站重塑自己，享受自己该享受的人生。

有一次，他又来到了开发区，视察了工作，做了指示之后，乔苗苗陪他来到了一家会所，这是他们经常光顾的地方。每次来他们基本都在这里活动，先是喝茶，说些天南地北轻松的话题，然后吃饭，偶尔也唱会儿歌。他乐于在乔苗苗面前放松自己，他每次见乔苗苗都似乎又找回了年轻时的心态。

这一次却不料在会所门口碰到了宋春梅。宋春梅似乎有备而来，就站在一旁远远地看着他和乔苗苗走进会所。

宋春梅的出现让他有些心神不安，果然宋春梅的短信发过来了，只有一句话：你出来一下。

他看了宋春梅的短信，喝了几口茶就冲乔苗苗说：我出去一下，马上回来。

乔苗苗也不多问什么，只是抿嘴笑一笑。

他在会所外面的马路边上见到了宋春梅。他冲她说：我在谈工作。

宋春梅说：这个女人很漂亮，也很年轻。我知道她叫乔苗苗，她是个企业家。

他点点头，心里有些紧张，他意识到，宋春梅为他做足了功课。

宋春梅又说：你对她看来很用心思。

他不满地望着她，口是心非地解释着：这样的企业是县里争取的对象，不能得罪。

宋春梅就点点头，满脸内容地说：看来我影响你们谈工作了。你忙吧，我走了。

宋春梅就走了。

他心里开始一抽一紧的，宋春梅的状态让他感到不满，她完全把自己当成了私有财产，他要摆脱这种束缚。

宋春梅开始接二连三地约见他，他躲不过见了她一次。他和宋春梅都装得若无其事一样地相见，但两人各怀的心事还是让他们之间的状态与以往有了不同。

在宋春梅面前还想做出男人的本色，但他仍然是有心无力，草率了事。宋春梅呆望着他，幽怨地说：我要是乔苗苗你就不会这样了。

他冲她怒吼：你胡说！

虽然他大发雷霆，其实外强中干，心里却虚弱得很。

他很少冲她发火，因为之前她太善解人意，但唯独在乔苗苗这件事情上，她却不解他的风情。

她哭了，默默地流泪，一副失落委屈但又无可奈何的神情。他看她的样子心有些软，把手搭在她的肩上安慰着：我和你这么多年了，你知道我对你啥样。

她哭得越发难过伤心，她不说什么了，他明白她心里委屈，但还是离开了她。

自此，宋春梅成了他的心病，每次和乔苗苗约会他都会想起宋春梅那幽怨的眼神，大大影响了他的状态，他心里就莫名地多了火气。

# 第十一章 B

## 谁是真凶

于小苹的再次出现，让方晓明似乎又想起了当年的系列强奸杀人案，虽然案件过去十几年了，在他的心灵深处，却从没有忘记过。于小苹的身份是通过 DNA 认定的，DNA 的技术，是最近几年引入办案证据之中的一种科学手段，也是世界公认的。

在以前许多棘手的案件中，DNA 还不能作为证据。在失去证人的前提下，DNA 的手段就是最好的证据。

那天方晓明在档案室里看到潘小年的卷宗，他突然灵光一闪，但他并没有马上行动，他要争取卢国正的看法。

当他找到卢国正，把自己的想法说出来后，得到了卢国正的支持。

按理说，一个案子已经了结近二十年了，他们也都是那个“927”大案破获的受益者，如今又把这个案件翻出来，不管最后的结果是什么，都是在打自己的脸。但作为警察，把事情的真相还原，又是他们的天职。

得到卢国正支持的方晓明，偷偷地把当年的证据递交到了技术检验科。

卢国正已经成了真正的老人，虽然退休十几年了，“927”案子却如影随形地一直伴随着他，他内心一刻也没轻松过。他一直觉得把潘小年定为“927”系列大案的罪犯经不起推敲，真正的犯罪分子仍然在某个角落里藏匿着。退休后的卢国正爱上了散步，他散步和别人不同，他是急行军的速度，不是看街景，也不是闲情逸致。他仍然像个警察一样，动作敏捷，眼神犀利。他在“927”系列大案中，似乎了解到了犯罪分子的规律，宿舍、厕所是罪犯下手的地方。他专门找开放的小区和有公共厕所的地方去散步。

这些年他把全县城的小区和公共厕所几乎走遍了，哪个地方有公共厕所，都在他心里绘成了地图；还有那些开放的小区里有多少筒子楼、多少间宿舍，他心里也一清二楚。

每天他的任务就是出没在这些小区和公共厕所附近，有时一天下来他要走上几个来回，冥冥之中，他觉得罪犯还会在这里出没。他的身份变成了义务安全员。一米八多的个头，并没有影响他走街串巷的速度，因常年的行走，让他的身体更加硬朗，他迈开长腿，挺直腰板，行走在县城的大街小巷。他相信自己的能力，只要犯罪分子出现在他的视线里，他一定会把他捉拿归案。人虽然老了，但作为警察的雄心犹在。可惜的是，那个犯罪分子却再也没有出现过。在他行走的这些年里，小偷、抢劫犯他抓过无数，他对这些小毛贼看都不看一眼，扭送到派出所，转身就走。

他期盼着奇迹的发生，晚年的卢国正被一种信念牵引着，每天行走在街上，成为他生命的一部分。

潘小年的母亲秦玉凤的上访，终于有了结果。中央高院几次把秦玉凤递上的申诉状发回到省里，之前都石沉大海。党的十八大召开之后，相关的法律进行了修改，许多冤假错案浮出了水面，潘小年的案件先是得到了省里的重视，文件下达到了县里。

当方晓明突然而至推开他家门的那一刻，他似乎已经有了预感。他期待又紧张地望着方晓明。方晓明坐下来，低下头又抬起头，叫了一声：爸。他看见方晓明的脸色有些发灰，嘴唇颤抖着，方晓明半晌才说：潘小年的DNA和“927”大案的现场遗留证据结果不是一个人。

方晓明的话犹如一道闪电划过了卢国正阴霾密布的心头。他颓然地坐在椅子上，这就是他冥冥之中等待的结果，一只悬在半空中的靴子终于落地了。

那天晚上，卢国正和方晓明相对无言，就那么呆呆地坐着。方晓明离开之前，终于说：爸，你退休了，接下来的事我来扛吧。

卢国正委顿下去的身体慢慢地变得坚强起来，方晓明挺直身体消失在门外。

卢国正在箱子底翻找出了退休前穿过的警服，他看着警徽，手抚上去，长叹口气。自从做警察到退休，他努力让自己成为一名合格的警察，这是他毕生的追求。他做过军人，面对过战争，经历过生死，在当警察的数十年时间里，他追求的就是平安。但社会不可能平安，这就是警察职业存在的价值和意义。

那一晚，卢国正开始了又一轮的夜不能寐。既然潘小年不是“927”大案的真凶，那么真凶又是谁？这样的疑问又从心底里冒了出来。

“927”大案的侦查程序又一次启动了，大案的专案组秘密成立了，身为公安局副局长的方晓明主动请缨担任了复查大案要案的专案组组长。

他们的首要工作是寻找新的证据。当年“927”大案筛查对象多达几万人，录了血型和手印，遗憾的是，当年并没有DNA这项侦破技术，让撒下的天罗地网有了破绽，真正的罪犯成了漏网之鱼。正当“927”

大案组紧锣密鼓地开始复查侦破工作之时，轰动全县的一起大案发生了。

## 县长之死

姜虎死了。

姜虎死在自己的车内。姜虎县长开的车停在县城郊外的路上。

发现姜虎死亡的时间是凌晨。

据姜虎的司机提供的证据，头天傍晚，姜虎县长从他手里拿走了车钥匙，说是要办一件私事。以前姜虎县长也多次私自驾车去办事，这次也不例外。

从现场上看，车内并没有打斗痕迹，姜虎县长也没有外伤，从表面上看，他似乎死于突发疾病。

方晓明凭多年办案经验，觉得姜县长的死并没有那么简单。果然在车外十几米的草丛中，他发现了一只饮料瓶，还有一对脚印。化验结果很快出来了，饮料瓶的残留物中发现了毒鼠强的成分，饮料瓶上有陌生人和姜县长的手印。

姜虎的尸体解剖结果也出来了，证明他死于毒鼠强中毒。

是谁害死了姜县长？

案件的线索很快指向了两个女人：宋春梅和乔苗苗。这两个姜虎接触过密的女人，第一时间被带到了公安局。

宋春梅走进公安局第一时间就已经招供，姜虎是他杀的。她约姜虎出来进行了最后一次谈判，谈判的内容是：她要嫁给姜虎。姜虎拒绝了宋春梅。宋春梅就递上了早就准备好的放有毒鼠强的饮料，她原本想一瓶饮料一人喝一半，既然自己不能嫁给姜虎，就和他同归于尽，在另外一个世界里，再续前缘。现实已经破碎了，不仅破碎，还被一个叫乔苗苗的女人夺走了。爱情夭折了，生无可恋的宋春梅做好同归于尽的打算。她最后一次把姜虎约了出来，就在姜虎的车内，宋春梅摊牌了，她要嫁给姜虎，既然年轻时两人没有在一起，老了他们要厮守。这对姜虎来说是不可能接受的现实，宋春梅已经把最坏的结果想到了。她把早就准备好的放有毒鼠强的饮料递了过去，没想到姜虎一口气差不多就把饮料喝光了，只剩下一个底，她把最后一点饮料抢过来自己喝了下去。在车的副驾上，她把身子偎向姜虎，头枕在姜虎的腿上，抬起头望着姜虎，她想用最后的温存方式和这个世界道别。

姜虎犹豫着把手放在她的头上，为她梳理头发，他在这之前已经和她说好了，这是他们最后一次见面了。周奋强的工作由姜虎负责安置，然后姜虎一次性再给宋春梅五十万元的补偿。这是他提出的条件，声音低缓，但又义无反顾。做完这一切，姜虎就会一身轻松地开始自己人生最后一站无忧无虑的生活了。她试图改变姜虎的决定，她不需要他的钱，甚至他们的儿子也可以不让姜虎操心，她只想嫁给他。只要他离婚，属于她一个人，她可以什么都不要。县长的决定不容她改变，她只能为他递上饮料。

宋春梅躺向自己的怀里，他以为宋春梅是在和自己做最后的告别，姜虎甚至想到在自己的车内最后一次和宋春梅温存。然后他很快就会把五十万打到宋春梅的银行卡上。至于周奋强的工作，他也有了打算，安排周奋强进入乔苗苗的公司。乔苗苗是他人生最后一站中最信赖的女人，他相信乔苗苗会对他的秘密守口如瓶，因为他们之间有了太多的秘密。他在车内抚着曾经喜欢过的女人的头发，努力在心底里唤醒自己对这个女人的冲动。结果等来的不是冲动，而是身体里剧烈的阵痛。

宋春梅离开他的怀抱，痛苦地看着自己心爱的男人在自己面前痛苦挣扎，她有些手足无措，脸色苍白，张皇失措地望着他。她开始后悔用这种方式毒死自己心爱的男人。她甚至提议让他把车开到医院去。姜虎也试图这么做了，但因毒性发作，车开出去短短的一段距离就停了下来。姜虎趴在方向盘上。他死之前都不知道是眼前这个女人害死了他。

姜虎终于停止了挣扎，他最后一个动作是打开了车门，让自己掉到了车外，后来就不动了。她的毒药也在体内开始发作，但没那么强烈，腹痛让她有了存在感，她用尽力气把姜虎拉到车内，关上车门。她又从副驾上坐上去，依然躺在姜虎的腿上，她希望自己就这么死去，这样的结果和自己当初的设想也算吻合，她希望自己的结果完美地到来。可腹痛过后，死亡并没有到来，她又下了车，求生的愿望在心底里冒起。她踉跄着向家的方向走去，在路边扔掉了手中的饮料瓶。

她花费了差不多几个小时的时间，终于走回到了和平镇的家中。她又打开了那间她和姜虎曾经共筑的爱巢，她躺在床上，想着自己和姜虎在这里共同拥有的美好时光，等待着死亡的来临。她没有等来死亡，却等来了警察。

面对警察，她很平静，一直冲警察说自己喝的饮料太少了。如果一瓶饮料一人一半，两个人的结果就不是现在这个样子了。她会死在姜虎的怀里，那是她理想的和这个世界告别的方式。

宋春梅戴着手铐被关在拘留室里，她一直后悔自己没有死成。她期盼法律早日对自己进行制裁，让她用另外的一种方式死亡，完成自己的心愿。

她祈求着这一天早日到来。

# 第十二章 A

## 两个男人

姜虎被送到太平间时，守灵人周百顺并不知道姜虎已经死了。

姜虎是两个警察送来的，他登记姜虎名字时，心里顿了一下，那时他还没意识到眼前这个姜虎就是县长姜虎。

两个警察办完交接手续离开太平间，他看着白床单蒙盖着的尸体，心动了一下。他慢慢拉开床单的一角，他睁大了眼睛。

周百顺捏着床单的手许久没有放下，他就那么睁大眼睛久久地望着眼前的姜虎。眼前的姜虎和活着时的姜虎已经大不一样了，他的气场没了。他已经许久没有见过真人姜虎了，但偶尔还会在电视新闻里看到姜虎的身影。每次姜虎出现在电视里，周围总有一干人等相伴着，不是检查工作就是开会讲话，那会儿的姜虎很“县长”，县长红光满面，讲起话来气吞山河。以前每次看见电视里的姜虎，他的心情就很复杂，说不出来的滋味在心里一漾一漾的。他时刻在关注着姜虎的动向，又时时想忘记他。他每次看见姜虎在电视里的身影就会想起宋春梅，只不过不像当初那么难受了。他不知道宋春梅是否还和姜虎有来往，时间久了，一切都淡了，淡了并不等于没有，只是换了一种滋味在他心里缠绕了。

此时的姜虎已经没有县长的气势了，脸色乌青地躺在他的面前，姜虎就是一具尸体，和躺在太平间里所有的尸体一样，并没有本质的区别。他为姜虎寻了一个格子间，熟练地把姜虎安放好。他停在姜虎面前愣了几秒，缓缓地走出太平间，走回值班室。他点了支烟，想平复一下心情，其实他的心情已经波澜不惊了，他就在心里叹了一声：人哪，这辈子……想了想他又叹道：姜虎，咱们扯平了，两清了。

在这期间，堂哥打来一个电话，堂哥马上就要退休了，他的身份还是镇机关食堂的大师傅。堂哥在电话里冲他说：百顺，告诉你个好消息，姜虎完犊子了。他握着电话，听见堂哥喜气洋洋的声音，小声地说：人都死了，啥都没啥了。

堂哥的声音仍充满了喜气：这叫恶有恶报，知道吗，公安局的人说，这是仇人把他弄死的，他活着时肯定不干净。百顺哪，这仇也算报了，哥替你高兴。

他冲电话里的堂哥嗯嗯呀呀着。表哥又说了些什么，最后挂掉了电话。

姜虎的死，堂哥比他还高兴，他想起了堂哥发福的样子。堂哥也是红光满面的，腆起来的肚子像怀里抱着的一只面口袋。许多人都说，堂哥是个有福之人。

不知为什么，那天他总是走神，干什么都丢三落四的，去开太平间的门却忘了拿钥匙，登记时又忘了拿笔，在这之前从来没有发生过。

那天晚上，睡梦中姜虎站在了他的面前。站在他面前的姜虎和当县长的姜虎已经大相径庭了，但分明就是姜虎，甚至讲话的语调也大不一样了，姜虎一脸愧疚地望着他，姜虎叫他百顺。他和姜虎的年龄差不多，如果没记错，似乎姜虎比他大上两三岁。五十多岁的人了，挺不容易的样子。

姜虎就说：百顺哪，咱们又见面了，之前我就知道你在这工作。

他望着眼前的姜虎，想起之前几次见过的姜虎，那会儿，他拿活着的姜虎一点办法也没有，有杀了他的心，但却不敢行动，甚至在他面前都不敢大声讲话，任凭姜虎和宋春梅狗扯羊皮地往来着。此时的姜虎很平易近人的样子。

姜虎又说：百顺，这么多年过去了，以前的事是我对不住你，我向你道歉，我伤害了你。

姜虎就一脸愧色：人呢，总有糊涂的时候，要是重来一次我不会做对不起你的事，当然，我所有人都不会对不起。我也许还当镇长、当县长，但不会这么当法了。人活着时都是有欲望的，是欲望牵着我们走，而不是灵魂。灵魂是个好东西，它能让人自由。

姜虎似乎说累了，瞄眼椅子，就坐了下去。他瞟眼周百顺，低下头望着自己的脚尖：宋春梅这个女人，也许你还不如我了解她，她不是个坏人，但一辈子一直被情所困。我早就想离开她，从年轻那会儿就想，可她一直不想和我分手，我知道她是爱我的，比我老婆还要爱我，她这辈子活得很累，就是为一个“情”字。从年轻到现在，她一直希望我能娶她，可我没法娶她，不是不爱，有时人活着不完全为了自己，要为许多人活。可宋春梅就是一根筋，我也劝过她，让她对你好点，毕竟你们是夫妻。当初怀我孩子时，我就劝她把孩子打掉，可她不听，我明白，她是想用孩子拴住我，让我一辈子觉得欠她的。那会儿我下狠心离开她也许就没有以后了，可我这人心软，她一哭，我就狠不下心了。想想这么多年的时光，唉，我也是个男人，知道你的苦楚。那会儿我以为你会杀了我，在和平镇工作时，我天天在枕头下放一把菜刀，就是怕你找我算账，可你没来。我离开和平镇时，把刀留在了食堂。我回到县城时，也下过决心彻底和宋春梅分手，但我怕她闹，那会儿我还想把工作干好，为了自己能有个将来。她一找我，我就得应酬，但我找各种理由推托，见面机会少多了，有时一个月也见不上一面。我希望你们能把日子过好，她不再找我，我就轻松了。可宋春梅这女人变成了一根筋，越老越固执，一门心思对我好，弄得我左右为难。她为了周奋强找过我，不是我帮不上忙，是我不想让她把孩子当成筹码来要挟我，我只能装作漠不关心。孩子毕竟是自己的，深了不是浅了也不是，唉，我心里的滋味别提了。我这辈子呀，对不住两个人，一个是你，另外一个就是我老婆。表面上看她该有的啥都有了，生活也算平静，可她缺爱，缺一个真丈夫对她的爱。我老婆不需要我什么，甚至都不花我一分钱，她带孩子，带学生，她把注意力都给了孩子和她的学生。我愧对我老婆。

姜虎说这话时一直低着头，此时他抬起头，盯着周百顺又说：我知道你心里一直恨我，这很正常，我说这些不是想让你原谅我，我自己都不想原谅自己。人这辈子不能活两次，只有到了我这时候才明白，可现在明白有什么用，都晚了。唉，人哪，似乎啥都明白，其实啥也不明白。稀里糊涂地一辈子就过完了。活得好坏是别人眼里的好与坏，不是自己心里的自己。真的活好活坏，只有自己知道。表面上风光的人，也许心里是痛苦的。百顺，你心里难受我知道，但你活得真实，活的就是自己。别的没啥，我就要走了，就是想和你唠唠我的心里话，我说千次万次对不起都没有用。不说了，啥也不说了。百顺哪，我走了，再见了，我们还能再见吗？姜虎已经死了，活着的只剩下灵魂了，我带着这个灵魂去赎罪了，我走了，走了。

姜虎轻飘飘地就在他眼前消失了，像没来过一样那么干净。

窗外下起了雨，淅淅沥沥的。还有一声炸雷，是炸雷让守灵人醒来。他披着被子坐起来，点了支烟，烟头在黑暗中明灭着。眼前的一切，似梦非梦，似真似假。一切都发生了，又似乎一切还不曾发生。

姜虎一直在太平间里放着，他的案子没结，他的尸体只能放在这里。

宋春梅被警察带走的消息是女儿周雪打电话通知他的。周雪在电话里只说了一句：爸，我妈把姜虎毒死了，被警察带走了。接着女儿就在电话里哭泣。起初他有些茫然，大脑一片空白，在这之前，他从来没有把姜虎的死和宋春梅联系起来，女儿在电话里哭泣着。

宋春梅毒死了姜虎，宋春梅被警察带走了。

第二天，他在晚报上看到了关于姜虎死亡的消息，好长一段，叙说了宋春梅和姜虎的恩恩怨怨，一个女人想得到一个男人，最后成了梦想，女人就毒死了男人。整篇报道像一部通俗小说。

周百顺看着那篇晚报，仿佛看的是别人的故事，完全与己无关。此时，他的思绪像下了一场雪之后的平原，干干净净，没有任何一丝杂质。

## 杀人恶魔

守灵人周百顺什么都没有了，连同自己。剩下的只有他仍然活着的躯壳。

那天晚上他就坐在太平间的值班室里，目光透过小小的窗子，望着太平间。太平间门前立了一盏灯，昏黄地燃着，他透过窗子望过去，似乎在看另外一方世界。

他说不清是什么时候开始仇视女人的，尤其是漂亮的女人，在他的心里，宋春梅是漂亮的女人，漂亮得让他离不开她。然而这个女人却不属于他，也许就是从他发现她怀上了别人的孩子那会儿吧，他恨女人，恨所有年轻的女人。

他第一次走进卢文文的新房，那是他从南方回来不久，他在镇上的建筑工地做工，晚上他躺在工棚里，心却想着宋春梅。鬼使神差地他回了一趟家，家门是从里面锁上的，他想叫门，却听到了房间里传来的声音。是宋春梅和一个男人的声音，他们发出男女之事的声音。他抬起叫门的手就僵在半空，他不知道自己在窗外站了多久，转身欲走时，发现脸上流满了泪。他去擦自己的泪，在窗台上发现了一把剔骨刀，这把刀是去年春节买的，用来剔骨头的，他把刀抓在手里，心里就有了怒气，他想象着自己一脚踹开门，持着刀站在宋春梅和那个男人面前。那会儿，他还不知道这个男人叫姜虎。可他举着刀走到门前时，却发现自己并没有冲进去的勇气。他只把自己僵在那里。最后他还是走了，带走了那把剔骨刀。

他发现了卢文文房间里透出的灯光，窗户里的灯光让他感受到了温暖，他冲灯光走去，立在门前，看见了漂亮的卢文文正坐在床上做针线活，没拉严的窗帘透着卢文文的剪影。卢文文的样子让他想起了宋春梅，宋春梅的样子也像卢文文这样漂亮好看。莫名地，就有了种欲望，这欲望让他欲罢不能。

他用剔骨刀拨开了门闩，轻而易举地就站在了卢文文面前，连同手里提着的那把剔骨刀。卢文文只来得及惊叫了一声，他着了魔似的一下就扑过去，把她扑在床上，手捂住她的嘴，常年在工地上做工，让他练就了一身好力气。卢文文想挣扎，却在他的手下失去了任何反抗的机会。

他昏头涨脑地把事情做完了，发现身下的女人已经不动了，直到这时，他才清醒过来，没了欲望却多了仇恨。他看到了身边那把剔骨刀，握在手里，他去剜女人身体上的器官，每挖一下，他嘴里都叫着宋春梅的名字。他最后把这些器官带走，又把房间收拾了一遍，走到门口又回望了一眼伏在床上的女人，又叫了一声宋春梅。

他走在暗夜里，最后来到了一条河旁，把那器官扔到水里，他坐在河畔旁洗了自己，然后一支接一支地吸烟。

天亮之前，工地上工前他回到了工地。后来他从报纸上看到，被他杀死的女人叫卢文文，是公安局刑侦大队长的女儿。从那天开始，他觉得自己很快就要被警察抓走了。一连许多天，他都是提心吊胆的，只要听到警车响，他就会停下手里的工作，向工地门口张望。可一连许多天过去了，并没有人来找他，他的心似乎才安稳下来。

那些日子，宋春梅对他的冷淡，让他发疯着魔，即便他回家，宋春梅也没有好脸色，和孩子们睡在一起，他碰宋春梅的机会都没有。

许多个夜晚他都会从工地走出来，游走在大街上，即便躺在床上，欲火似被宋春梅点燃，他的耳旁都是宋春梅和别的男人在床上发出的声音。那声音一声高过一声在他心里放大，他想象着每个细节，这些细节让他欲罢不能。

接二连三地，他又走进了女人的宿舍，每做一宗，他心里就会好过一阵子。他剜女人身上的器官时，嘴里依旧喊着宋春梅的名字，仿佛眼前的女人就是宋春梅，他忍受不了自己的女人在别的男人怀里的种种。

那一阵子，他像中了邪，隔一段时间就要找个女人发泄自己。每做完一宗，他压抑难受的心似乎才得到某种宣泄。他没有后悔，有的只是仇恨。

有一次，他又把一个女人按在身下时，发现一个小男孩就站在自己的身后，那个小男孩似乎被眼前的样子吓傻了，怔怔地看着他。他进门时，并没有看见这个男孩，如果看见，他也许就会走开了。他只好把小男孩也杀了，离开时，把小男孩放到柜子里。他抱着小男孩往柜子里放时，想到了女儿。

他走出来，有些难过、伤心。

于小苹是他手里唯一活着的女人，那个雨天，在小树林里，他举起了刀，是于小苹前衣襟渗出的奶水让他犹豫了，在整个过程中他的嗅觉里一直有奶香，他不知道奶香从何而来。于小苹正面对着他时，他才发现，女人正在哺乳期，她的乳房满是汁液地呈现在他的面前，他犹豫了，她却在他的刀下死里逃生。

后来，他又听到了关于于小苹的故事，她被男人休了，连个男人都找不到了。也许是于小苹和他有缘，成了堂哥介绍给他的女人，差一点他们就相见。那次他跑了，就是他想下决心娶这个女人，女人也会一眼认出他。

后来关于于小苹的事他断续地又听堂哥说了一些，他在自己心里千次万次地冲于小苹说过对不起。

从那之后，他好久没有再作案，他的心开始软了下来，不像以前那么坚硬了。

小桃的案子，是他做的最后一起，没有成功，被男厕所的声音惊动了，他跑了。不久，一个叫潘小年的小伙子被枪决了。

潘小年成了他的替死鬼。

潘小年被执行死刑那天，他从工地上跑到大街上去看热闹，在车上他看到了潘小年，那个像风筝飘荡在车上的小伙子。

从那以后，他的眼前一直是那个小伙子被执行枪决前的样子。许多次在梦里，那个脸色苍白的小伙子在喊着冤，他就醒了，然后长时间睡不着，走到工棚外一支接一支地吸烟。天上有流星划过，他呆呆地望着流星划过的方向，心里有种不可名状的东西在鼓胀。

后来，他把那把剔骨刀砌在了工地的墙里，连同水泥还有砖，他要让那把刀死死长在那里，再也看不见它。

后来，又有了于小苹的故事，这个苦命的女人似乎和他绕不开了，他觉得这一切就是命中注定的。

他忏悔自己最对不住的人是于小苹，这辈子没机会赎罪就下辈子，哪怕当牛做马。

此时的守灵人周百顺觉得一切都该结束了，他活着已经和那些尸体没有什么两样了。

# 第十二章 B

## 自　　首

周百顺走进公安局的大门，他出现在方晓明视线中时，方晓明正冲刑侦大队的人布置抓捕任务。他们抓捕的对象就是周百顺。

“927”系列强奸杀人案重新调查启动之后，所有的证据又一次被摆到了他的案头前。技术科连夜做着 DNA 比对，终于成功了，当周百顺的 DNA 比对成功之后，方晓明想起了那个守灵人。

此时，守灵人周百顺就出现在了他的面前。周百顺走到方晓明面前时，把双手伸了出来。如果没有 DNA 的结果，方晓明说什么也不相信，“927”系列杀人恶魔就是眼前这个男人。方晓明和所有的办案警察觉得受到了一次嘲讽。

## 母　　亲

母亲秦玉凤来到了儿子潘小年的墓前。秦玉凤的腿脚明显不如几年前那么利索了，为了儿子，她不停地上访，她的脚力都消耗在了上访的路上。

她倚着儿子的墓坐下来，她把手插在儿子坟头的土里，就像梳理儿子潘小年的头发。她说：小年呀，你在那边孤单寂寞，就去找你姥姥、姥爷去，现在你是清白的人了，你姥姥、姥爷会见你的。孩子，你在那边好好的，姥姥、姥爷从小就疼你，他们还会疼你。你去见他们吧，你是干净的孩子，他们不会再嫌弃你了。

山脚下，不知谁家结婚，鞭炮在热闹声中炸响。

# 后　记

三个月后，“927”系列杀人强奸案的真凶周百顺伏法了。

由省公安厅成立的“927”大案后续调查小组进驻县公安局。

图书在版编目(CIP)数据

守望 / 石钟山著. -- 北京 : 中国文史出版社,
2023.2
(中国专业作家作品典藏文库. 石钟山卷)
ISBN 978-7-5205-3650-9

Ⅰ. ①守… Ⅱ. ①石… Ⅲ. ①长篇小说-中国-当代
Ⅳ. ①I247.5

中国版本图书馆 CIP 数据核字(2022)第 163942 号

责任编辑：牟国煜

出版发行：中国文史出版社
社　　址：北京市海淀区西八里庄路 69 号院　邮编：100142
电　　话：010-81136606　81136602　81136603（发行部）
传　　真：010-81136655
印　　装：北京新华印刷有限公司
经　　销：全国新华书店
开　　本：720×1020　1/16
印　　张：15.5　　　字数：197 千字
版　　次：2023 年 2 月第 1 版
印　　次：2023 年 2 月第 1 次印刷
定　　价：55.00 元